KB081159

세계 평화를 위한
유일한 방법
4

김휘빈

앨리스노블

등장 인물 소개

헤지아나
교국 라스할드의 교황.
신의 목소리를 들을 수 있는
능력을 지녔다.

루시올 페른시스
페른시스 국 제4왕자.
동쪽 대표로 회담에 참가했다.

가일란 엘리아스
리스아시 공화국의 정치가.
남쪽 대표로 회담에 참가했다.

아셔 아라스트란
교국 라스할드 소속의 성기사.
북쪽 대표로 회담에 참가했다.

리암 아우렐리트
이스파시아의 왕.
서쪽 대표로 회담에 참가했다.

할센라비온 이비아네라
서쪽 이비아네라 제국 황제.
검성은 아니나 검술이 뛰어나다.

**카람찬트 가이시
마라카스 파헨타움**
동쪽 파헨타움 제국 황태자.
검성. 완벽주의자.

표지 조은아 **편집** 전미혜 **마케팅** 이승우 **주간** 김선림

차례

Illustration
가지구이

과거는 동사이며 습격형이다

그것은 갑작스러운 일이었다.

루시올은 아버지의 요청에 따라 교황과 면담을 요청했으나 교황은 자리를 비우고 없었다. 용건은 전달하였으나 답신이 없어 한 번 더 가 봐야 하는가 고민하던 때는 정오를 넘어 오후로 넘어가는 시간.

괜히 초조해진 루시올은 한 번 더 교황의 집무실을 방문하고자 자리를 박차고 일어났다. 가야겠다 마음먹은 그때였다.

"교황 성하께서 오고 계시다고 합니다."

"뭐?"

루시올은 당황하며 의복을 챙겼다. 다급하게 손님 맞을 준비를 하는 루시올의 귀에 멀찍이 울리는 발소리가 들렸다.

왜 이렇게 성급한 소리일까. 이상한 예감을 느끼며 소년은 자리를 정리하던 손을 멈추고 문을 돌아보았다.

"교황 성하께서 오셨습니다."

"들어오시라 하세요."

문 너머에서 느껴지는 기운이 어쩐지 따끔따끔하다 못해 위험한 느낌마저 들었다. 하지만 열린 문 너머 있는 사람은 언제나 그렇듯 세상의 순수를 믿는 교황이었다.

그렇지만 그녀는 혼자였고, 어째서인지 숨을 몰아쉬고 있었다.

쾅!

홀로 들어온 교황은 문을 거세게 밀어 닫았다. 방 안이 진동할 듯한 소음과 함께 헤지아나는 말했다.

"루시올 왕자, 옷을 벗어 보세요."

자신을 향해 곧바로 걸어오는 교황의 시선은 날카롭고 직선적이었다. 물어뜯을 듯한 표정에 기선을 제압당한 요정족의 왕자는 자신도 모르게 뒷걸음질 쳤다.

"네…? 서, 성하, 지금 뭐라고…."

"옷을 벗어 보세요!"

"예, 에?"

루시올은 자신도 모르게 몸을 가렸다. 이게 대체 무슨 일일까. 헤지아나와 아버지—요정왕이 대화를 나눈 것일까? 시간을 빠듯하게 따져 본다면 둘이 이야기를 나누고도 남았을 시간이긴 하다. 하지만 대체 무슨 이야기가 오갔기에 교황은 자신에게 와 옷을 벗으라고 하는 걸까.

'잠깐.'

루시올의 입술이 붙었다. 이것은, 혹시, 어쩌면….

'설마?'

목울대가 울렸다.

역시 인간이란, 여자들이란 어쩔 수 없는 걸까?

루시올은 정조의 위협을 느끼며 헤지아나를 경계하는 시선으로 쳐다보았다. 그런, 아니 이런 것은 인간들에게서 흔한 일이라고 들었다. 역사가 증명하는 일이며 현재에도 요정들이 상상도 할 수 없는 방법으로 많이 이루어지는 것이 바로 이것, 성적인 접대였다. 인간의 원초적 욕구에 기대는 만큼 늘 수요가 있다나.

하여간 그녀는 그것을 받기 위해 자신에게 온 것이 틀림없었다. 그러지 않고서야 다짜고짜 옷을 벗으라고 하겠는가?

"어, 어째서…"

"지금은 말할 수 없습니다. 어서!"

헤지아나의 손이 루시올의 어깨를 붙잡았다. 피할 새도 없었다. 붙잡힌 루시올은 가늘게 떨면서 헤지아나의 손을 쳐다보았다.

아버지가 뭐라고 하셨는지는 알 수 없다. 하지만 그녀는 권력자다. 아버지의 제안에 그녀가 자신의 권력을 확인하고자 그것을 요구했다고 한다면—인간들은 보통 그렇다고 들었다—이 상황은 바로 납득이 된다.

하지만 이렇게나 노골적으로 요구하다니, 역시 인간들이란, 여자들이란.

'짐승과 뭐가 달라? 아니, 짐승들이 차라리 낫지.'

적어도 그들은 자신과 비슷하게 생기지는 않았으니 말이다. 원초적 욕구의 먹잇감이 된 기분에 루시올은 불안하게 전후좌우를 살폈다. 하지만 살펴보아 봤자 도망갈 곳은 없다.

…아니, 잠깐. 도망가서 어쩌자는 건가.

'예상했던 일이잖아.'

각오하지 못한 일도 아니었다. 어차피 필요하다면 그녀를 유혹할 생각도 하고 있었다.

기회다. 입술을 깨물고 루시올은 움츠린 몸에 힘을 주었다. 지금 거래가 시작되고 있는 거다.

그녀의 요구에 응하지 않으면 다음은 없다. 그녀는 권력자였고 자신은 요정족의 왕자라 하나 그 지위조차 위태로운 처지였다. 그래서 얽히는 타이밍만을 계속 계산하고 있지 않았나.

어차피 상대는 교황이다. 요정들도 신의 대리자로서 유일하게 인정하는 인간. 인간의 권력에서도 최정점에 선 인간. 그런 인간을 웃음과 교태만으로 취할 수 있을 리가 없지.

멍청하다고 비웃었지만 역시 인간은 어쩔 수 없는 걸까. 역시 인간은, 여자는, 권력자는 어쩔 수 없다.

루시올은 입술 안쪽을 깨물며 한 걸음 뒤로 물러섰다.

"그, 그렇게 말씀하신다면⋯."

이때, 이 시기 교황이 여자인 것은 운명이 자신의 편이란 증거였다. 아무리 그래도 남자를 유혹할 자신은 없으니까. 유혹해도 문제고.

아니, 아니다. 야망을 위해 못 할 것이 어디 있나. 그걸로 교황을 자신의 편으로 만들 수 있다면 못 할 것 없다. 어차피 이곳은 그런 곳이다. 암투와 모략과 기타 등등, 요정들보다 훨씬 육체적이고 직접적이며 물질적인 인간의 세계. 그곳에서 무언가 얻고 싶다면 그쪽의 룰에 맞추어야 한다. 이 판의 법칙을 뒤집을 힘이 자신에게는 없기 때문이다.

시선을 내리깔며 루시올은 긴 속눈썹을 늘어뜨렸다. 여린 햇빛에 비친 눈썹이 새순처럼 빛났고 뺨은 대리석처럼 투명했다.

헤지아나의 손이 다시 루시올을 붙잡았다. 루시올은 수줍은 듯 몸을 비틀며 흘끔 헤지아나를 곁눈질했다.

"자, 잠시만⋯. 이런 일은 처음이라⋯."

인간들은 처음이라고 하면 좋아한다며?

수줍은 표정을 지으며 루시올은 헤지아나의 표정을 살폈다. 그녀는 이런 자신의 태도에 만족하고 있을까?

이 요정왕의 서자는 여자들이 어떤 것을 좋아하는지 알았다. 어떤 것이 그녀들의 환심을 사기 좋은지, 어떤 것이 보호해 주고 싶은 욕망을 불러일으키는지 알았다. 왜냐면 그렇게 살아왔으니까.

매력이라는 것은 하나의 무기였다. 아름다움이라는 것은 자연의 법칙이다. 어쩌면 자신은 제일 강력한 자연의 법칙을 다루는 법을 알고 있는 걸지도 모른다.

요정이라고 해서 퇴폐와 향락을 모르는 것이 아니다. 본능적인 욕구에 휘둘리지 않는 만큼, 어쩌면 더 농후한 방향으로 그것을 즐길 줄 알았고 이 요정왕의 서자는 그것을 이용해 작게나마 파벌을 만들어 자신을 보호한 소년이었다.

손짓 하나까지 훈련받은 무희 같은 관능을 모사해 내며 소년은 옷깃을 벌렸다. 헤지아나를 보는 루시올의 시선이 바로 바닥으로 떨어졌다.

연기하려고 하지 않아도 손은 저절로 떨렸다. 처음이다. 욕망에 젖은 접촉을 겪은 적이 없는 것은 아니고, 그것을 유도해 본 적도 있으나 그 이상은 늘 피해 왔다. 겁먹은 어린애라고 해도 부정하기 힘들었다. 어쨌든 생소한 경험이다. 낯선 것이다. 동경과 두려움이 함께 있는 그 행위를, 오늘은 해야 할지도 모른다.

'아—으, 꼴사나운 모습을 보이면 어떻게 해?'

사실 제일 큰 문제는 이것이지만 말이다. 이렇게 뻔뻔하게 요구하는 걸 보면 분명 한두 번 해 본 건 아닐 테지. 못한다고, 어설프다고 웃으면 어떻게 해?

'으… 하지만…'

도망칠 수 있는 방법이 있는 것도 아니다. 각오를 다지며 루시올은 붙잡은 옷자락을 천천히 옆으로 벌렸다.

어떻게 해야 어색하지 않아 보일까. 어떻게 해야 겁먹지 않은 것처럼 보일까. 아무리 이를 악물어도 손끝은 떨렸고, 떨린 손끝에 이끌린 옷 아래 드러난 하얀 어깨는 방 안에 스며든 햇살 아래에서 눈부시게 드러났다. 이윽고 무게를 이기지 못하고 스러진 천 밑에서 매끈한 대리석 같은 등이 드러난 순간.

"!"

맨 어깨에 닿은 헤지아나의 손가락에 루시올의 온몸이 떨렸다.

"긴장하지 마세요, 루시올 왕자."

"네, 네…"

헤지아나가 루시올의 등 뒤로 몸을 옮겼고, 그녀를 곁눈질하는 루시올의 심장이 빠르게 뛰었다. 끝났다. 이렇게 순수한 나날은 지나가는 것인가. 이제 어떻게 해야 하지. 눈을 감고 페른시스를 생각하면 되는 걸까. 루시올이 스스로를 진정시키려 깊게 심호흡한 순간이었다. 헤지아나의 손이 닿은 부분에서부터 무언가 따뜻한 기운이 온몸으로 퍼지는 것이 느껴졌다.

"아…"

조금은 간지럽고, 조금은 따뜻한 느낌. 그것은 자연스럽게 루시올을 편안하게 해 주었고 몸에 생기가 돌게 해 주었다. 안락한 기분에 몸을 맡긴 루시올은 자신도 모르게 눈을 감았다.

"하아…"

"이럴…!"

하지만 그 안락한 기분은 갑자기 사라졌다. 또한 동시에 들린 경악 섞인 목소리. 루시올은 뒤를 돌아보았고, 그 위치에서 경악한 표정의 헤지아나를 발견했다.

"정말로…."

"…성하?"

헤지아나는 당황한 표정으로 서성거리더니 자신을 부르는 루시올을 보고 그의 옷을 급하게 입혔다. 그리고 루시올에게 들리지 않게 중얼거리며 방 밖으로 나가 버렸다.

"이럴 수가."

"어?"

갑작스럽게 방 안에 남겨진 루시올은 닫힌 문만 멍하니 쳐다보았다.

머릿속엔 심각한 표정의 헤지아나만 남아 있었다.

헤지아나가 루시올의 방에 들어오기 전.

루시올의 예상대로 헤지아나는 요정왕과 수정구로 대화를 나눴다. 그 내용은 절대 외부로 발설되어서는 안 되는 것이었으며, 헤지아나에게도 충격적인 이야기였다.

"7월성이요?"

그것만으로도 충격적인데 이어지는 단어는 더 충격적이었다.

"루시올 왕자가?"

루시올 왕자가 7월성이다.

예상하지 못한 이야기였다. 또한 생각도 해 본 적 없는 이야기였다. 헤지아나의 목소리가 튀었다.

〈교황께서는 목소리를 낮춰 주시오. 이것이 남의 귀에 들어갈 일이 아님은 그대도 알고 있을 터.〉

조심스럽게 당부하는 요정왕의 목소리에 헤지아나는 입술을 붙였다.

월성이 등장했다. 대체 그것을 누가 예상할 수 있었겠는가?

'그것도 7월성을…'

위대한 마법사이며 영웅이던 일곱별의 아이들. 그들이 입에 함부로 올려서는 안 될 꺼림칙한 존재가 된 것은 전부 7월성 때문이었다. 그나마 다른 월성들은 꺼림칙한, 위험한 존재로 끝났지만 제일 먼저 나서서 사람들을 죽이기 시작한 7월성은 저주받을 존재였다. 부정하며 사라져야 할 존재이고 재앙 그 자체였다.

15년 전 전쟁의 근원이며 저주받아 마땅한 별.

그의 힘에 휘말려 죽음당한 이들은 셀 수 없이 많고, 15년이 지난 지금도 그들의 부모와 자식은 살아있다. 그 원한은 하늘과 땅의 공백을 채울 정도로 높게 쌓여 있는데, 7월성의 핏줄이 있다고 알려지면 대체 몇 명이나 깊은 세월 동안 갈아 둔 원한을 꺼내 치켜들 것인가?

〈나는 그대 역시 월성의 후손이기에, 내 아들에게 해를 끼치지 않을 것이라 믿고 말하는 것이오. 따지고 보면 우리는 먼 친척 관계

아니겠소?〉

"…월성의 징표는 이종족에게 전수되지 않을 텐데요?"

소매를 비틀어 쥐며 헤지아나가 말했다.

월성은 인간들을 위해 주어진 힘. 날카로운 이도 튼튼한 발톱도 특출한 마력도 괴력도 없었던 인간들을 위해 신이 주었던 힘이며 인간을 번성하게 한 힘이다. 그렇기 때문에 이종족에게는 전수되지 않는다.

〈그 아이의 반은 인간이오. 나는 그대들이 말하는 신의 법칙에 대해선 모르지만 자연의 법칙에 따라 그 아이가 반은 인간일진대 그 자연의 능력을 전수받지 못할 것도 아니지 않은가 생각하오.〉

"내 아들이라고 하시는데, 7월성은 남자였습니다. 요정들은 동성과도 자식을 남길 수 있습니까?"

〈요와 철이 괴어들어 빈틈을 메우는 것은 요정에게도 마찬가지의 법칙. 말씀하셨듯 15년 전의 7월성은 결혼하지 않았던 것으로 알고 있소. 하지만 그에겐 이복 여동생이 하나 있었지. 내가 그녀에게서 루시올을 얻었고 그가 아이에게 전승의 인자를 남겼소. 나이 들어 후사가 없었으니 불안했겠지.〉

요정왕의 서자는 마법에 출중한 능력을 가지고 있다.

때문에 요정왕은 이를 아깝게 여기고 반대를 무릅쓰면서까지 서자를 인지하여 그를 교육시켰다고 한다. 요정왕은 형들보다 출중한 능력을 가진 막내를 무척이나 아낀다는 듯했다. 그런 내용이 보고서에 있었다.

'…그래, 이게 그 복선이었단 말이지.'

이 무슨 신의 농간인가. 헤지아나는 이마를 짚었다. 요정왕의 말대로 월성의 힘은 그의 형제자매, 또는 그 자식들에게도 계승된다.

자동으로 계승되는 것은 아니다. 그것이 자동으로 계승되는 것이었다면 헤지아나도 3월성으로서의 힘을 사용할 수 있었을 것이며, 월성이 이 땅에서 사라지는 일은 없었을 테니까.

미리 정해진 예식을 치러 두지 않으면 그 힘은 전승되지 않는다. 월성이 전부 사라진 지금 그 예식이 어떤 방법인지는 모른다. 신에게 물어보면 알려 주기는 하겠지만, 전승할 사람도 없는데 무슨 소용이란 말인가.

〈인간의 교황이여, 믿지 못하겠다면 확인해 보시오. 어떻게 확인하는지는 그대가 무엇보다 잘 알고 있을 것이오. 7월성의 문양이 무엇인지 내가 말할 필요는 없겠지. 가시오. 가서 확인하시오. 그리고 깨닫길 바라오. 그 아이가 이 세상에 단 하나 남은 당신의 혈육이라는 것을. 또한 우리가 그대의 우방임을 알아 주기를 바라오.〉

헤지아나는 입술을 깨물었다. 이마를 짚은 손이 눈두덩이를 짓누르며 굴곡을 따라 뻑뻑하게 흘러내렸다. 유일한 혈육. 우방. 7월성. 문양. 흩어진 단어들이 머릿속에서 끈적하게 가라앉고 있었다.

〈그러니 교황이여, 당신의 혈육이 살아가야 할 이 땅을 구제해 주시오!〉

모든 것이 사실이었다.

빠른 걸음으로 걷던 헤지아나는 복도에 멈춰 서서 얼굴을 짚었다. 수행원 하나 없이 달려온 길은 적막했다.

"하아."

한숨을 내쉬며 헤지아나는 고개를 숙였다. 감은 눈 안에서 루시올의 목 아래, 날개 뼈 사이에 그려져 있던 문양의 모양이 떠올랐다. 말로만 들었을 뿐이지만 본 순간 알았다. 자신의 것과 유사한, 하지만 다른 들꽃이 새겨진 문양. 그것이 7월성의 문양이다.

'혈육.'

잘못된 말은 아니다. 7월성은 서로 혼인하기도 하며 우호적인 관계를 가져 왔다고 한다. 그러니까 루시올이 먼 친척이라는 요정왕의 말은 틀린 것이 아니다. 어떤 관계인지는 족보를 펼쳐 봐야 알 수 있겠지만, 족보도 이미 먼 옛날 전화에 불타 사라졌을 것이다.

'가족…'

갑자기 세상이 흔들렸다.

최초의 기억부터 가족이란 존재하지 않았다. 어렴풋한 개념으로만 있는 것. 그것을 키우고 가꾸기를 권장하는 종교의 장이지만, 정작 그 장은 가질 수 없는 최초의 집단. 가까이 있지만 속해 본 적은 없어서 그냥 막막하게 상상하고 꿈꾸기만 한 것. 하지만 아마 자신에게도 당연히 있었을 것. 어느 순간인가부터 생각을 그만둔 것.

그것이 자신에게도 있었다고 한다.

"이…"

눈을 감고 숨을 깊이 들이쉰 헤지아나는 자신도 모르게 자리에 주저앉아 이를 갈았다. 그때였다.

[너 뭐 하냐?]

신의 목소리에 헤지아나는 숨을 삼켰다.

이 세상의 주인. 모든 걸 알고 계시는 분. 세상에 풀어 놓은 양 떼들을 자유롭게 노닐게 하면서도 낭떠러지로 가지 않게 애쓰시는 분.

그러면서도 그 양떼를 모는 목자는 기어이 절벽 끝으로 몰아대시는 분. 무슨 이유로 이토록 그분께서는 자신을 시험에 들게 하시나. 헤지아나는 잠시 울컥하고 솟아오르는 감정을 억눌렀다. 이 가는 소리와 함께 감정이 드드득 갈려 나갔다.

"…다 알고 있었던 거죠?"

[뭘?]

"루시올에 대해."

끓어오르는 감정을 삼키며 헤지아나는 주변을 살펴보았다. 아무도 없었다. 하지만 목소리를 높일 수는 없었다. 절대로 그 누구도 알아서는 안 되는 일이다. 절대로.

"…그 애가 제 혈육이라는 거 말이죠."

[글쎄다, 사돈의 팔촌이 혈육이라고 할 수 있나?]

"어쨌든! 그 애가―!"

무심코 올라간 목소리를 억누르며 헤지아나는 다시 한 번 주변을 살펴보았다.

"후계자라는 걸 알고 있었던 거죠!"

[난 분명히 말했어. 여기에 오는 애들은 자격이 있어서 온 거다. 또는 자격이 있게 된 거라고.]

"그러니까 자격이 있어서 오게 됐다는 거잖아요!"

[안 왔으면 자격이 없겠지.]

"순환 논리의 오류라는 거 못 느끼세요? 논증이라도 해 보자는 거예요, 지금?"

[안 왔으면.]

목소리를 높인 순간 헤지아나는 몸을 누르는 듯한 압력을 느꼈다. 짓누르는 것은 아닌, 감싸는 듯한 압력에 헤지아나는 약간의 안

정감을 느꼈다. 거칠었던 숨이 잠시 잦아들었다.

[아무것도 아니게 되었을 거다.]

"7월성이?"

아무것도 아니게 될 리가 없다. 7월성이 어떤 무게를 가지고 있는지 신이 모를 리가 없다. 헤지아나가 날카롭게 묻자 깊은 한숨 소리가 들려왔다.

[거 참 내가 말하는데 왜 못 믿니. 내가 그렇게 못 믿을 짓만 했나?]

"지금 이 상황을 보고 말을 하세요, 이 신 놈아! 지금 근친상간을 하게 생겼는데!"

[아니, 그러니까 사돈의 팔촌이 어디가 혈육….]

"서로 혼인도 하고 인척 관계를 유지해 왔다면서요! 어쨌든 같은 조상이 있을 거 아냐!"

[야, 그렇게 따지면 인류의 조상은 몇 쌍 없다?]

"아, 몰라요, 몰라! 나 이제 이딴 거 그만할래! 교황 때려치운다고!"

울컥하다 못해 눈물까지 글썽하게 매단 채로 헤지아나는 머리에 쓰고 있던 베일 달린 모자를 벗어 집어던졌다. 바닥에 집어던져진 모자가 볼썽사납게 구겨졌다.

"내가 이러려고 이 일 하겠다고 한 줄 알아! 내가 다 견뎌도 어떻게, 저 어린…."

[아니, 안 어려.]

"그것도 사촌을…!"

[아니, 너랑 쟤랑 진짜로 따지면 팔촌은 옛날에 넘었어.]

"아, 몰라요. 안 해, 안 해, 안 해, 안 해, 안 한다고!"

헤지아나는 고개를 저으며 목소리를 높였다. 단단하게 틀어 올린 머리가 헝클어지고 벗어던진 모자는 걷어차여 복도 구석에 찌그러졌다.

"여기까지! 더 이상은 안 해, 못 해!"

헤지아나가 소리쳤다.

그리고 침묵이 있었다.

[쩝.]

적막을 혀 차는 소리가 깼다.

[뭐 그럼 어쩔 수 없네.]

"네?"

헤지아나는 놀라 고개를 들었다. 이게 이렇게 간단하게 끝날 수 있는 거였나? 그렇다면 여태까지 자신이 한 짓은? 역시 필요 없는 것…

[이제 그냥 전쟁 나는 거지. 이비아네라부터 시작해서 서쪽, 동쪽, 남쪽 각각 알아서 들고 일어날 거고 애들은 피죽도 못 먹고 배고프고 힘들 거고. 어휴, 불쌍해서 큰일 났네. 이를 어쩌나.]

…일 리가 없지. 헤지아나가 주먹을 움켜쥐며 소리쳤다.

"정말!! 이게 정말 신이야 악마야!?"

[야, 이게 다 내가 너희들 뒤치다꺼리 하는 거라고. 아 정말, 어떻게 그래도 내 대리인이라는 애가 이렇게 내 노고를 몰라주니. 아아, 가엾다 외롭다. 독거노인의 기분이 이런 거겠지. 그래, 하긴 내 처지가 독거노인하고 다를 바가 없네. 가끔 놀아 주는 복지사 한 명. 근데 그 복지사도 지금 나 버리고 튄다고 하고…. 내 처지가 어쩌다가

이렇게 됐을까, 에휴.]

"아쉬우면 복지사 여럿 두든가! 자기가 자초해 놓고선 누가 독거 노인이야 누가! 혼자 잘 노네, 아주!"

쾅!

움켜쥔 손으로 벽을 친 헤지아나는 '아오오오'하는 신음과 함께 오만상을 찌푸리며 손을 감싸 쥐었다. 생각보다 심하게 아팠다. 이런 짓은 앞으로 하지 말아야지.

잠시 입술을 씹은 헤지아나는 퍼뜩 천장을 쳐다보더니 시선을 떨궜다.

"…어쨌든 루시올도, 그래야 한다는 거죠?"

[내 말은 바뀌지 않는다.]

헤지아나는 입술을 씹으며 부은 손을 감싼 손을 내려놓았다. 뼈가 울리는 듯한 통증이 훨훨 날아가려는 정신을 붙잡아 주는 것 같아서 치료할 생각은 들지 않았다.

"알고 있었으면 알려 줬으면 좋았잖아요."

[그래서 뭐가 변하는데? 안 좋은 영향을 끼치면 끼쳤지 좋은 영향을 끼치진 않았을걸?]

반박할 수 없었다. 당장 자신이 안 좋은 행동을 보였으니까.

입술을 깨물며 헤지아나는 잠시 자리에 서 있었다. 침묵이 이어지기를 몇 분. 깊이 심호흡하며 어깨를 들어 올린 헤지아나는 '후'하며 깊이 숨을 내뱉고는 구석에 찌그러진 모자를 향해 발걸음을 옮겼다.

"꼭 반드시 육체관계를 가져야 한다고 하진 않으셨죠."

[그게 빠르대도.]

"그러니까 가능은 하다는 거네요."

[그렇지만 현실적으로 불가능하겠지.]

"그럼 불가능에 걸어 보죠."

[아이고, 그것 참.]

모자에 묻은 먼지를 털고, 구겨진 부분도 턴 헤지아나는 헐거워진 머리 위에 캡을 올리고 발걸음을 옮겼다. 리암이 기다리고 있는 회의실을 향해서였다.

"당신께서는 늘 언제나 기적을 내려 주시는 분 아닌가요."

[으음.]

신은 부정도 긍정도 하지 않았다. 그저 무거운 한숨을 한 번 내쉬더니,

[인간을 번성하게 할 힘이라고 말했던 게 좀 잘못된 걸지도 모르겠어.]

"…무슨 말씀이시죠?"

[말 그대로.]

신은 더 이상 말해 줄 생각이 없어 보였다. 아니, 아예 간 걸까? 헤지아나는 허공을 향해 손을 저어 보았다. 갔다. 그러므로 더 신경 쓸 이유가 없었다. 빈 머릿속에 루시올이 꽉 찼다. 7월성, 7월성, 7월성, 15년 전 전쟁의 핵.

물론 그것은 루시올이 아니라 루시올의 외삼촌이 아직 7월성의 힘을 가지고 있을 때 저지른 일이니 관계는 없다. 하지만 자신이 그러했듯 그 이름을 잇는다는 것 자체가 문제의 소지가 있다. 대체 루시올을 어떻게 해야 하는 걸까. 그리고 요정왕은….

〈제국의 침략에서, 당신의 혈육이 살아갈 땅을 구제해 주시오!〉

그 말인즉슨 카람찬트를 막아 달라는 소리다.

카람찬트는 다툼을 멈출 생각이 없는 걸까? 그가 멈출 생각이 없다는 것은 자신이 성공하지 못했다는 뜻일 것이다. 실패한 걸까? 아니면 아직 그 정도에 도달하지 못할 뿐인 걸까? 아니면 흘러가는 물을 주워 담을 수 없게 된 걸까? 어쨌든 손을 놓고 있을 수만은 없다. 루시올을 내버려 둘 수는….

"성하."

흠칫, 어깨를 떨며 헤지아나는 고개를 들었다. 앞에 사람의 기척이 있었다.

본디 기색이 옅은 이지만 그것을 눈치채지 못한 것은 순전히 자신의 탓일 것이다. 머릿속의 잡다한 생각을 지우며 헤지아나는 그의 이름을 불렀다.

"아셔."

아셔가 다가와 고개를 숙이고 헤지아나는 손을 들어 손등에 입맞춤을 허락했다.

"어제 리암 전하와는 환담을 나누셨는지요?"

"아, 예. 그대가 크게 신경 쓰지 않아도 되는 일입니다."

아셔의 질문에 왠지 뜨끔한 기분이 든 헤지아나는 급히 손을 뺐다. 괜히 찔려 그의 시선을 피했지만 그의 시선은 아무것도 묻고 있지 않았다. 다만 어쩔 줄 몰라 하며 급하게 굴러다니는 파란 눈동자를 이상하다는 듯이 쳐다보고 있었다. 헤지아나는 자신도 모르게 손사래를 쳤다.

"아, 아니. 일단 그대도 알아야 할 일이군요. 아셔, 리암 왕과 손을 잡기로 했습니다."

"리암 전하와⋯. 어떤 것을 약조하신 것인지요?"

"세계 평화를 위한 어떤 기구의 설립입니다⋯. 여러 가지 문제가 남아 있지만 국가들을 끌어들이는 것이 제일 큰일⋯. 아니, 이는 그대가 맡을 일은 아니니 신경 쓰지 않아도 됩니다."

"함부로 새는 사기그릇이 되지 않도록 하겠습니다. 또한 어떤 일이든 하명하신다면 신과 그 대리인의 손으로서 마땅히 따를 뿐입니다. 성하의 생각에 바람직한 용도라면 심려 없이 사용하여 주십시오."

고개를 숙이며 아셔는 이어 말했다.

"사실 성하를 찾아뵙고자 했습니다. 다름이 아니라 북쪽에서 주요 세 국가에 사절이 전부 도착해 왕들과 알현했다는 연락을 받았습니다. 또한 순찰로 인해 마찰이 발생했다고 합니다."

"즉각적인 효과군요."

왕들의 입장에서 타 무장 세력이 활개 치는 것이 기쁜 일은 아니겠지만 여태껏 교황청의 성기사들이 구제 활동을 하지 않았던 것도 아니다. 그렇게까지 불에 덴 듯한 반응을 보인다는 것은 그들이 헤지아나의 의도를 파악하고 있으며, 그 의도에 위축되었다는 반증이다. 헤지아나는 안도의 한숨을 내쉬며 이마를 짚었다.

"북쪽은 잠깐 이대로 두어도 되겠군요. 이제 다른 나라들에서 반응이 있을 거고⋯."

본디 리암을 견제하기 위해 놓았던 덫이지만, 고양이를 잡기 위해 놓았던 덫이든 쥐를 잡기 위해 놓았던 덫이든 잡힌다면 별 문제는 없을 것이다. 그렇게 생각한 순간.

"그러리라 예상합니다. 그런데 성하."

슬쩍, 아셔가 간격을 좁혔다. 평소와는 다른 간격에 헤지아나는 순간 긴장해 아셔를 올려다보았다.

"무슨 일 있으십니까?"

처진 회색 눈동자가 자신을 걱정스럽게 내려다보고 있었다. 내려다본다기에는 너무 가까운 거리였지만, 가까운 만큼 짙게 전달되는 감정에 헤지아나는 잠시 입을 벌리고 아셔를 쳐다보았다.

"방금 무언가를 굉장히 고민하시는 듯한 모습이어서…. 리암 전하와 함께하신다는 그 일 때문입니까?"

아셔가 자신을 걱정하다니.

헤지아나는 슬금 시선을 피하며 고개를 끄덕였다.

"아…. 예, 좀 골치 아픈 일이어서…."

루시올에 대해서 말할 수는 없다.

아셔와 루시올에 대해 의논할까 하는 생각이 들지 않았던 것은 아니다. 이 문제는 도저히 혼자서 해결할 수 있는 일이 아니다. 하지만 아셔는 그런 문제에 적절한 이가 아니다. 고민만 두 배로 늘어날 뿐이다.

"어떤 방식이든 성하께 도움이 될 수 있는 일이라면 제 한 몸을 바쳐 해내겠습니다. 그러니 언제든 하명하여 주시기 바랍니다."

말은 언제나 하던 것과 다름이 없다.

하지만 헤지아나는 늘 아셔의 목소리에 차 있던, 어떤 딱딱한 느낌이 사라졌음을 느꼈다. 한 걸음 다가온 듯한 느낌이다. 아니, 한 걸음 다가간 듯한 느낌인가?

저번과는 다른 방법으로 또 한 걸음 다가간 듯한, 좀 더 거리를 좁힌 듯한 어떤 느낌이 있었다. 친밀감이라고 해야 할까. 거기에서 느껴지는 안도감은 분명 착각이 아닐 것이다. 헤지아나는 편안하게 웃었다.

"필요하다면 언제든지 그대에게 부탁하겠습니다."

"예. 그리고 저, 성하. 저…. 외람된 질문이지만."

"예?"

갑자기 아셔가 헤지아나와 마주하던 시선을 피하더니 헛기침을 하며 손을 만지작거리는 둥 부산스럽게 굴기 시작했다. 곧 아셔는 작은 헛기침을 하며 헤지아나의 눈치를 살폈다.

"그…. 엿새 후에 다시 시간을 내주실 수 있으신… 것이겠지요?"

"네?"

"아, 아닙니다. 아닙니다. 아무것도…. 제가 또 부적절한…."

"아. 아뇨. 아뇨, 무슨 말인지 알겠습니다. 잠시 무슨 말인지 알아듣지 못한 겁니다."

아셔가 헛기침을 하며 몸을 돌렸고, 헤지아나는 급하게 아셔의 옷자락을 붙잡았다. 자신을 곁눈질하는 아셔의 시선이 불안했다. 불안했지만 이전처럼 풍랑에 떠도는 조각배처럼 불안해 보이지는 않았다.

"하지만 아셔, 그때는 아마 회의의 마무리로 바쁠 테니까…."

"아…. 아, 그렇군요. 미처 생각하지 못하였습니다. 역시 아직도 저는 아직도 미혹된 탓에 분간을 못 하고 있으니, 이 무슨 성하께 부끄러운 꼴을…."

헤지아나는 손을 들어 아셔의 머리에 손을 올렸다. 붉어진 얼굴로 허둥대던 아셔가 순간 말을 멈췄고, 헤지아나는 조심스럽게 아셔의 머리를 쓰다듬어 주었다.

"서, 성하."

아셔의 눈동자가 불안하게 좌우로 굴렀다. 주변엔 아무도 없었고, 헤지아나는 아셔의 머리를 끌어당겨 이마에 가볍게 입맞춤했다. 아셔의 눈이 휘둥그레졌다.

"시간이 나면 부르겠어요."

"…예…. 예, 예. 예. 알겠습니다."

"그 전에 다른 일이 있으면 보고하세요."

"예. 예. 예."

반쯤 얼이 빠진 모습으로 아셔가 고개를 끄덕거렸다. 부끄러워하는 것이 그저 소년 같아서, 그 순수한 사랑스러움에 헤지아나는 온화하게 웃음 지어 보였다.

"그러면, 아셔. 리암 왕과 만나기로 약속해서…"

"성하."

헤지아나가 아셔를 뒤로하려고 했을 때, 이번에는 아셔가 헤지아나를 붙잡았다.

"예, 아셔."

"저는 지금 성하께 도움이 되고 있는 겁니까?"

"예? 예, 그야 물론이지요."

옆으로 시선을 마주한 아셔가 웃음 지은 것은 그 순간이었다. 엷은 웃음이라고 생각한 순간, 아셔는 고개를 숙였고.

"아."

헤지아나는 무심코 입술이 앉았다 떨어진 이마에 손을 댔다.

"일이 생기면 보고하도록 하겠습니다."

"예에…. 부탁합니다."

이마에 손을 댄 채로 고개를 끄덕이는 헤지아나를 향해, 아셔는 꾸벅 고개를 숙이더니 몸을 돌려 서쪽 회랑을 향해 발걸음을 옮겼다. 정보를 더 알아보러 가는 걸까?

헤지아나는 쭈욱 걸어 나아가는 아셔의 뒷모습을 쳐다보고 있었다. 이마가 간질간질했다. 가슴이 두근거려서 멍하니 아셔의 뒷모습을 쳐다보고 있는데, 아셔가 흘끔 뒤를 돌아보았다.

헤지아나의 시선이 자신을 향하고 있다는 사실을 깨달은 그는 바로 몸을 돌리더니 빠른 걸음으로 사라졌다. 그의 모습이 완전히 사라진 후에 헤지아나는 이마에 닿은 손을 내릴 수 있었다.

"…아."

그래도 하나는 변했구나.

세상의 평화와는 관계없이 그것이 구원처럼 마음에 내려앉았다.

"늦어서 미안해요, 리암."

자신의 집무실에 들어서며 헤지아나는 이미 방 안에서 여러 가지를 준비 중인 리암을 향해 말했다. 헤지아나는 아무도 방 안에 들이지 못하도록 밖의 궁내원에게 말해 둔 상태였다.

리암은 일어나 헤지아나를 맞았다.

"아니요. 페른시스의 요정왕과 이야기를 나누셨다고 들어 늦으실

거라 예상했습니다."

안경을 고쳐 쓰며 리암이 헤지아나에게 다가왔다.

"요정왕과는 무슨 이야기를 나누셨습니까?"

"그건…"

7월성.

잠시 잊고 있었던 단어를 떠올린 헤지아나의 얼굴 표정이 일그러졌다. 그것을 빠르게 눈치챈 리암의 표정도 일그러졌다.

"무슨 문제가 있습니까?"

"그것이…"

말을 돌리고 싶었지만 어떤 말로 돌려야 할까.

…아니, 이것을 그냥 숨기고 넘어가야 하는 일일까?

헤지아나는 눈을 들어 앞의 남자를 쳐다보았다. 외교의 수완가에게 이 문제를 던졌을 때 해답이 나올 것인가. 외교 능력이 이 문제를 해결해 줄 것 같진 않지만 지푸라기는 잡을 수 있지 않을까.

리암은 고민하는 헤지아나를 보채지 않았고, 때문에 한참의 고민 끝에 헤지아나는 입을 열었다. 그가 문제를 해결해 줄 수는 없어도, 입을 가볍게 놀리지는 않을 것이다.

"리암."

헤지아나는 리암에게 상담하기로 했다. 진지한 헤지아나의 표정에 리암은 가볍게 고개를 당겼다.

"만약 월성 중 한 명이 생존해 있다면 어떤 문제가 발생할 것 같은가요?"

"성하와 같은 월성의 후손을 말하는 것입니까?"

"아니요, 월성의 힘을 가진 자를 말하는 것입니다."

잠시 리암이 생각하는 듯한 표정을 지었다.

"몇 월성이느냐에 따라 다르겠지요."

당연한 말이다. 헤지아나는 입술을 깨물며 눈을 감았다.

"7월성이라면?"

바로 공기가 굳었다.

그 굳은 공기만으로도 이미 대답을 들은 것 같았다. 헤지아나는 깊은 한숨을 내쉬었다.

"성하. 지금 그 말씀은 7월성이 생존해 있다는 것입니까?"

"15년 전의 7월성이 아닙니다. 그는 죽지 않았습니까?"

그의 목을 잘라 세상에 공표한 것이 1월성이었다. 마지막 남은 1월성이 7월성의 목을 들고 나타나 별들의 전쟁이 끝났음을 고하고 죽었다. 그렇게 알고 있다.

"하지만 그의 후손…. 그의 이복 여동생이 낳은 아이가 있다더군요. 그 아이가 7월성이라고 합니다."

"요정왕은 그의 소재를 알고 있고 말이지요. 소재에 대해 말해 주지는 않았겠군요."

더 말해야 할까. 헤지아나는 짧은 순간에도 깊이 고민했다.

"7월성이 생존해 있다는 것이 알려지면 어떤 일이 일어날까요, 리암?"

"동요가 크겠지요. 주살하겠다고 하는 이가 있을 수도 있고, 또는 그를 회유하여 병기로 쓰고자 하는 이도 있을 것입니다. 폭풍의 핵이 될 것은 확실하군요."

그것은 동감이다. 그래서 불안한 것이고. 헤지아나는 이어서 물었다.

"리암 왕이라면 그를 어떻게 하시겠습니까?"

"당연히 우리 편으로 끌어들여야죠."

한 치의 흔들림도 없이 들려오는 '우리'라는 말이 가슴에 녹아내렸다.

그는 나의 편이다. 언제까지나 나의 편일지는 알 수 없으나 어쨌든 리암은 헤지아나를 지지하기로 했다. 그러므로 우리였다.

"그렇… 군요."

두근대며 불안하게 뛰던 심장이 지지자와 함께 안정을 찾았다. 헤지아나는 깊은 한숨으로 가슴에 얹혀 있던 불안을 쓸어 내고는 리암을 돌아보았다.

"그 생각을 하지 못했어요."

아마 리암은 '회유하여 병기'로 쓰고자 하는 쪽에 가까울 것이다. 씁쓸한 기분이 들었지만, 그가 7월성을 '사용'한다면 억지력 이상으로 사용하려고 하지는 않을 것이라는 확신은 있었다. 그것은 지금 둘이 하고자 하는 일에 위배되는 일이니까.

그렇다. 끌어들이면 된다. 신에게서 받은 마법의 힘을 가진 일곱 별의 아이들의 유일한 후예. 그만한 '병기'가 있을까? 아셔는 일단 열외다. 그는 말하자면 비규격이니까.

잠깐, 그렇게 생각한다면 아셔와 루시올을 손에 넣은 교황청의 힘은…

"7월성이 페른시스 밑에 있으니 페른시스도 끌어들여야 할 것 같은데…. 그런데 하필 요정왕이 가진 패가 7월성이라니 안타깝군요. 다른 월성이었다면 지금 파헨타움과의 마찰에서 유용한 패로 사용할 수 있었을 텐데. 7월성은 지나치게 공적 취급 받기 좋은 패입니다."

유용한 패. 기어이 나온 말에 헤지아나의 생각이 끊겼다. 입맛이 써지는 것 같은 기분이었다.

"그렇지만 좀 이상하기도 하군요."

"무엇이 말이지요?"

헤지아나가 묻자 리암은 테이블에 놓인 지도를 손끝으로 더듬으며 설명했다.

"15년 전, 7월성은 북쪽과 연합해 주로 페른시스를 공격했습니다."

리암의 손끝을 보며 헤지아나는 미간을 좁혔다. 그러고 보니 그랬다.

"어떤 이유에서 7월성이 페른시스를 공격하였는지는 아무도 모릅니다. 북쪽 왕국들이 동쪽으로 가는 침략로를 마련하고자 7월성에게 주문하였을 수도 있지요. 그렇다면 왜 7월성이 북쪽과 손을 잡았는가, 이것도 여전히 밝혀지지 않은 사실입니다만…."

"…저는 월성과 15년 전 전쟁에 대해서 거의 아는 것이 없습니다. 자료도 당시 소실된 것이 많은 것도 그 이유 중 하나고요."

황폐했던 전쟁시의 자료가 충실할 리가 없다. 그렇다고 해서 구전으로 그녀에게 이야기를 전달해 줄 이들도 없었다. 지나간 일이니까. 그녀가 3월성의 자손이니까. 말하기 꺼림칙한 이야기니까.

헤지아나는 자신에게서 멀찍이 떨어져 바람에 실려 오는 이야기만 들었다. 그래서 정확히 아는 것은 거의 없었다.

"제가 아는 한에서는 대답해 드리도록 하겠습니다."

리암은 손끝으로 더듬던 지도에서 손을 떼고 헤지아나를 향해 말했다.

"개괄적인 것은 알고 계시겠지요."

"예."

"소문은 여러 가지가 있습니다. 7월성이 서쪽에 무기를 푸는 북쪽 연합에게 가 자신에게 군대를 달라 직접 청했다는 이야기도 있지요. 근거는 없습니다."

"북쪽의 왕들은 당시 뭐라고 했습니까?"

"핑계는 가지가지입니다. 함구하거나, 협박당했다고 말하거나…."

15년이나 지난 지금, 세대교체가 된 나라들도 있으니 진실은 더욱 알 수 없을 것이다. 하지만 지금 그것이 중요하다고 여겨지지는 않았다.

"월성이 인간의 전쟁사에 그렇게 끼어든 것은 역사적으로 처음 있는 일이었고, 다른 월성들이 그를 막기 위해 끼어들면서 전쟁이 확장된 것입니다만…. 여하튼, 주로 페른시스를 공격한 7월성의 후예가 요정왕의 보호 아래 있다는 것이 이해가 되지 않는군요."

역시 말하는 게 좋을까.

바로 의문점을 찾아내는 리암의 모습을 보고 헤지아나는 눈을 굴렸다. 그는 답을 찾아낼 수 있지 않을까?

"7월성… 의 이복 여동생이 낳은 아이는."

헤지아나는 잠깐 마른침을 삼켰다. 망설임 때문에 입이 잘 떨어지지 않았다.

"요정왕과의 사이에서 나온 아이라고 합니다."

"…."

침묵이 부자연스러웠다. 숙였던 고개를 들어, 헤지아나는 리암을 보며 말했다.

"루시올 왕자가 7월성입니다."

바로 리암의 미간에 주름이 잡히는 것이 보였다. 그는 이마를 짚고 눈을 감았고, 헤지아나는 설명을 덧붙였다.

"그가 루시올이 태어났을 때 전승 예식을 치렀다고 합니다. 때문에 루시올은 유일하게 남은 월성이 된 것이지요."

"…그렇다면 경우의 수가 두 가지 정도 생각나는군요."

눈을 뜬 리암이 소파에 앉아 펜을 들었다. 헤지아나도 그를 따라 반대편 소파에 앉았다.

"그러니까 7월성이 페른시스를 공격한 이유 말입니다. 첫 번째, 7월성과 요정왕과의 사이에 반목이 있었다. 예를 들어 이복 여동생과의 혼인이 타당한 것이 아니었다. 그렇기 때문에 7월성은 당시 혼란을 부추기던 북쪽의 협조를 얻어 페른시스를 쳤다."

"두 번째는?"

"7월성이 사돈지간인 요정왕을 쳐야 할 이유가 생겼다. 예를 들어 혈육, 동생과 조카인 루시올 왕자가 인질로 잡혀 있었다는 게 타당하겠군요. 당시 그들은 요정왕의 보호를 받지 않았으니까요. 사실 월성이 인질을 잡혀 이용당하는 일은 꽤 많았습니다. 만약 이렇다면 요정왕이 루시올 왕자를 인정받게 만들기 위해 강경했던 것도 이해가 됩니다. 인정된 한 나라의 왕자를 가지고 함부로 공작을 벌일 수는 없을 터이니."

슥슥 1번, 2번 속기로 적어 나가던 리암은 펜을 잠시 멈추더니 여태까지 쓴 것 위에 크게 X 표시를 했다.

"중요한 건 이게 아니군요. 어떻게 반요정이 월성일 수 있지요?"

"요정왕은 루시올이 반은 인간인 만큼 가능하지 않겠느냐고 말했습니다."

"월성은 오직 인간만을 위해 주어진 힘입니다."

"저도 그렇게 알고 있습니다. 다른 종족이 가진, 특별한 능력이 없는 인간을 보호하는 유일한 힘이라고…"

헤지아나가 어두운 표정을 지었다. 그것은 헤지아나로서도 알 수 없는 노릇이었다. 신에게 물어볼까 하는 생각이 들었지만, 지금 불러도 바로 오진 않을 것이다. 헤지아나가 생각하는 사이 리암은 펜을 내려놓더니 안경을 고쳐 쓰며 깊게 한숨을 내쉬었다.

"보호하는 힘이라…"

"예. 다른 종족처럼 개인의 힘은 아니지만 그 종족을 위한 힘이라고."

"그 이야기는 알고 계셨군요."

"예? 어떤."

"월성이 가진 힘이 인간을 위한 힘이 아니라 종족을 번성하게 하는 힘이란 이야기 말입니다."

안경을 슥슥 문질러 닦는 리암의 말은 어디선가 들은 기억이 있는 말이었다. 하지만 아는 말은 아니었다.

"그게 무슨 말이죠?"

"…모르셨군요."

조금 당황한 듯 리암이 안경을 닦던 손을 멈추고 잠시 신음했다.

"관련 없는 이야기입니다만, 월성의 힘이 인간만을 위한 힘이 아니라는 해석이 있습니다. 신이 '인간을 위해 내린 힘'이라고 해석하나 실은 '종족을 번성하게 할 힘'이라고 보는 것이지요. 그런데 그 힘이 인간 종족에게만 전수되어 왔기 때문에 다른 구 지배 종족들이 쇠퇴하고 인간이 현재 대륙의 패권자가 되었다는 이야기입니다. 이것을 시험해 보고자 하는 아인종들이 월성의 핏줄을 노렸지요."

물론 인간 권력자들 역시 그들을 가만두지 않았지만, 하고 리암이 덧붙였다.

하지만 그때 헤지아나는 다른 것을 생각하고 있었다.

[인간을 번성하게 할 힘이라고 말했던 게 좀 잘못된 걸지도 모르겠어.]

신은 그렇게 한탄했다. 리암의 말대로라면 그것은 인간을 번성하게 하는 힘이 아닌지도 모른다. 그저 그것을 가진 종족을 풍족하게 해 주는 힘일지도 모른다. 그렇지만 창조신의 한탄은 그런 의미로는 들리지 않았다…. 아니, 어차피 월성이 사라진 지금 그것이 중요할까?

"성하, 루시올 왕자가 7월성인지 확인하셨습니까?"

"아, 네. 문양을 확인했습니다."

잠시 생각에 빠져 있던 헤지아나가 다급하게 고개를 끄덕였다.

"루시올 왕자도 본인이 7월성이라는 걸 알겠군요. 그래서 이 회담에…."

리암이 인상을 찌그리며 중얼거리자, 헤지아나는 고개를 저었다.

"아니요. 루시올 왕자 본인은 자신이 7월성이라는 걸 모른다고 합니다. 요정왕이 그렇게 키워 왔다고 합니다."

리암의 움직임이 멈췄다. 복잡하게 눈을 굴리던 그는, 잠시 후 깊은 한숨과 함께 고개를 숙였다.

"그래요. 본인도 모르는 게 좋겠군요. 당연한 이야기지만 루시올 왕자가 7월성이란 이야기는 함구하겠습니다."

"저도 그렇게 하겠습니다."

그리고 잠시 후, 둘은 깊은 한숨을 내쉬었다.

한 단락이 마무리된 느낌이다. 하고자 한 이야기는 이것이 아닌데 벌써 7월성 이야기에 기력이 다 빨려 나간 것 같았다.

"그건 그렇고 7월성의 이복 여동생이라니. 처음 듣는 이야기군요. 남의 집안 사정에 통달할 수야 없는 노릇이겠습니다만…"

"네. 저도 처음 듣는 이야기였습니다만, 문양을 확인한 이상 아니라고 할 수가 없지요."

헤지아나가 한숨을 쉬며 말한 순간이었다. 잠깐 리암은 눈을 감더니 옅은 신음을 냈다.

"좀 껄끄럽군요."

"무엇이 말인가요?"

"월성들은 그 힘의 문제 때문에 혈통을 엄중하게 관리했다고 들었습니다. 한 나라의 왕가보다도 더 엄했다고 하더군요. 한 종족을 위한 힘이지 않습니까? 인간 권력자나 다른 종족들이 그 힘을 노리는 것은 둘째 치고, 그 위업에 욕심을 가진 여자들도 있었지요. 월성을 자신의 자식에게 물려받게 하고 싶어서 후계자에게 해를 끼친 후처나 며느리의 예는 적지 않다고 들었습니다. 그런데 이복 여동생이라…"

그러고 보니 그런 이야기를 들은 것 같기도 하다.

월성들은 끼리끼리 결혼하기도 했지만 명망 높은 마법사들과 결혼하기도 했다. 이는 마법사들에게 굉장히 명예로운 일이기도 했다고 한다. 그들의 이름은 협회에 따로 기록되기도 했지만, 사실 협회에 기록될 정도의 공을 세운 자들이 아니면 그들과 연을 맺기도 힘들었다.

"전전대 7월성이 재혼을 했다는 이야기는 들은 적이 없습니다."

"혼외자일 가능성은요?"

"그렇다면 이복 여동생의 자식에게 월성의 힘을 전수한다는 점을 더욱 납득하기 어렵습니다."

"요정왕은 그가 나이 들어 자식이 없어 불안했을 것이라고 말하더군요."

"전 7월성이 살아 있다면 73세. 루시올 왕자의 나이 51세. 22세에 후사를 불안해할 이유가 없다고 생각합니다만."

"육화한 것은 20년 되었다고 하니 그 이후의 일일 수도 있지요."

"그것은 그렇군요."

헤지아나는 잠시 눈을 감더니 한숨을 깊게 내쉬었다.

루시올 왕자가 육화했을 때의 전 7월성의 나이는 대략 50대. 전쟁은 그 이후 벌어졌으니 그 이전에 후계자로 지목했다면 리암이 내놓은 추론이 어긋나지는 않는다.

하지만 혼란스럽다. 이렇게 된 이상 확실히 알아볼 필요는 있을 것 같았다.

"머릿속으로 생각만 하는 건 역시 좋지 못한 것 같습니다. 어려운 일은 아니니, 이복 여동생이란 여자가 있었는지부터 찾아보는 게 좋겠습니다. 루시올 왕자가 '생명의 나무'에 들어가기 전 어디에 살았는지는 알고 있으니, 이 부분은 제가 페른시스 교구에 조사하도록 지시하겠습니다. 우리는 우리의 할 일을 하도록 하지요, 리암."

"…예. 할 일을 잊고 있었군요."

할 일은 조사로 쉽게 알아차릴 수 있는 어느 누군가의 실존 여부가 아니었다.

세계의 천칭, 웨스월드. 기본적인 개념과 규칙을 오늘 내로 협의하여 끝낸다.

그다음, 어느 나라를 끌어들이는가. 어떻게 끌어들이는가. 그것이 무엇보다 시급한 문제였다.

루시올은 아직도 혼란에 빠져 있었다. 대체 헤지아나는, 교황은 무슨 일 때문에 자신의 옷을 벗긴 걸까. 그리고 왜 그냥 가 버린 걸까.

이유도 없는 불안감에 서성거리던 루시올에게 노크 소리가 들렸다.

"무슨 일이냐?"

"폐하께서 연락하셨습니다."

그 말에 루시올은 문을 열고 앞에 서 있는 시종의 손에서 수정구를 빼앗아 들었다. 시종은 당황했지만, 루시올은 신경도 쓰지 않고 문을 세차게 닫아 버렸다.

'무슨 일이시지.'

혹시 뭔가 잘못된 건 아니겠지. 무언가 잘못되어서 자신에게 꾸중하려고 하시는 것일까. 그러지 않고서야 이렇게 빠르게 또 연락이 올 리가 없다. 불안해하며 루시올은 수정구를 테이블 위에 올려놓았다.

"아, 아버님."

〈내 아들, 루시올이냐.〉

"예, 에."

긴장감에 앉지도 못한 채 루시올은 수정구를 빤히 쳐다보았다.

〈교황과 대화하였다. 그녀가 네게 방문하였느냐?〉

"예…."

〈별다른 일은 없었고?〉

"네, 별다른 일은…."

역시 무슨 일이 있었던 걸까? 제대로 대답하지 못하고 루시올은 대충 말을 얼버무렸다. 수정구 너머로 '흐음'하고 숨 넘기는 소리가 들려왔다.

〈옷을 벗겨 보진 않더냐?〉

"네? 네, 네…. 그러긴… 하셨습니다만, 그게 무슨…."

〈그렇군.〉

낮은 웃음소리가 들렸다. 루시올은 이해할 수가 없었다.

〈내 아들아. 인간의 교황에게 협력하거라. 그녀를 따르고, 그녀를 네 편으로 만들어라.〉

"예? 예. 그러지 않아도 그러고…."

〈그녀는 반드시 네게 끌릴 것이다.〉

무심코 루시올은 자신의 어깨를 붙잡았다. 끌린다고?

"아버님. 죄송하지만 그게 무슨 의미인지…."

〈교황은 네게서 벗어나기 힘들게다. 그러니 붙잡기만 해라. 그렇다면 더 이상 너를 막을 것은 없단다.〉

루시올은 입을 다물었다. 굳은 표정의 루시올은 한참 후 고개를 끄덕이더니, 작은 목소리로 말했다.

"아버님께서는 교황 때문에 저를 여기로 보내신 것인가요?"

〈그렇다. 너만이 할 수 있는 일이니까.〉

하긴, 자신을 이곳으로 보내는 것을 적극 추천한 이는 아버지였다.

"교황이 저에게 끌린다는 건…"

〈끌릴 뿐일까, 곧 네가 없으면 어쩌지 못하게 될 것이다. 분명 그렇게 되겠지.〉

작게 요정왕이 웃었다.

그 웃음소리에 루시올은 혼란스럽게 눈을 굴렸다. 아버지가 자신을 '그런 용도로' 넘긴 것일까? 적어도 아버지의 태도는 그것을 적극적으로 허락한 사람이 아니면 보일 수 없는 태도였다. 아버지가 자신을 그렇게 넘기다니?

'아니, 하지만 어차피 생각했던 거잖아.'

그렇지만 내가 각오한 것과 아버지가 그런 건 다르지. 그런 생각도 들었지만 루시올은 그 생각까지 혼란과 함께 밀어냈다. 자신이 해야 할 일은 그게 아니었다. 아버지가 교황의 취향을 언제 알아본 건지 모르지만 일이 이렇게 되었다면 차라리 안심이다. 적어도 실패할 일은 없다는 거니까. 루시올은 결연한 표정으로 고개를 숙였다.

"알겠습니다."

원래 그러려고 했다. 아버지가 말하지 않아도 그녀를 자신의 편으로 만들 생각이었다. 방법은 뭐든지 각오하고 있었다.

어차피 세상은 더럽고, 정치라는 건 간신배들의 유희장이고, 거기에 더해 인간들이란 그렇고 그런 존재인 데다가 특히 여자란 남자를 장난감으로 알고 멋대로 다루려고 장난질 치며 희롱하는 것들이었다. 요정들도 그런데 인간들은 오죽하겠는가.

하지만 어떻게 해서든 편만 만들면, 그걸로 게임은 끝이다.

어쩌면 헤지아나가 즐길 줄 아는 여자인 게 다행일지도 모른다. 그런 걸 다루는 건 이쪽이 더 잘 아니까.

'주는 것만 받아먹어 봤을 온실 속 화초와는 격이 다르다고.'

루시올은 억지로 웃으며 주먹을 움켜쥐었다.

〈그러면 나의 아들. 네가 잘 해내리라 믿는다.〉

"실망하실 일은 없을 겁니다."

힘주어 움켜쥔 주먹은 조금 떨리고 있었다.

"파헨타움이 그들의 뒤를 대고 있다는 심증은 확실하나 연결 고리가 아직 미흡합니다. 특히나 성하께서 들으셨듯이 황가의 재건축을 위한 비용이라고 하면 공박하기가 곤란하지요. 그렇다면…."

"네, 직접적인 공격은 효과가 없을 것입니다. 황태자도 그에 대한 대비는 이미 했겠지요. 우회적인 억제책이 필요할 것입니다."

저녁노을이 져 가는 시간, 빠르게 웨스월드의 기본 골자를 협의 본 두 사람은 다음 논제로 넘어갔다.

혜지아나의 손에는 리암이 준 보고서가 들려 있었다. 그녀가 요청했던, 파헨타움이 유랑 민족의 후원자라는 증거의 기반이 될 만한 자료들이었다. 어느 용병단이 어떻게 언제부터 움직였는지는 거의 확실했으나 이것을 파헨타움과 연결시킬 만한 심증은 있되 확증은 없었다.

이렇게 카람찬트를 의심하면서 그가 자신에게 빠져들기를 바라는 것은 무리 아닐까.

혜지아나는 문득 든 생각에 깊은 한숨을 내쉬며 고개를 저었다.

"시간이 여유로운 것은 아니니 이것의 확증을 찾아 파고드는 것은 시간 낭비입니다. 목적은 움직이지 못하게 하면 되는 것이니, 발목만 묶으면 되지요."

"그것만으로도 서쪽의 황제를 설득하기는 충분합니다."

리암이 턱짓하며 보고서를 가리키자 혜지아나는 잠시 입술을 닫았다.

"역시 할센라비온을 끌어들이는 것이 제일인가요?"

"상수(上手)라고 말할 순 없지만 지금으로써는 최선의 방법이라고 생각됩니다."

리암의 말대로, 지금 할센라비온은 군사를 움직여야 하지만 그의 정적 때문에 움직일 수 없는 상황이니 쉽게 가입할 것이라고 예상이 된다. 하지만….

"나중의 일은 나중에 생각해야 할 때입니다, 혜지아나."

흠칫, 혜지아나의 몸이 떨렸다. 이름을 불린 순간 부드러운 무언가가 귓가를 통해서 스며들어 오는 것만 같았다. 스스로의 팔을 움켜쥐며 혜지아나는 흘끔 리암을 돌아보았다.

"일단은 저를 믿어 주십시오. 황제란 추를 천칭 위에 올립시다."

리암의 손이 부드럽게 팔목을 감싸 쥐었다. 갑자기 심장이 뛰었다. 그 손이 내려와 자신의 손가락 사이를 파고들어 맞잡은 순간 뜨거운 피가 얼굴에 몰려 숨이 막혔다. 자신도 모르게 리암의 손을 뿌리치고 싶은 기분이 된 그때.

"성하."

"아, 예!"

밖에서 들리는 궁내원의 목소리에 헤지아나는 슬쩍 리암의 손을 놓았다.

"아셔 아라스트란 경께서 뵙기를 청하십니다."

"아, 아. 예, 들라 이르세요."

멋쩍은 듯 머리를 쓸어 넘기며 헤지아나는 리암의 눈치를 살폈다. 혹시 너무 뿌리치는 것처럼 느껴지진 않았을까? 하지만 리암은 안경을 고쳐 쓰고 있을 뿐이었다.

"성하, 실례하겠습니다."

리암과 가볍게 목례를 한 아셔는 테이블 위에 흩어진 서류들과 지도, 그리고 헤지아나와 리암의 가까운 거리를 살피더니 작게 신음했다. 이해하기 힘들다는 표정이었다.

"무슨 일인가요, 아셔 경."

"북쪽 일입니다만…."

아셔가 흘끔 리암의 눈치를 살폈다. 그에 대해 헤지아나는 손을 저어 보였다.

"이야기하세요. 괜찮습니다."

"예. 무기를 미처 확보하지 못한 나라들의 직접적인 항의나 요구가 있습니다. 그것도 교황청을 향해 직접….”

“앞뒤 가리지를 못하는군요. 불안도가 우리의 생각 이상인 듯합니다.”

리암의 말에 헤지아나는 고개를 끄덕였다.

아무리 교황청의 공작이라는 것을 안다고 해도 실제 움직임을 축소시킨 것은 북쪽 국가들이다. 항의는 그들에게 해야 맞는 일이다. 아무리 교황청이 근원인 것을 알아도 교황청에 하소연할 일이 아닌 것이다.

그런데 직격을 던졌다는 것은 아무리 보아도 생각이 없는 짓이 아닌가. 아니면, 제정신을 차릴 수 없을 정도로 정신이 나갔거나.

“일단 그 부분은 성성 외교부가 처리해야 할 일이군요. 제 방침은 변함없습니다. 이 일은 범속한 이들의 안정을 위한 것, 그뿐입니다.”

“알겠습니다.”

헤지아나의 지시에 아셔가 고개를 숙였다. 그 순간이었다.

“성하.”

“이런. 오늘은 손님이 많군요.”

“그러게 말입니다.”

또 밖에서 부르는 소리에 리암과 헤지아나가 한마디씩 했다. 밖에 선 궁내원이 이어 말했다.

“루시올 왕자님께서 뵙기를 청하십니다.”

헤지아나의 어깨가 눈에 띄게 들썩거렸다. 그 흔들림을 본 사람이 눈을 둥그렇게 떴고 헤지아나는 고개를 들어 문 너머를 향해 말했다.

"무, 무슨 일이지요?"

"저녁 식사를 청하신다고 하셨습니다."

헤지아나는 바로 성큼성큼 문을 향해 걸어 나갔다. 그러다가 앗차 하더니 돌아와 서류를 정리하기 시작했다.

"그, 저, 그러니까…. 알겠다고 전달해 드리세요. 식당으로 모시고!"

"예."

궁내원의 대답을 들은 건지 만 건지, 눈에 띄게 허둥대며 헤지아나는 서류를 챙기다 이제야 생각났다는 듯이 리암을 보곤 말했다.

"그, 그럼 리암 왕, 그러면 오늘은 여기까지 하도록 하지요."

"네. 일단 황제와는 제가 접촉하도록 하겠습니다. 정리는 제가 하도록 할 테니 성하께서는 루시올 왕자와 저녁을 들도록 하세요."

"아, 네, 맡겨도 될까요? 고마워요, 리암."

허둥지둥대며 서류를 놓은 헤지아나는 몸을 돌렸다. 앞에는 아셔가 있었다.

"아, 아셔. 아까 말한 건 성성 외교부에 전달해 주시기 바라요."

"…예."

아셔는 약간 이상하다는 표정이었지만 헤지아나는 그를 신경 쓸 여력이 없었다. 대신 앞서 나가려던 발걸음을 멈추고 마침 생각난 것을 명령했다.

"아, 아셔. 페른시스 교구에 조사를 명해야 할 것이 있는데…. 가는 김에 루시올 왕자의 어머니에 대해 조사하도록 명하세요. 모든 자료를 모아 주시기 바랍니다. 그럼, 부탁해요."

헤지아나는 허둥대며 문밖을 나섰다. 문밖을 나선 헤지아나가 루시올 왕자를 어디로 안내했는지를 묻는 목소리 역시 허둥대고 있었다. 그 목소리에 리암은 피식 웃음 지었다.

"…창조신께서 왜 종들께 핏줄을 허락하지 않으셨는지 알 것 같군."

리암은 종이 더미를 차례대로 정리하며 생각했다. 자신이 혈육이라고 하여 저렇게 동요한 모습을 보인 적이 있었던가? 물론 자신에게도 가족은 소중한 것이었고, 복숭아나무가 죽는 꿈을 꿨을 때는 너무 슬펐지만… 아니, 잃어버린 줄 알았던 가족을 찾는다는 건 겪어 보지 못한 일이다. 감정의 진폭이 다를지도 모른다. 예를 들어 부모님이 지금 살아 돌아오신다면? 상상할 수 없는 감정을 상상해 보며 리암은 잠시 손을 멈췄다.

"전하, 뭐라고 말씀 하셨습니까?"

"아. 아닙니다."

아셔가 자신을 향해 물어 오자 리암은 조용히 고개를 숙였다.

"참, 아셔 경께서는 지금 북쪽의 정보를 수집하고 계십니까?"

"예, 성하의 명으로 그렇게 하고 있습니다."

"그렇군요. 아셔 경의 위명은 익히 들었습니다. 창조신의 제일 되는 손이라고…."

"그런 명칭은 가당하지 않습니다. 그런 이름을 받기엔 한 일이 적어 부끄러울 뿐입니다."

대충 서류를 쌓아 둔 리암은 테이블 끝에 서 있는 아셔에게 다가갔다. 그리고 오른손을 내밀었다.

"저는 앞으로 성하와 함께 많은 일을 할 예정입니다. 경께서는 성하의 측근이고 많은 일을 맡고 계신 신의 심부름꾼이시니 앞으로 많은 협조를 부탁드리게 될 것 같아 미리 인사드리고자 합니다."

"어떤 일을 하시고자 하는 겁니까?"

아셔는 약간의 의아함을 담아 물었다.

분명 들었다. 리암이라고 불렀다. 리암 왕이 아니다. 헤지아나는 분명 리암 왕을 경칭 없이 불렀다. '고마워요, 리암'이라고.

리암은 자신을 부른 헤지아나의 뒷모습에 불쾌감을 보이지 않았다. 오히려 어쩐지 아련한 감정이 담긴 표정으로 쳐다보며 웃었다. 둘은 대체 어떤 관계가 된 것인가? 아셔는 자신도 잘 알 수 없는 의아함을 표현하려고 애쓰며 내밀어진 손을 쳐다보았다.

"당연히 이 세계의 평화를 위해서입니다."

"신의 뜻이 그를 바라시고, 그 대리인의 뜻 또한 그러하시지요."

하지만 아셔는 미미하게 웃으며 리암의 손을 붙잡았다. 헤지아나가, 신의 대리인께서 일전에 명하셨다. 대표들과 어떤 친밀한 모습을 보이더라도 이상하게 여기지 말고, 어떤 반응도 하지 말라고.

명하신다면 그에 따를 뿐이다.

"미숙하지만 앞으로 잘 부탁드립니다."

"무슨 말씀을. 저야말로 잘 부탁드립니다."

겸손하게 웃음 지으며 리암은 손을 놓았다.

"특히 성하에 대해, 저는 아무것도 모르니 오래 모셔 왔던 분의 가르침 부탁드립니다."

아셔는 그 말이 좀 이상하다고 느꼈다. 하지만 따져보면 이상할 것도 없어서, 아셔는 또 한 번 웃음 지으며 고개를 끄덕였다.

"성하."

문을 열자, 자리에서 일어난 루시올이 헤지아나를 맞이했다. 헤지아나는 상석에 앉았고, 헤지아나의 오른쪽에 선 루시올은 산뜻하게 미소 지으며 그녀가 앉는 것을 권하기를 기다렸다.

"갑작스런 식사 권유에 응해 주셔서 감사합니다."

"아니요. 시간을 내 주셔서 기쁜 것은 저이지요. 언제든지 부담 없이 권해 주세요."

루시올의 복장은 화려했지만 지금 헤지아나의 눈에는 그런 게 보이지 않았다. 아직 젖살이 빠지지 않은 것 같은 홍조 있는 뺨. 맑은 녹색 눈동자. 약간 뾰족한 귀를 감싸는 이어커프 끝에서 흔들리는 오벌 컷의 에메랄드.

7월성, 루시올 페른시스.

"하지만 성하께선 저보다 훨씬 바쁘실 텐데, 이렇게 자리를 내주시니 영광입니다."

"루시올 왕자에게 낼 시간이 없을 리 있겠습니까?"

"감사합니다."

루시올은 웃음 지으며 대답했다. 어차피 헤지아나의 말이야 적당히 입바른 말이겠지만 나쁘게 들을 이유는 없었다. 자신이 해야 할 것은 저 말을 좀 더 진심으로 만드는 일이었다.

까짓 거, 대 주면 될 거 아닌가.

아버지는 공물로 자신을 보냈고 교황은 그것을 확인했다. 아버님께서 그런 방법으로 국운을 거시겠다면 어쩌겠는가? 임무에 충실한다. 소기의 목적 또한 달성한다. 성공과 보상을 손에 넣는다. 그리고 끝은 어쨌든 복수한다. 좋아, 모든 게 좋다.

어차피 교황도 몇 번 간 보다가 찌를 것이다. 어린 남자 좋아하는 것들이란 다 똑같지. 너도 알고 나도 아니 시간 낭비 없이 친히 찔러 주기 위해 이 자리를 마련했다.

'정말 어쩌다가 이렇게 된 걸까.'

아니, 이런 생각을 할 필요는 없지.

잘될 거다. 잘될 수밖에 없다. 어차피 여자는 다 똑같다. 조금만 교태를 부리면, 조금만 불쌍한 척 연기를 하면 금세 넘어온다. 여태까지의 성공을 되새김질하면서 감정을 다스린 후 루시올은 준비된 전채를 향해 식기를 들었다.

"지금 서쪽에서 자꾸 문제가 일어나니 성하의 심려가 크시겠습니다. 아버님께 듣기로 여러 나라의 동요가 크다고 하더군요. 서쪽뿐만이 아니라 동쪽에서도 말이지요."

"예, 전해 들었습니다. 그러고 보니 파헨타움이 근래 페른시스에 가하는 공격이 주춤하다고 들었습니다. 서쪽의 문제가 영향을 미치는 것일까요?"

"그럴 수도 있겠습니다만…."

전채로 나온 초절임 생선을 삼킨 루시올이 우울한 표정을 지었다. 초절임 생선은 그렇게 좋아하는 것도 아니어서 우울한 표정을 짓기가 더 쉬웠다.

"그렇다고 해서 저희에게 당면한 위협이 사라진 것은 아니니 말입니다. 그들이 철수한 것도 아니거니와…."

어색한 침묵 사이 전채 접시가 치워지고 수프가 준비되었다. 헤지아나는 김 오르는 수프를 보며 잠시 생각에 빠졌다.

카람찬트의 공격을 막아야 한다.

식기를 쥔 손에 힘이 들어갔다. 이것은 결코 피에 끌린 결과가 아니다. 미혹된 것이 아니다. 당연한 것이고 이전부터 생각한 것이다.

"그, 그러고 보니."

"예?"

헤지아나가 고개를 들며 말한 순간 루시올이 고개를 갸웃하며 그녀를 쳐다보았다.

녹색 눈동자가 반짝거리며 자신을 쳐다본 순간 헤지아나는 흠칫 몸을 움츠렸다. 아까 옷을 벗긴 것을 사과하려고 했으나, 그랬다가는 엉뚱한 것까지 말하게 될 것 같았다. 본인도 묻지 않는데 굳이 말할 필요는 없지 않을까.

"아…, 아닙니다."

"아, 네…. 음. 수프 맛이 아주 좋네요. 버섯 향이 신선해요."

"정원에서 난 것입니다. 지금 철에도 송이버섯이 나오지요."

"이 근처에서는 활엽수밖에 보지 못했는데 소나무가 있나요?"

"북쪽으로 한참 올라가야 있습니다. 하지만 보통 갈 일이 없죠."

"송이가 난다면 관리가 잘된 숲인 듯하니 한 번 가 보고 싶네요."

명색이 요정인데 풀과 나무를 좋아하는 것은 당연하다. 기대하는 듯한 루시올을 보며 헤지아나는 옅게 웃음 지었다.

"가기엔 깊은 숲이라 추천하기는 힘들군요."

"요정이 깊은 숲을 마다할까요? 하지만 성하께서 곤란하실 듯하니 조르지는 않겠어요."

루시올이 싱긋 웃으며 고개를 기울였다. 순수한 어린아이 같은 웃음에 헤지아나는 긴장한 표정을 조금 풀고 마주 웃어 보였다.

"아시겠지만 요정들 중에서는 버섯을 좋아하는 이들이 많답니다. 오랜 기록에도 대지의 선물이라고 찬미되어 있지요."

"루시올 왕자도 버섯을 좋아하나요?"

"네, 요정들의 경우 유체나 '작은 요정' 때의 기억이 잘 남지 않는데 저는 작았을 때부터 버섯을 매우 좋아했던 것 같아요. 그런 기억이 조금씩 남아 있어요."

수프 그릇을 비우자 다음 요리가 나왔다. 정찬이 아닌 간소한 저녁 식사였지만 얇게 저민 오리고기와 곁들인 구운 야채가 주요리로 나왔고, 거기다가 도수 낮은 적포도주까지 함께 준비되었다.

"작았을 때면, 어머니… 와 같이 살던 때지요?"

"1, 2년밖에 같이 있지 못했던 걸로 알고 있지만요."

요정의 성장은 세 단계로 나뉜다고 했다. 도깨비 불 같은 '유체', 작은 사람 모양에 날개가 달린 '작은 요정', 그리고 육화하여 인간과 유사한 모습을 가지는 '성체'.

반쪽 요정의 경우 유체 시절 없이 알로 태어나 '작은 요정'이 된다고 한다. 즉 루시올은 갓난아이 때 일을 이야기하고 있는 것이다.

"혹시 어머니에 대한 기억이 있나요?"

요정왕의 말에 의하면 루시올의 어머니는 7월성의 이복 여동생.

그녀 또한 헤지아나의 사촌뻘이 되는 사람인 것이다. 헤지아나는 먼 핏줄에 대한 궁금증을 느끼며 조심스러운 목소리로 루시올에게 물었다.

"글쎄요…. 잘 기억나진 않습니다. 특히 어머니께서는 제가 육화하기 전에 돌아가셨기 때문에 직접적인 기억은 없고요."

그리 대답하며 곁눈질하는 루시올에게서 은근한 경계의 기운이 풍겨 나왔다. 헤지아나는 그 경계에서 동질감을 느꼈다. 그것은 자신의 어린 시절 기억을 묻는 사람들에게 자신이 풍기던 기운과 비슷한 것이었다.

"그러고 보니 성하께서는 일곱별의 아이들의 후손이시지요. 어렸을 적의 기억은 없으시다고 들었습니다만…."

"…네, 대부분 없지요."

"그래도 혹시 기억나는 것 있으신가요?"

웃음 짓는 루시올의 얼굴에서 약간의 공격성이 느껴졌다. 곤란한 이야기는 곤란한 이야기로 막는다는 건가. 궁정에서 상대방을 입 다물게 하는 데에는 좋을지 몰라도 적의를 보이지 않는 상대에게 걸 만한 기술은 아닐 텐데.

그 순간 헤지아나는 루시올에 대한 보고서를 떠올렸다. 저 아이가 서자로 제대로 된 대접을 받지 못하고 자랐다고 했나. 씁쓸함과 동정심에 헤지아나는 어렴풋하게 웃음 지었다.

"저는…. 어머니가 엄하게 혼내고, 아버지가 저를 감싸고, 그리고 수련이 힘들었다는 기억이 있어요."

"아….'

헤지아나의 웃음에 루시올이 시선을 피했다.

"굉장히 따뜻한 공간이란 느낌이 있고요. 그 이상의 기억은 없지만."

"그렇… 군요."

루시올은 우물쭈물하더니 오리고기를 썰어 입에 넣었다.

적의를 내비쳤는데 상대가 온화하게 대응하자 당황한 거겠지. 저 아이에겐 이런 경우 반사적으로 공격하는 것이 몸에 익어 버릴 정도로 익숙한 상황인 거다. 자신도 모르게 낮은 한숨을 쉬며 헤지아나는 루시올을 쳐다보았다.

어떻게 루시올을 자신의 편으로 끌어들일 수 있을까? 그야 파헨 타움을, 카람찬트를 치워 버리면 간단하게 자신의 편으로 끌어들일 수 있겠지만 그러면 카람찬트는….

아니, 그런 것 이전에 도저히 마음이 진정되지 않는다. 상대는 현존하는 유일한 월성. 자신의 혈육.

그래, 인정하자. 가족을 만나서 들떠 있다. 정상이 아니다. 흥분했다. 도저히 진정할 수 없다. 직계는 아니라고 해도 영원히 만날 수 없고 더 이상 존재하지도 않는다고 여겼던 혈육이다.

가족. 세상 사람 대부분 가지고 있고 자신도 가지고 있었겠지만 없어진 것. 어렴풋한 기억만이 남아서 궁금했던 그것. 겨우 잊어버렸나 했더니 갑자기 눈앞에 떡 하니 나타난….

젠장, 진정할 수 있을 리가 없잖아!

"성하?"

"아, 예?"

불가해할 정도로 가속도를 붙여 폭발한 정념이 목소리 하나에 혼잡하게 흩어졌다. 아직 뭉그러진 마음을 달래지 못하고 헤지아나는 자신을 걱정스럽게 쳐다보는 루시올을 향해 물었다.

"왜 그러시는지요, 루시올 왕자."

"아, 갑자기…. 아무 말도 없으시고 움직이지도 않으시기에….

저, 제가 역시 실례되는 질문을 한 건가요?"

초롱초롱한 눈동자가 겁먹은 듯이 떨리고 있었다. 겁먹은 다람쥐 같은 모습에 헤지아나는 일부러 웃음 지어 보였다.

"아, 아니요. 전혀 아닙니다. 음, 그러니까."

번잡스러운 감정을 씹어 삼키며 헤지아나는 어색하게 소리 내어 웃었다.

"잠시 생각나는 것이 있어서요. 어… 저는 어렸을 때 어딘가 가족이 살아 있지 않을까 자주 생각했었거든요. 기억을 잃어버린 탓이 제일 크다고 생각해요."

"아, 그렇군요…. 네, 기억하지 못한다면 그렇게 여길 수도 있겠네요."

"하지만 제가 교황의 자리에 올랐는데도 찾아오지 않을 리는 없지요. 그러니까 그런 생각은 예전에 버렸지만, 왕자께서는 만약에 어머니가 살아 계시면…. 그런 생각은 해 본 적이 없나요?"

루시올의 눈동자가 둥그레졌다. 녹색 눈동자가 그런 생각은 한 번도 해 본 적 없다고 대답해 주고 있었다.

"글쎄요, 저는 아예 기억에 없어서 그런지…."

"어머니 쪽의 혈통이라든가, 사촌이라든가도 생각해 본 적 없으시겠군요."

"네. 전혀 생각해 본 적 없네요."

초록색 눈동자가 한 차례 크게 흔들렸다. 하지만 흔들리던 눈동자는 한 차례 눈꺼풀에 감싸이더니, 평소보다 냉정해져서 정면을 쳐다보았다.

"하지만 그들이 존재하든 존재하지 않든 상관없지 않을까요? 그들이 저에게 도움을 줄 수 있는 것도 아니니까요."

말을 끝낸 순간 루시올의 목울대가 울렸다. 순간 루시올의 표정에서 울컥하는 감정이 드러났고, 찰나에 사라진 격노를 보았던 헤지아나의 손에서 힘이 빠졌다. 무엇이 있었기에, 저런 감정을.

"…저도 반요정이라 이런 말을 할 수 있는 것이겠지만, 요정들은 인간들을…. 품위 있다고 생각하지 않습니다. 모두가 그런 것은 아니지만, 생명의 나무에 기원하는 자들은 그렇지요."

"그런… 가요?"

"아마 어머니가 살아 계셨더라도 생명의 나무 아래에서 멸시받는 것 외에는…. 하실 수 있는 것이 없으셨겠지요."

말 한마디 한마디에서 드러나는 분노에 어쩔 수도 없는 안타까움을 느꼈다. 그런 분노를 숨결 사이에 섞어 토해 내고, 눈에 띄게 어색한 단절의 시간을 지나 루시올은 식사와 환담을 이어 갔다.

헤지아나로서는 그 기분을 뭐라고 말해야 할지 아직 알 수 없었다.

❦

식사 후 루시올은 산책을 권했다. 헤지아나로서도 마다할 것이 없는 코스였다.

이 아이가 어떤 것을 좋아하고, 어떤 것을 싫어하고, 어떤 생각을 하고, 어떤 것을 알고 있는지 그 모든 것들이 궁금했다.

며칠 남지 않은 시간, 그 시간을 또 온전히 이 아이에게만 쏟아

부을 수는 없는데 과연 얼마나 친해질 수 있을까. 루시올이 돌아간 뒤 편지를 주고받기 어색하지 않은 정도의 친교라도 쌓아두면 좋을 텐데.

"아, 저기 앉을 데가 있네요. 잠깐 쉬어요, 성하."

길가에 놓인 작은 벤치를 보자 루시올은 헤지아나의 손을 덥석 잡더니 그녀를 끌어당겼다. 갑작스레 손을 붙잡힌 헤지아나는 매우 놀랐지만 그 손을 뿌리치진 않았다. 자신의 손을 붙잡은 손가락은 마치 아이의 것처럼 부드럽고 통통하게 느껴졌다.

아마 아무 생각 없이 아이처럼 붙잡은 것이리라. 헤지아나는 그렇게 생각했다.

물론 현실은 그렇지 않다.

'별 반응 없네?'

루시올은 흘끔 헤지아나를 살피며 벤치를 향해 빠른 걸음으로 걸었다.

물론 갑작스런 상황에 어찌해야 할지 몰라 뿌리치지 못했을 수도 있다. 보통은 그렇다. 모습이 어리다 보니 경계심을 덜 가지는 사람들도 많다. 하지만 반사적인 반응이라는 게 있다.

'이런 것쯤은 당연하게 여긴다는 건가…'

그럼 이제 슬슬 건너편에서 먼저 접촉이 올 때가 되었는데. 아니, 아직 이른가.

사뿐하게 에스코트한 여인을 벤치에 앉힌 요정은 싱긋 웃더니 역시나 사뿐하게 앉았다. 여인의 바로 옆, 주먹 하나만 겨우 들어갈 것 같은 틈을 두고.

"라스할드에 들어섰을 때부터 느낀 것이지만, 역시 신의 축복을 받은 대지는 다르더군요."

"그런가요?"

그 말, 카람찬트도 했던 것 같은데.

경계도 없이 바짝 앉은 루시올의 눈동자가 반짝였다. 헤지아나는 그 눈동자와 눈높이를 맞췄다.

"다른 분들도 간혹 그런 말씀을 하시지만, 저는 차이를 잘 모르겠습니다. 루시올 왕자는 어떤 차이를 느꼈나요?"

"음…. 땅의 냄새와 밟히는 감촉…."

헤지아나가 고개를 숙이자 가까워진 간격에 루시올은 흠칫 머리를 뒤로 뺐다. 하지만 곧 루시올은 굳은 자세를 풀고, 장난꾸러기 같은 미소를 지으며 헤지아나를 올려다보았다.

"보통 땅이 두꺼운 나뭇가지 위를 걷는 것 같다면 이 땅은 구름을 걷는 것 같아요. 낙엽과 흙으로 돌아간 것들이 풍기는 낡은 책장 사이의 것 같은 냄새가 아니라 밝은 불빛 같은 냄새가 나고요. 초목도 달라요. 싱그러움은 있지만, 그 힘이 자신을 힘차게 드러내는 것이 아니라, 뭐랄까…."

루시올은 어울리는 표현을 찾아 생각에 잠겼다. 루시올의 시선이 헤지아나에게서 땅을 향해 떨어졌고, 헤지아나는 물었다.

"어떻게 느껴지나요?"

"음. 찬미하는 것 같아요. 자신을 성장시킨 것을."

에너지의 방향이 다르다. 보통의 초목이 자신을 중심으로 방사형으로 그 에너지를 내뿜으며 성장한다면, 이곳의 식물들은 힘을 위로 올려 보낸다는 느낌이 들었다. 그 힘을 나뭇가지처럼 밟고 하늘 위까지 올라갈 수 있는 게 아닐까, 하는 생각이 들 정도로.

"요정들의 왕궁…. 생명의 나무도 이런 느낌이에요. 다만 그곳은 모여서 저장하고 뭉쳐서 올라가고 흩어진다는 순환이 느껴지지만 말이에요."

"아…. 그리고 보니 요정들은 생명의 나무에서 태어난다지요?"

"생명의 나무를 꺾꽂이해 요정의 나무를 키울 수 있는데, 거기에서도 태어나지요."

슬쩍, 루시올은 헤지아나와의 간격을 줄였다. 허벅지가 붙었다.

"하지만 지금 생명의 나무는 하나밖에 남지 않았고, 꺾꽂이를 할 가지가 자라는 시간도, 요정의 나무가 자라는 시간도 오래 걸리기 때문에…. 요정들이 예전처럼 많이 태어나진 않지요."

그 '예전'이라는 것은 과거 이 멜라스에 요정이 번성했던 때를 말하는 것일 터이다.

헤지아나도 그냥 이야기로 들었을 뿐이지만, 과거 번성했던 요정족이 지금과 같이 쇠퇴한 데에는 생명의 나무들과 요정의 나무들이 죽어 버린 탓이 크다고 했다. 지금 생명의 나무는 한 그루일 뿐이지만 과거에는 여러 그루가 있었고 장생하는 요정들은 그것만으로도 대륙을 지배하기에 충분한 두수(頭數)를 가질 수 있었다.

왜 생명의 나무들이 죽고 요정의 나무들이 시들었는지는 정확히 알려진 바가 없다.

누군가는 인간들의 모략이라고 했고, 누군가는 신의 금기를 범한 종족에 대한 재앙이라고 했으며, 누군가는 그저 멸종할 때가 되었을 뿐일지도 모른다고 말했다.

다만 이때가 요정족에게는 재앙의 시기였음은 확실하다. 아직 육화하지 못한 요정들은 요정의 나무에서 양분을 얻지 못하면 살아갈 수가 없다. 굶어 죽어 가는 자식을 지켜보는 것 외에는 아무것도 할 수 없는 부모의 심정을 생각해 보라. 아니, 차마 생각하라고 할 수도 없을 정도로 참담한 일이다.

절망과 비탄을 끌어안은 요정들은 무너진 둑처럼 우루루 사라졌고, 인간들은 그들이 사라진 빈 공간에 듬성듬성 들어서며 투덕거렸다. 그들이 국경선을 마련하는 사이 요정들은 마치 겨우 허락이라도 받은 것처럼 나무들이 살아 있는 북동쪽 지역에 모여서 살게 되었고, 그들은 그 지역에 옛 영광스러웠던 수도의 이름을 따와 붙였다. 그것이 페른시스의 시작이었다.

되새김질하니 '이 땅을 구제해 달라'는 요정왕의 외침이 유독 무겁게 느껴졌다. 헤지아나는 자신도 모르게 한숨을 내쉬었다.

"성하?"

자신의 손 위에 얹어진 포슬포슬한 온기에 헤지아나는 정신을 차렸다. 돌아보니 반짝이는 녹색 눈동자가 자신을 응시하고 있었다.

"혹시 피곤하신가요? 피곤하신데 제가 붙잡고 있는 건…."

"아, 아뇨. 아닙니다."

"제 생각이 짧았습니다. 리암 왕과도 오후 내내 면담하셨다고 하셨던 것 같은데…."

"아니에요. 괜찮습니다."

헤지아나가 일어서는 루시올의 손을 붙잡았다. 자연스럽게 붙잡은 손에 힘을 주자 부드러운 손의 감촉이 느껴졌다. 헤지아나는 일어선 루시올을 올려다보았다.

"저는 루시올 왕자와 좀 더 많은 이야기를 나누고 싶어요. 알고 싶은 것도 많고요."

이것 봐라.

루시올의 감에 번쩍하고 불이 들어왔다. 이 말인즉슨 밤은 이제 시작이라는 뜻이 분명하렷다. 이제 분명 거침없이 돌진해 올 것이다. 그럼 여기서는 맞장구를 치는 게 좋겠지?

"그, 그래도. 괜찮으신지…."

"예. 앉으세요."

"음…. 그럼 염치없지만. 잠시만 더 실례하겠습니다."

루시올은 못 이긴 척 헤지아나의 옆에 다시 앉았다. 빈틈은 없었다. 너무 가까이 붙었는지 헤지아나가 조금 옆으로 움직이긴 했지만 멀리 떨어지려는 기색은 없었다. 루시올은 해맑게 웃었다.

"그럼 제가 어떤 이야기로 성하를 즐겁게 해 드릴 수 있을까요?"

"아니, 무슨 재간을 원하는 것이 아니니 편하게 이야기하세요. 음, 저는…. 루시올 왕자는 평소, 그러니까 생명의 나무에서 어떻게 지내는지가 궁금합니다."

어떤 생활을 하며 어떻게 자라 왔을까. 헤지아나는 루시올이 눈을 굴리는 것도 작게 신음하는 것도 빼놓지 않고 쳐다보았다. 너무 가까이 붙은 것이 아닌가 싶었지만 체온을 느낄 수 있을 정도로 경계 없이 있어 주는 것이 고마웠다. 할 수만 있다면 한 번 끌어안아 주고 싶은데.

"으음, 인간들의 왕궁도 크게 다르지 않다고 들었는데요. 다른 것이 있다면 루아르 뷔에 라…. 음, 공용어로 말하자면 '생명의 나무에서 태어난 형제자매들의 교육기관'이 있어요. 다음 대의 요정왕이나 요정여왕이 될 만한 자질을 지닌 요정들은 거기서 교육받아요."

"아카데미 같은 건가요?"

"하긴 학술원에서도 후진 양성을 하지요…. 비슷하겠네요."

"보통 몇 명 정도 되나요?"

"보통이라면 3~40명 정도요? 연령층은 다양해요. 평생 배움터다 보니 형님들도 간혹 출석하시고, 저보다 어린아이도 있고요."

"그렇다면 친구들도 많겠군요."

헤지아나가 무심코 웃음 지으며 말한 순간이었다. 갑자기 루시올은 '아'하고 작게 신음하더니 쓴 표정을 숨기지 못하고 고개를 숙여 버렸다.

"많… 지는 않고 그럭저럭요."

맞다. 차별받아 왔다고 했지. 헤지아나는 입술을 붙였다.

차별이 요정왕의 직계나 그 일족, 원로들에게만 해당되는 일이라고 생각했지만 식사 때 루시올이 말하지 않았나. 요정은 인간을 자신들과 같이 여기지 않는다고. 그러니까 인간 친척 따위는 필요 없다고. 거기다가 그의 출생에 얽힌 소문은 인간이더라도 약점 잡히기 쉬운 것들뿐이다. 대체 무슨 말을 한 건지.

헤지아나는 루시올의 보이지 않는 얼굴 뒤로 손을 올렸다. 크지 않은 손이지만 루시올의 머리를 따뜻하게 덮어 줄 수 있을 정도는 되었다.

"미안해요."

"아…. 네? 아니, 성하께서 무엇을…"

아직 얼굴을 들지 못하면서도 루시올은 아닌 척 웃음소리를 냈다. 안쓰러운 마음에 헤지아나는 루시올의 머리를 쓰다듬어 주었다. 가느다란 금발이 기분 좋게 손끝을 스쳤고, 루시올이 가늘게 움찔거리는 것이 느껴졌다. 금실로 만들어 낸 것 같은 금발은 엉키는 것 하나 없이 헤지아나의 손끝에서 흩어졌다.

말이 없는 시간이 흘러갔다. 하지만 말 대신 다른 것이 그 시간을 채우고 있었다.

'뭐지, 재보는 건가.'

루시올은 불안하게 옆을 흘깃거렸다. 헤지아나는 마치 일부러 보지 않는 것처럼 루시올이 아닌 정면을 쳐다보며 그의 머리를 쓰다듬고 있었고, 헤지아나의 손길이 닿을 때마다 루시올의 심장이 두근거렸다. 머리가 이렇게 민감할 줄이야. 손끝이 닿을 때마다 저릿저릿하고 민감한 느낌이 따끔거릴 정도로 강하게 머리에서 퍼지며 심장을 뛰게 만들었다.

'더듬으려면 더듬든가.'

하지만 그 두근거림은 긴장감이나 초조함이 아니다. 불안함도 아니다. 심장의 박동은 편안하기 그지없고, 데워진 피로 달아오른 얼굴은 간지러웠다. 익숙하지 않은 느낌이었다. 하지만 전혀 겪어 보지 못한 느낌도 아니었다.

'인간 주제에 왜 이렇게 재는 거지? 교황이라고 그러나?'

그렇지만 어렴풋이 느끼는 것은, 이 손길이 그런 의도를 가지고 있지 않다는 것.

루시올은 달아오른 얼굴을 한 손으로 가리며 간지러움을 억눌렀다. 인정할 수 없었다. 사심 없는 손길. 이 편안함. 이 안온함. 민들레 홀씨 위에 앉은 듯 둥실둥실 푹신한 느낌.

'그렇게 급하진 않은 건가?'

바쳐진 것이니 천천히 귀여워할 예정인가. 그렇게 생각하고 나서야 루시올은 헤지아나의 손길을 인정할 수 있었다. 그럴 예정인 거다. 그래서 이 손길에 그렇게 사심이 없는 거다.

…하지만.

'거기서 편안함을 느끼는 건 왜지?'

순간 온몸이 확 달아올랐다. 참을 수 없는 부끄러움이 얼굴까지 뜨겁게 해, 루시올은 자신도 모르게 몸을 돌려 헤지아나의 손을 피했다. 피하고 나서야 아차 싶었다.

"그, 저기, 그러니까 교육을 매일 하는 건 아니고."

"아."

루시올이 고개를 빼 피하자 헤지아나는 깨달은 듯이 신음했다. 다분히 실례인 일을 저질렀다. 자신이야 남동생 같이 느껴져 한 일이지만, 상대는 서로가 어떤 관계인지조차 모르니….

"아, 미안해요. 루시올 왕자."

"네? 아니, 성하께서 미안하다고 하실 필요는…. 어, 그러니까 여하튼 하루 종일 하는 교육도 아니라서 간혹 아버님께 세계의 신비와 마법에 대한 가르침을 받아요."

허둥대는 루시올의 모습을 보고 헤지아나는 자신이 실수를 했다고 느꼈다. 역시 이런 접촉은 당혹스러웠던 걸까? 헤지아나는 루시올과 같이 말을 돌렸다.

"음, 어…. 그러니까 요정왕께서 직접 가르치신다고요?"

"네, 예. 음, 아버님께서는 제게 좋은 마법의 자질이 있다고 하셨어요."

그거야 당연하겠지, 7월성이니까.

"예전에는 좋은 선생님을 붙여 주셨지만 지금은 직접 가르쳐 주세요. 요정왕과 여왕은 높은 세계의 비밀을 깨닫고 그만한 마력을 지배하는 자니까요. 성하께는 실례되는 말일지 모르겠지만, 요정왕의 능력은 일곱별의 아이들과 견주어도 손색이 없다고 생각해요."

머뭇거리던 동세를 멈추고, 허리를 곧게 편 루시올이 자랑스럽다는 듯이 웃으며 말했다.

"아버님께서는 일곱별의 아이들에게도 절대 지지 않으실 거예요."

웃음 짓는 녹색 눈동자는 그 어떤 때보다 반짝거리고 있었다.

조금이지만, 아주 조금이지만 순간 헤지아나는 요정왕을 질투했다.

왜냐면 그 조금의 굴곡도 없는 신뢰는 본디 자신의 것이었던 것처럼 느껴졌으므로.

◆◈◄◈═◈►◈◆

헤지아나는 조금 이른 아침 일과를 시작했다.

아침 기도 후 리시와 로미나 없이 식사. 그리고 카람찬트에게 사람을 보내 방문을 알리고, 오전 중에는 방문을 하기 위해서 먼저 어제 집무실에서 정리하다 만 웨스월드 관련 서류를 다시 한 번 훑어보는 중이었다. 리암의 정리본은 흠잡을 데 없이 깔끔했다.

"성하."

"예."

문 두들기는 소리에 헤지아나는 대답했다.

"할센라비온 황제 폐하께서 뵙기를 원하십니다."

페이지를 넘기던 헤지아나의 손이 멈칫했다.

할센라비온이 자신을? 무슨 일일까. 여태까지 수집했던 할센라비온에 대한 정보가 머릿속에서 주르륵 지나갔다. 잠시 후, 헤지아나는 자신이 보고 있는 서류를 덮으며 말했다.

"집무실이 지저분하니 응접실로 모시도록 하세요. 저도 곧 따라가겠습니다."

"예."

웨스월드 관련 서류가 가득한 집무실에 사람을 함부로 들일 수는 없는 노릇이었다.

곧 궁내원이 멀어지는 기척이 느껴지고, 헤지아나는 복잡한 기분으로 보고서를 만지작거렸다. 할센라비온이 무슨 일로, 왜 자신을 만나려 하는가.

'그도 지금 상황에서 도움이 필요한 것이겠지.'

그의 상황은 진퇴양난. 어떤 식으로든 교황청의 '말'이 필요한 때임이 분명하다.

며칠간의 침묵을 깨고 움직인 그가 자신에게 바라는 것은 무엇일까. 생각해 보며 헤지아나는 할센라비온이 기다리는 응접실로 향했다. 그녀가 입실하자 할센라비온이 자리에서 일어나 헤지아나를 향해 다가왔다.

"두 용에게 감싸인 대지의 축복을 기원하며."

"…보다 낮은 곳에서 만물에 임하고 계신 분의 축복을."

…주기 싫다. 축복 같은 거 주기 싫다. 두 용에게 감싸인 대지의 축복은 무슨 얼어 죽을 축복이란 말인가. 순간 울컥하는 감정을 억

누르려고 애쓰며 헤지아나는 할센라비온이 쥔 손을 빼냈다.

설명하자면 이비아네라는 위로 대격벽, 아래로 대장벽에 둘러싸여 있는 나라다. 덕분에 지형적으로도 동쪽의 국경선만 지키면 이멜라스의 어떤 나라에게도 침략받지 않을 수 있다.

그러니까 두 용에게 감싸인 대지라는 건 결국 이비아네라를 말하는 거다. 전야제에 이어 오늘까지도 꼬박꼬박 자기 땅만 챙기는 걸 보니 울컥하지 않을 수가 없다. 이거 십 중 십 할 일부러 이러는 거다.

"오랜만에 뵙는 듯하군요. 최근 며칠 두문불출하셨다고 들었습니다만."

"아시다시피 일이 많아서 말입니다."

"유랑 민족의 일 말씀이시군요. 이런 상황에 유감스럽습니다."

"예…. 그와는 관련이 없습니다만, 그런 이야기를 들었는데."

헤지아나가 자리를 권하자 바로 앉은 할센라비온은 테이블에 놓인 찻잔을 들었다. 헤지아나가 오기 전에 준비되었는지 김이 모락모락 올라오는 홍차의 수색은 짙은 호박색을 띠고 있었다. 분명 아침 용이겠지.

"성하께서 북쪽에 사절을 파견하셨다는 이야기를 들었습니다."

"아, 예. 파견하였다기보다는, 그저 북쪽 교구의 사람들을 움직인 것뿐입니다."

헤지아나는 아무렇지도 않게 찻잔을 들며 말을 이었다.

"그동안 대격벽의 괴물을 처리해 온 아서 아라스트란 경이 대표로 이곳으로 오게 되었으니 말이지요. 그곳은 안전하지가 못하니 만약의 경우를 방비하기 위해서 북쪽 성기사들이 바로 움직일 수 있도록 배치하였습니다."

"흠."

달칵, 할센라비온이 찻잔을 내려놓는 소리가 들렸다. 헤지아나는 눈을 들어 할센라비온을 보았다.

"사실이긴 하군요."

그가 웃고 있었다.

그 웃음이 헤지아나에게 편치 않은 것은 당연했다.

"현안의 문제로 다른 소식이 늦어 어제 늦게야 그 이야기를 들었습니다. 덕분에 대처가 늦었던 나라들에게서 불만이 있다고 하던데…."

할센라비온의 웃음은 참 보기에 부드러웠다. 하지만 헤지아나는 그 웃음에 드러나게 묻어 있는 모멸감에 눈살을 찌푸렸다. 대체 뭐가 그렇게 우스운 거지?

"성하께서는 북쪽만 틀어쥐면 된다고 생각하시는 것이신지요?"

"무슨 말씀이신지 모르겠군요."

"무기가 북쪽에서만 나는 것은 아니라고 말하는 겁니다."

"그걸 모르는 사람도 있겠습니까? 무슨 당연한 말씀을 하시는 건지 모르겠습니다."

그러지 않으려고 꾹꾹 눌러도 뾰족뾰족 솟아나오는 따끔한 말을 억누를 수가 없었다. 저치의 천성이 그런 것이겠지만 말이며 행동하며 사람의 신경을 긁어 놓는 묘한 재주가 있다.

할센라비온의 말대로, 무기는 북쪽이 제일 큰 생산지일 뿐이다. 그거야 세 살 아이도 알 수 있는 일인데 헤지아나가 그걸 모를 리가 없지 않은가. 하지만 생산량, 질이 월등한 북쪽의 무기가 가지는 상징적 의미가 있다. 그것을 억누름으로써 교황청은 자신의 의지를 사방에 알린 것이다. 효과는 이미 충분히 보았고 말이다.

"황제께서 국외 정세에 신경 쓰실 여유가 있는 모습을 보니 다행입니다. 에네스와 리니아의 습격 문제는 생각보다 크지 않은 모양이지요?"

"리니아는 방어했다고 하나 에네스는 떨어졌는데 그 문제가 작을 리가 없지 않겠습니까?"

하지만 씩 웃는 모습을 보자니 전혀 걱정을 하지 않는 것 같다.

무슨 생각일까. 그냥 속내를 드러내지 않기 위해 허세를 부리는 걸까. 헤지아나는 슬쩍 미끼를 던져 보았다.

"황제께서는 그 문제에 대응하지 않을 생각이십니까?"

"쉽게 움직일 수 있는 상황이 아니라서 말입니다."

"혈육 문제 때문인가요?"

잠깐 할센라비온에게서 웃는 얼굴이 사라졌다. 하지만 곧 그는 다시 피식 웃음 지었다.

"집안이 유명하면 사사로운 집안싸움까지도 전 세계에 알려지기 마련이지요. 성하께서도 그런 데에 관심이 있으셨습니까?"

통역하자면, '너도 소문이나 재잘대는 것들과 다를 바가 없구나' 정도일까.

"범부의 핏줄도 아닌데 듣기 싫어도 들려오기 마련 아닙니까."

역시 통역하자면, '너희 집안이 좀 커야지. 내가 귀머거리도 아니고'.

이 이극(二極)의 세계에서 한 극을 가진 나라의 지배자 가문 일이다. 대륙 단위로 영향을 미치기 마련인 이야기를 조그만 집안일인 것처럼 이야기하기는.

헤지아나는 던진 미끼를 움직여 보았다.

"이도 저도 하기 힘든 상황이니 고민이 크시겠습니다."

"흠."

아무렇지도 않은 듯이 그 미끼의 움직임을 할센라비온이 흘려 넘겼다.

"그렇긴 하지요. 내 사람을 출전시켜도, 상대방을 출전시켜도 문제. 하지만 출전을 시키지 않을 수는 없고."

그러더니 덥석 문다.

꽤나 솔직하다. 어차피 이미 사정을 다 알고 있다고 생각해서인 걸까. 헤지아나는 미끼를 당겨 보기로 했다.

"그럼 출전시키지 않을 방법이 있다면 어떻게 하시겠습니까?"

할센라비온이 눈을 치켜떴다. 헤지아나는 모르는 척 차를 마셨고, 그사이 할센라비온은 헤지아나를 의심하던 시선을 거두고 평소의 모습을 가장했다.

"성하께선 무슨 묘수라도 있으신 겁니까?"

"평화주의자 역할을 하시는 거죠."

"오호라, 지금 이 상황에서…"

"어차피 이 회의는 전쟁을 막기 위한 것입니다. 그렇다면 전쟁을 막기로 하는 어떠한 협약을 제가 제안한다고 해도 이상할 건 없지 않을까요?"

비웃으려던 할센라비온이 헤지아나를 쳐다보았다. 보라색 눈동자는 한참 무표정하게 파란 눈동자를 들여다보았다.

"재미있는 방법이군요. 하지만 그렇게 한다고 해서 유랑 민족이 사라지진 않을 것입니다."

"예일 뿐입니다만, 이비아네라가 서쪽 연합과 연합하여 유랑 민족을 물러나게 한다면 황제께서 크게 고민하실 일도 없겠지요. 부담이 크게 줄지 않겠습니까?"

헤지아나는 꽃이 피어나듯이 밝게 웃음 지으며 말했다.

"방법은 얼마든지 있습니다. 또한 교황청은 그에 협조할 의사가 있고요."

"협조라…."

할센라비온이 마주 잡은 손을 테이블 위에 올렸다. 눈을 감고 생각하는 그의 모습에서 헤지아나는 승리의 기척을 느꼈다. 결코 멀지 않다. 그다음이 문제기는 하지만, 일단 호랑이를 우리에 넣어 두기만 하면 그도 함부로 움직일 수는 없을지도….

"그건 거절하지요."

"예?"

헤지아나는 채 웃음을 거두지 못한 채 되물었다. 그사이 할센라비온은 의자에 푹 기대 무릎 위에 깍지 낀 손을 올리고 여유롭게 웃었다.

"협조는 필요 없습니다."

"…지금 다소 곤란하신 걸로 알고 있습니다만."

자신의 군사를 내보내자니 내란이, 정적을 내보내자니 공훈이 신경 쓰이지만 보복을 하지도 않을 수 없는 상황 아니었나? 그런데 어째서 황제는 아무렇지도 않은 듯 웃음 짓고 있는 건가?

"그야 외부 개입이란 건 당황스러웠지만."

꼬았던 다리를 푼 할센라비온은 몸을 숙였다. 인사하듯이 고개를 숙인 그는 무릎을 짚으며 자리에서 일어났다.

"왜 이 재미있는 판을 깨야 하지요?"

"예?"

순간, 헤지아나의 생각이 끊겼다.

"알아서 엉망진창이 되어 가는 판이란 건 매우 재미있지요."

딱 끊은 듯이 머릿속의 핀트가 나가 새까맣게 변해버렸다. 덕분에 헤지아나는 할센라비온이 인사하는지 보지 못했다. 듣지 못했다.

"예측할 수 없는 일들과 허접한 모략, 군내 나는 욕심이 펄펄 끓고."

지금 그 말은 대체 무슨 뜻인가? 자신의 나라가 엉망진창이 되는 것도 상관없다는 건가? 자신의 권력이 어떻게 되어도 상관없다는 건가?

"그러다가 결국 망하는 판을 왜 깨야 하지요?"

그 말인즉슨, 그저 저치는 혼란을 즐길 뿐이란 말인가? 이해할 수 없었다. 알 수 없었다. 다만 머릿속에 한 생각이 꽉 찼다. 깨달았다. 저놈은,

'미쳤어.'

그것은 세계 평화의 잠재적 위협 분자를 가늠하던 저울의 추가 황제를 향해 꺾여 버린 순간이었다.

방을 비우면 도둑이 들 거라고 생각했다.

그러니까 자신이 옥좌를 비우면 분명 반란이 일어날 거라고 생각했다는 거다. 그런데 이상하게도 문제는 국경선에서 터졌다.

당황했지만 곧 이것이 헤이엘피나 공작의 계략이 아니라는 걸 알게 되었다. 그러자 이것이 누구의 책략인지 알 수 있게 되었다.

증거가 있어서는 아니다. 감이 말했다. 이건 동쪽의 황태자가 꾸민 짓거리라고.

"어쭙잖은 흉내 내기는."

그리고 황제는 자신의 감을 신용하는 편이었다. 논리로 설명할 수 없지만 일순에 깨닫는 어떤 종류의 깨달음이라는 게 있다. 이번엔 그 감이 자신이 손에 넣을 수 없었던 것을 손에 넣은 애송이 황태자를 가리키고 있었다.

주머니 속에 손을 넣자 작은 통신구가 만져졌다. 그것을 쥐며 할센라비온은 방을 향해 성큼성큼 걸었다. 거센 걸음걸이에 긴 망토가 너울처럼 흩날렸고 황제는 전에 없이 유쾌한 표정으로 웃고 있었다.

"이야기는 들었지? 남쪽 말이 사실인가 보다."

〈흠. 남쪽이 조용하다고 저번에 말씀하시지 않았습니까. 그런데….〉

"그러니까 그게 재미있는 거야."

할센라비온은 통신구를 꺼냈다. 튼튼한 금속 줄에 꿰어진 사탕만 한 크기의 통신구가 빛을 내고 있었고, 그는 그것을 허공에 던졌다. 밝은 낮의 햇살 속에서 그것은 투명해져 눈에 띄지 않게 되었지만 손에는 붙잡혔다.

"모든 건 이유가 있더라고."

기다려 봐, 하고 중얼거리며 황제가 더욱 즐겁게 웃었다.

헤지아나는 빠른 걸음으로 카람찬트가 머무는 방을 향했다.

리암에게는 짧은 편지를 보낸 상태였다. 내용은 간단했다. '황제는 천칭을 거부'.

이유는 모르겠지만 황제는 혼란을 원한다. 무슨 속셈일까. 어째서 그런 것을 자신의 면전에서 대놓고 말하는가? 불리하게 말이다. 천성이 오만불손해서? 멍청해서라면 모를까 그럴 리는 없을 것이다. 헤지아나는 얼굴을 쓸어내렸다.

카람찬트와 이야기를 끝내고 돌아갈 때쯤이면 쪽지를 받은 리암이 집무실에서 기다리고 있을 것이다. 집무실에서 기다리고 있을 협력자의 근심을 덜기 위해, 헤지아나는 이 고귀한 백금색의 황태자를 씹어 먹든지 갈아 놓든지 둘 중 하나는 해야 했다.

"드시지요."

덕분에 방 안으로 드는 헤지아나의 걸음걸이가 매우 전투적이었다. 그 기세를 느낀 카람찬트는 질린 표정을 지었다.

"…싸우러 왔나?"

그 기세에 반사적으로 황태자가 움츠러들었다. 일어서려던 그는 슬쩍 돌려 앉은 자세 그대로 헤지아나를 맞이하며 눈살을 찌푸렸다.

"아니. 전혀. 그럴 생각 없어."

"…그럼 무슨 일인데?"

카람찬트는 목각 인형처럼 뻣뻣하게 고개를 돌렸다. 역시 얼굴을 보고 있기가 편하지 않았다.

"며칠 좀 내버려 두라니깐 쳐들어와서는."

"하루 내버려 뒀으면 됐잖아."

"내버려 둔 건가, 그거."

그는 한쪽 발을 의자 위에 올리고, 올라간 무릎 위에 팔을 걸었다. 그리고 턱을 괴곤 볼멘소리를 냈다.

"그사이에 리암 왕과 뭔가 한 것 같더만."

카람찬트가 헤지아나의 눈치를 살피며 말했다. 순간 헤지아나의 표정이 흔들리는 것을 보고 그는 눈살을 찌푸렸다. 역시 둘 사이에 뭔가 있는 거라고 그가 직감했다. 동시에 헤지아나도 직감했다.

"리암 왕이 너에게 뭐라고 했어?"

"너는 리암 왕과 뭘 했어?"

자세를 고쳐 앉은 카람찬트가 헤지아나를 쏘아보며 물었다.

카람찬트는 속이 편하지가 않았다. 이러면 안 된다는 건 알지만, 이럴수록 더 자기가 친 덫에 빠져들 뿐이라는 것을 알지만…. 아, 젠장. 어쩌다가 이 화제를 꺼내 버린 걸까. 그가 자신의 탓을 하든 말든 헤지아나는 아무 말 하지 않았고, 카람찬트도 아무 말 하지 않았다.

잠시의 견제가 둘 사이에 있었다. 굉장히 무익한 견제였고 그 무익함을 참지 못한 쪽은 헤지아나였다.

"솔직히 너하고는 상관없는 일이야."

사실 매우 상관있고, 그것 때문에 온 거지만 헤지아나는 한 번 튕겨 보았다. 그러면 더 궁금해서 달라붙어 오겠지?

　"그렇다면 왜 리암 왕이 나에게 와서 이야기하지?"

　"리암 왕이 네게 뭐라고 했어?"

　"리암 왕과 뭘 한 거야?"

　달라붙기는 했지만, 대화는 진전이 아니라 공회전했을 뿐이다.

　리암이 카람찬트에게 뭐라고 했는지는 돌아가서 물어보면 될 일이다. 때문에 헤지아나는 카람찬트에게 대답해 줄 필요를 느끼지 못했다. 그사이 문 두들기는 소리와 함께 시종이 들어와 다기를 그들 앞에 놓고 퇴장했다.

　물 빠짐 좋게 만들어진 다반에 소꿉놀이 도구 같은 다기들이 조르륵 놓여 있었다. 카람찬트는 탕관에 손을 대 보더니 그 물로 다관과 찻잔을 데웠다.

　"사적이 아니라 공적으로 묻지."

　찻잎에 한 번 뜨거운 물을 넣어 세차(洗茶)한다. 옅게 구수한 향이 퍼졌다.

　"리암 왕과 어떤 밀약을 나눈 거지?"

　"알면 협조할 거야?"

　열수를 따르고 다관의 뚜껑을 덮던 카람찬트가 흘끔 헤지아나를 쳐다보았다.

　"협조하려면 알아야지."

　"그럼 페른시스 침략을 해제해."

　어차피 그게 그거인 이야기다. 웨스월드는 평화를 위한 기구고, 그를 위해서 지금 페른시스와의 분쟁을 군주인 그가 소거해야 했다. 나름 충실한 대답이었다고 생각하며 헤지아나는 카람찬트를 쳐다보았다. 하지만 상대는 만족하지 않았나 보다.

"네가 황후가 되면 그렇게 할게."

시선 한 번 옮기지 않고 이런 장난 같은 소리를 하는 걸 보면 말이다.

헤지아나는 눈을 똑바로 치켜들고 카람찬트를 쳐다보았다. 하지만 찻잔의 물을 버리는 카람찬트에게는 웃음기가 보이지 않았다.

"돌아가면 즉위할 테니까, 황후 할래?"

"아직도 헛소리를 하네."

"그게 아니면 자꾸 심란하게 하지 마."

"심란하게 한 적 없어."

헤지아나가 대답하자 카람찬트는 한숨을 내쉬더니 옷깃을 걷었다.

드러난 손이 조심스럽게 감싸 쥔 것은 차가 우러난 다관이었다. 장난감 같은 작은 찻잔에 삼등분을 해서 찻물을 따르며 카람찬트가 말했다.

"사람들이 나를 보고 검성이라고 하지."

"맞잖아?"

뜬금없는 소리에 헤지아나는 살짝 눈살을 찌푸렸다. 그 모습을 곁눈질하며 카람찬트는 손을 기울였다. 쪼르륵 찻물 떨어지는 소리가 울렸다.

"일단 검성이긴 하지. 하지만 진짜 검성은 나 같은 게 아냐. 나는 그 문간에 겨우 들어섰을 뿐이야. 이 몸은 내가 문간에 들어섰다는 증거고."

이 몸이 우화한 순간 아무렇지도 않게 깨달았다. 이것은 끝이 아니고 시작일 뿐이라는 것. 자신은 입구에 서 있을 뿐이고 더 높은 경지가 있으며 그에 이르려면 어떤 것을 해야 하는지, 마치 원래 알고 있었던 것처럼 알 수 있었다.

　하지만 나아가지 않았다.

　"결국 수양하고 극기하는 이들이 높은 반열에 이르는 길은 같아. 각자 방법은 달라도 정신을 강건하고 고매하게 갈고닦아 깊은 이치를 깨닫고 세상의 미혹을 벗어나게 되지."

　카람찬트는 잔을 들었다. 그리고 그것을 헤지아나 앞에 놓았다.

　"하지만 난 미혹을 벗어낼 생각이 없어."

　왜냐하면 세상을 손에 넣는다는 것은 그 무엇보다 세속적인 일이니까.

　세상을 여의고서 우화등선하듯 홀로 가버려서야 도저히 달성할 수 없는 일이다.

　"…그 이야기를 지금 왜 하는데?"

　그것은 흔히 달성한 자들이 그러하듯 자신에게 오욕 칠정이라 불리는 정념들이 옅지 않다는 의미다. 이 몸과 마음은 일반인보다는 낫지만 그보다 월등하지도 않다. 하지만 카람찬트는 이런 것을 설명하기보다는 좀 더 간결하게 말했다.

　"네가 위험하단 이야기야."

　"내가 왜?"

　"내가 너에게 진심이 되면 네가 위험해질 수밖에 없겠지."

　카람찬트가 건넨 찻잔을 쥐던 헤지아나의 손이 순간 움찔거렸다. 심장이 뛰었다. 지금 진심이라고 했나? 아니, 근데 그게 위험하다고? 마른침을 삼키며 헤지아나는 심호흡했다. 어쨌든 위험하다면 정신을 차려야 할 때 같았다. 헤지아나는 표정을 냉정하게 하고 카람찬트를 쏘아보았다.

"언제는 마음 안으로 들어가고 싶다더니 도망치고 이젠 위험해?"

"그것도 단계가 있지. 깊은 단계를 말하는 건 아니었어."

"뭐야, 그거 그럼 갖고 놀겠다는 소리였어?!"

"물 깊이도 모르고 뛰어들 생각이야? 뭐 전에야 어떻든지 간에."

"너에게나 어떻든지 상관없는 일이겠…."

"감당할 수 있겠어?"

딱, 카람찬트가 테이블을 손가락으로 튕겼다. 이야기가 잠시 끊겼다.

"…뭘?"

"내 마음이 그렇게 깊지 않은 게 불만인가 본데, 깊으면 그걸 네가 감당할 수 있겠냐고."

"그러니까 대체 뭘."

"널 파헨타움으로 데려갈 수도 있어."

헤지아나는 잠깐 입술을 붙였다. 하지만 곧 표정이 엉망으로 일그러지는 것을 막을 수 없었다. 대체 어떻게? 어떤 방법으로? 스캔들 한 번으로 교황이라는 직위가 흔들릴 정도로 만만해 보였던 걸까. 신의 대리인이라는 자리를 누가 대신할 수 있다고 생각하는 건가?

"내가 원하면 나는 지금 너를 당장 파헨타움으로 데려갈 거야."

"말이 되는 소리를 해."

"내가 원하면 그렇게 될 거야."

이건 무슨 어린애 우기는 것 같은 소리인지. 헤지아나는 잠시 이마를 짚었다.

"…그래, 네가 원하면 된다고 치고, 뒷감당은 어쩌려고?"

제일 먼저 떠오르는 건 추상적인 국제적 문제보다도 실질적인 아셔의 추격 시나리오였다. 검성과 신의 손의 대결이라, 볼만하겠군.

"뒷감당이라. 그런 걸 생각할 것 같아?"

"야, 너…."

"사랑에 빠지면 제일 멍청한 짓을 저지르는 게 남자야."

정말로 사랑에 빠진 남자가 얼마나 위험해지는지 이 여자는 분명 모를 것이다.

하지만 그는 안다. 그래서 한 나라를 부서지게 만든 남자를 안다. 자신 역시 그렇게 할 것이라고 믿어 의심치 않고 있다. 그렇기 때문에 늘 경계해 왔다. 그렇게 했다가는 세계를 손에 넣는다는 자신의 꿈은 돌이킬 수도 없이 멀어진다. 하지만 알면서도 분명 저지르고 말 것이다.

아니, 그 꿈이 그렇게나 돌이킬 수 없이 멀어질까? 시대를 다시 자신의 편으로 만들 자신은 있었다. 그러나 눈앞의 여자를 설득할 자신은 없다. 아버지 같이 될 수는 없다. 아니, 사실 아버지도 어머니를 설득하지는 못하지 않았나. 사랑하지 말라. 그 말이 머릿속에서 울린다. 카람찬트는 이맛살을 찌푸렸다.

"그러니까 그 멍청한 꼴을 보고 싶지 않으면 쓸데없이 장난치지 마. 안 보일 것 같아?"

"장난친 적 없어."

"리암 그 자식은 와서 알 듯 말 듯한 소리 지껄이고, 너도 간 보면서 장난친 적 없다고?"

카람찬트가 이맛살 찌푸린 고개를 들자 헤지아나는 입술을 붙였다. 간을 본 것은 사실이다. 변명할 말이 없어서, 헤지아나는 잠시 머뭇거리다가 말을 돌렸다.

"그래서 지금 말한 걸 한마디로 말하면 결국 나한테 진심이 되기 싫다는 소리네?"

"널 교황청에서 탈출시켜 주길 원한다면 되어 줄게. 아니면 나가든지, 리암과 뭔 일이 있었는지 말하든지. 선택지가 세 가지나 되네. 아주 좋아."

어깨를 으쓱하며 카람찬트가 잔을 들어 차의 향을 맡았다. 구수하고 끝에 달콤한 향기가 나고 잡내는 나지 않는다. 잘 우려졌다.

"그래서 세 가지나 선택지를 줬는데 넌 뭘 고를 거지?"

황제는 놓쳤, 아니 미쳤고 선택지는 카람찬트밖에 없었다. 그가 이 상황을 장난질로만 느낀다면 헤지아나에게도 좋을 것이 없었다. 헤지아나는 잠시 카람찬트의 눈치를 살핀 후 찻잔을 들었다.

"…세계를 평화롭게 하나로 만들 방법에 대해 이야기했어."

"그래? 나한테도 좋은 방법이 있는데."

찻잔을 내려놓고 소맷자락을 뒤로 젖힌 카람찬트가 말했다.

"나에게로 와. 내 힘이면 이 세계를 하나로 만들 수 있고, 네 능력이라면 내가 넓힌 땅을 안정시킬 수 있어. 이 세상에 너와 내가 원하는 평화를 내릴 수 있어."

헤지아나는 결국 인상을 썼다. 하지만 눈앞의 남자는 장난기라고는 하나도 없는 표정으로 손을 내밀었다.

"가자."

내밀어진 손을 쳐내며 헤지아나는 말했다.

"장난치지 마. 그러려고 온 거 아니거든?"

"지금 내가 장난하는 걸로 보여?"

카람찬트가 눈을 가늘게 뜨고 낮은 목소리로 말했다. 조금 위축이 되긴 했지만, 헤지아나는 욱하고 치밀어 오르는 반발심에 다가온 손을 더 세게 쳐내고 자리에서 일어났다.

"교황청은 침략 단체가 아니고, 그런 이들에게 힘을 실어 줄 이유가 없어. 땅을 넓힌다고? 어떻게? 어떻게 땅을 넓힐 건데?"

군대를 몰래 키우고 있는 놈이 말하는 '하나 된 세계'라는 건 뻔한 것이겠지.

할센라비온이 답이 없기 때문에 카람찬트의 속내를 확인해 봐야겠다고 생각했다. 하지만 카람찬트 역시 넘어올 기색은 보이지 않는다. 리암을 너무 오래 기다리게 하고 싶지는 않다는 생각에 헤지아나는 카람찬트에게서 몸을 돌렸다.

"별로 이야기할 생각이 없는 것 같으니 나중에 이야기해."

"야, 잠깐. 나는 진지하게…."

카람찬트가 뒤에서 일어나 뭐라고 말했지만, 헤지아나는 그때 연문을 힘주어 당긴 후였다.

쾅! 시원한 소리와 함께 문이 닫혔고 놀라 눈을 둥그렇게 뜬 시종들을 뒤로 한 채 헤지아나는 성큼성큼 걸었다.

"젠장."

깊은 한숨을 내쉬며 헤지아나는 긴 손가락으로 이마를 짚었다.

이놈도 혼란을 원한다. 하여간 말세다. 유능하다고 하나 세상을 지배한다는 것이 그렇게 쉬워 보이나? 이 무슨 과대망상증인가? 한쪽은 과대망상증이고 한쪽은 자기가 혼돈의 파괴왕이라도 되는 줄 아는 것 같다. 세상 이극의 지배자라는 것들이 이 꼴이니, 세상은 답이 없는 것이 분명했다.

"하긴."

헤지아나는 중얼거리더니 한숨과 함께 고개를 숙였다. 생각해 보면 이 세상은 신부터 답이 없었다.

◈◈◈

루시올은 자리에서 일어났다. 그렇지만 다시 앉았고, 앉은 다음에는 소파에 기대 누웠다.

소파에서 뒹굴던 그는 다시 일어나 침대로 향했다. 침대에 앉고, 몸이 자연히 기울어져 그는 또 뒹굴거렸다. 무심코 머리에 손이 갔다.

머리가 간질간질하다.

마치 머리 위에서 민들레 씨앗들이 춤이라도 추는 것 같다. 그런 묘한 감촉이 머리에 남아 온몸을 간질간질하게 만들었다. 몸을 웅크리며 루시올은 낮게 신음했다.

왜 이런 걸까.

이런 종류의 경험은 몇 번 있다. 불쾌한 접촉. 아무렇지도 않게 자신의 몸을 더듬어 희롱하고 비웃던 여자들. 일부러 허락했던 적도 있지만, 그것도 불쾌했던 때가 있다. 그 불쾌한 손이 닿았던 곳은 씻어 내고 씻어 내도 며칠이고 그 감촉이 남아 불쾌함에 치를 떨게 만들고 분노로 제정신이 아니게 만들었다.

하지만 분노가 치밀지는 않는다. 토할 것 같은 역겨움도 없다. 헤지아나의 손이 부드럽게 머리카락을 쓰다듬던 감촉이 남아서 온몸으로 퍼진다.

간지러웠다. 온몸이 간지럽다. 발끝까지 간지러워서 어떻게 해야 할지 모르겠다.

그 순간, 헤지아나의 나신이 머릿속에 떠올랐다.

"우왓!"

루시올은 소리 지르며 자리에서 벌떡 일어났다. 무심코 짚은 뺨이 화끈했다.

그건 이 라스할드에 온 첫날 밤 꾸었던 꿈이다. 열기 오른 얼굴, 뽀얗게 분칠한 듯한 부드러운 피부, 봉긋하게 솟아오른 젖가슴 밑으로 부드러운 유선을 그리던 배, 그와 대비되게 날렵하게 떨어지던 허벅지. 그 사이로 보였던….

"와, 아아아아아아."

고개를 마구 내저으며 루시올은 자리에서 일어났다. 탁자에 쿵 하고 부딪혔지만 아프지 않았다. 귀가 뜨거워서 귀를 붙잡아 보았지만 체온은 도저히 식지 않았다.

'진정하자, 진정.'

그건 꿈이고 아무 상관없다. 그건 꿈이고 아무 상관없다. 자신에게 되뇌며 루시올은 방문을 벌컥 열었다. 공기 좋고 물 좋은 정원에서 산책이라도 한 바퀴 돌고 오면 괜찮아질 것이다.

루시올은 빠른 발걸음으로 복도를 걸었다. 하지만 이 백색의 순수하고 경건한 복도를 가로지르면서도 이런저런 생각이 머릿속을 떠나지 않았다. 루시올은 더욱 머리를 저으며 빠른 걸음으로 걸었다.

"루시올 전하?"

"흐아아악!"

갑작스레 자신을 부르는 소리에 깜짝 놀란 루시올이 소리 질렀다. 그 소리에 상대방도 놀랐는지 앞에 선 인기척이 크게 움찔거렸다. 하지만 물러서지는 않았다.

뛰는 가슴을 움켜쥐고 루시올은 앞을 쳐다보았다. 어느새 온 것인지 모를 십자로 한가운데 자신이 서 있었다. 그리고 그 앞에는 익숙한 하얀 옷이 보였다. 성기사들의 정복이었다.

그리고 자신을 부른 쉰 목소리. 루시올은 그 목소리의 주인공이 누군지 예상할 수 있었다. 올려다보자 앞에는 예상대로 신의 제일 된 검이요 오른손으로 불리는 사내가 서 있었다. 아셔 아라스트란 이었다.

"앞을 보지 않고 그렇게 빠른 걸음으로 걷는 것은 위험합니다."

"아, 예…."

아셔가 빙긋 웃었다. 덩치에 어울리지 않게 순박한 미소라고 생각하면서도 루시올은 당황해 어물거리며 인사했다.

"아, 안녕하세요. 아셔 경. 아. 참, 죄송합니다. 생각에 빠져서 그만."

루시올은 부끄러움에 눈을 둘 데 없이 정신없이 굴려댔다. 아셔를 똑바로 쳐다보기 부끄러운 것도 당연했다.

"저도 모르게…."

그때였다. 눈을 굴리다가 아셔가 품에 안고 있는 서류를 발견한 것은.

교황의 최측근인 성기사가 서류를 옮기고 있는 것이야 이상한 일은 아닐 것이다. 하지만 그 서류의 제일 앞 장에 쓰인 제목은 매우 익숙한 단어로 시작하고 있었다. 루시올은 무심코 그것을 읽어 버렸다.

'페른시스, 루 비에르'

거기까지만 보였다. 하지만 '페른시스', 거기다가 '루 비에르'는 루시올의 관심을 끌기 충분했다.

루 비에르는 페른시스의 수도라고 할 수 있는 지역이다. 생명의 나무 주변, 자연스럽게 만들어진 삶의 터전을 요정들은 루 비에르, 새로운 터전이라고 이름 붙였다.

급한 듯 휘갈겨 쓴 글씨는 무슨 이유일까. 무슨 급보라도 있는 것일까?

"무슨 생각을 하고 계셨는지…. 아, 실례인가요?"

"아닙니다. 아셔 경께서는 어디 가시는 중인가요?"

"네, 성하께 보고 드릴 것이 있어서."

그러며 아셔가 품 안의 서류를 고쳐 잡았다. 역시 저 서류는 교황에게 보고하기 위한 것이었다. 루시올은 자신도 모르게 찌푸려진 미간을 펴며 활짝 웃어 보였다.

"마침 잘되었네요. 저도 교황 성하를 찾는 중이었습니다. 지금 어디 계신지 아시나요?"

"아, 아마 집무실에 계실 겁니다. 그럼 동행하시겠습니까?"

"예."

순진한 아이 같은 미소를 얼굴에 면면하게 띠며 루시올은 아셔의 곁에 섰다. 하지만 아셔가 품에 안은 서류는 잘 보이지 않았다.

'젠장, 키 차이가…'

대체 뭐에 대한 보고서인지 제목이라도 알 수 있으면 좋을 텐데. 대체 교황은 뭘 조사한 거란 말인가. 한참 끙끙거리며 아셔의 가슴팍을 흘끔거리던 루시올은, 무심코 고개를 들었다가 자신을 내려다보는 아셔의 시선을 발견했다.

심장이 멈추는 줄 알았다.

저 처진 눈이, 이채 띠는 눈동자가 말도 없이 자신을 싸늘하게 쳐다보고 있었다. 훔쳐보는 걸 눈치챘나? 당황한 루시올은 어색하게 웃으며 입을 열었다.

"아…, 저, 그리고 보니 아셔 경의 이야기는 굉장히 많이 들었습니다."

"아, 부끄럽군요. 처음 뵙는 분들께 자주 듣는 말이지만 여전히 부끄럽습니다. 별로 한 것도 없는데…"

그러며 쑥스럽다는 듯이 웃는 것이 정말로 순수해 보였다. 북쪽의 기이한 괴물이라고 생각했는데, 적어도 괴물은 아닐 것 같다는 생각이 들 정도로 사람 좋아 보이는 웃음이었다.

방금 자신을 쳐다보던 것과는 완전히 다른 분위기의 이 웃음.

"보통은 지학(志學)할 나이부터 많은 무용담을 만든 살아 있는 전설께서 그렇게 말씀하시다니요. 제가 아는 것만 해도 니예집 탈출전(脫出戰)부터 디야바키르와 무하르다 방어전, 말딘 용 축살…"

"전대 교황께서 계실 때의 일이군요. 그때는 남쪽 분쟁에 많이 불려갔지요."

"아, 물론 북쪽으로 떠나신 이후의 이야기도 들었어요. 라차 산의 괴물이라든가 피오너스키의 늑대 떼 퇴치라든가, 드토마하 호수의 뱀이나 식티나의 곰…."

"음, 대장벽과 달리 대격벽은 확실히 괴물들이 많더군요. 늑대들도 보통 늑대들이 아니었고."

"어땠는데요?"

아셔는 흘끔 루시올을 곁눈질했다. 반짝이는 녹색 눈에 발그레해진 뺨은 무용담을 기다리는 소년들의 표정과 전혀 다를 게 없었다.

요정이라고 하지만 외관상의 나이대로 아이들과 비슷한 정신 연령을 가진 걸까? 아이들을 보는 것 같은 기분에 아셔가 순하게 웃었다.

"루시올 왕자께서는 그런 이야기들을 좋아하시나 보군요."

"아."

자신이 열이 올라 있었다는 걸 깨달은 루시올은 재빨리 헛기침했다. 표정을 감추는 모습이 체면치레하던 귀족 아이들과 크게 다르지 않아, 아셔는 조용히 웃으며 말을 이었다.

"늑대들의 가죽이 예사 늑대들과 달리 돌처럼 단단했습니다. 검이 통하지 않더군요. 그래도 '빛의 날개'는 통했기 때문에 잡을 수 있었습니다. 나중에 해체해 본 후 안 것이지만 뼈나 이빨도 금속 재질에 가까웠다고 하더군요. 녹여서 쓸 수도 있었다고 합니다."

"헤에…. 과연 대격벽이군요."

루시올의 귀가 쫑긋거렸다. 아닌 척, 관심을 보이는 것이 정말 아이들 같아서 아셔는 마치 아이 대하듯이 그를 대하고 있었다.

"그렇지요. 그것들이 왜 존재하는지는 모르나 어쩌면 신께서 이전에 만들어 두고 잊어버린 것일지도 모르겠다는 생각을 가끔 합니다."

"음, 저. 그리고 보니 드로마에서 성채만 한 용을 잡았다는 거 정말인가요?"

꽤나 궁금한 듯한 표정이다. 그 이야기는 유명한 데다가 왜인지 아이들이 좋아하는 이야기기도 했다. '성채만 하다'는 부분이 상상력을 자극하는 걸까.

"말딘의 용도 그렇고, 드로마의 용도 그렇고 그걸 용이라고 불러야 할진 모르겠지만…."

"그, 한 번에 목을 잘랐다고 들었는데요."

"설마요. 제가 아무리 신께 축복받은 능력을 지니고 있다고 하더라도 그건 불가능합니다. 엿새를 싸우고 겨우 쓰러진 몸에서 목을 잘라 낸 겁니다. 재생하는 능력이 있었지만 목을 자르니 그대로 절명하더군요. 일단 크기는 성채만 하긴 했습니다. 목에서 흘러나온 피가 호수를 이룰 정도였죠."

"엿새나 싸우다니…. 아, 그 피에 독이 있어서 사람이 다가가지는 못했다면서요?"

"네, 지금쯤이면 괜찮아지지 않았을까 싶습니다만…."

루시올이 또다시 들떠서 신나 하는 중,

"아. 잠시만."

아셔는 잠시 루시올을 제지하더니 앞을 향해 말했다.

"성하께 저와 루시올 전하가 오신 것을 알려 주시겠습니까?"

루시올은 눈을 동그랗게 뜨며 앞을 돌아보았다. 앞에 보이는 것은 헤지아나의 집무실이었다.

'아차.'

루시올은 그대로 굳어 버렸다. 여기까지 올 계획은 없었다. 아니, 사실은 좀 피하려고 했는데, 이야기에, 아니 저 서류에 정신이 팔려서! 아무것도 할 이야기 없는데!

'…어떻게든 되겠지?'

이렇게 된 거 어쩔 수 없다. 까짓 거 아양 좀 떨지. 마음을 다스리며 루시올은 안으로 들어간 궁내원의 뒷모습을 살폈다.

"들어오십시오."

궁내원의 안내에 아셔는 고개를 숙이고 그녀의 뒤를 따랐다. 루시올도 무슨 말을 할지 궁리하며 그 뒤를 따랐지만 길은 그렇게 멀지 않았다. 바로 보이는 헤지아나의 모습에 루시올은 낭패감을 느꼈다.

"어서오세요, 루시올 왕자, 아셔."

하지만 헤지아나의 뒤에 서서 서류를 정리하고 있는 리암의 모습에는 의아함을 느꼈다. 어제도 꽤 오랜 시간 같이 있지 않았나? 그런데 오늘, 점심도 되기 전부터 만나서 또 무슨 이야기를 나눈단 말인가.

교황은 저 서쪽의 책사와 무슨 밀약이라도 맺은 것일까? 이리저리 빈틈없이 놓여 있는 서류들이 착착착 정리되어 훔쳐볼 수조차 없게 되어 가는 것을 살피며 루시올은 아셔의 옆에 섰다.

"어쩌다가 두 분이 함께 오시게 되었나요?"

"성하를 뵈러 오던 참에 우연히 만나게 되었습니다. 마침 아셔 경께서도 성하를 뵈러 가는 길이기에 동행하게 되었지요."

"그렇군요. 아셔 경, 그것은?"

헤지아나가 흘끔 아셔가 들고 있는 것을 눈짓했다. 그러자 아셔는 바로 그것을 헤지아나에게 내밀었다. 두 손으로 공손하게 내민 자세였지만 겉표지를 볼 틈은 없었다.

"어제 말씀하신 것입니다."

"…빠르군요."

그것을 낚아채듯 받으며 헤지아나는 루시올을 곁눈질했다. 그 시선과 동시에, 루시올은 리암의 시선 역시 자신을 향하고 있음을 느꼈다. 루시올은 움직임을 멈춘 리암에게 웃음 지어 보였다.

"리암 전하께서는 많이 바쁘신가 봅니다. 인사도 하기 힘드니 말입니다."

"아. 지금 막 정리가 끝난 참입니다. 좋은 아침입니다, 루시올 왕자."

웃음으로 화답하며 다가온 리암은 헤지아나가 들고 있는 서류를 아무렇지도 않게 슥 빼내더니, 그것을 옆의 넓은 테이블 위에 엎어 놓았다. 그 순간 헤지아나의 표정에서 긴장이 사라졌다.

'젠장, 저건 대체 뭐야?'

달려들어 뒤집어엎고 싶을 지경이다. 무심코 찌푸려질 뻔한 눈살을 웃음으로 펴고, 루시올은 아무렇지도 않은 듯 말했다.

"네, 자연의 축복이 가득한 아침이군요. 그 아침부터 성하와 전하께서는 바쁘게 일하시고요. 어제도 밤늦게까지 일하시는 것 같던데, 무슨 일이신가요?"

천진하게 아무것도 모르는 척 루시올은 물었다. 순간 헤지아나와 리암이 당황했지만, 그들 역시 바보가 아니니 순순히 대답해 주지는 않을 것이다.

"어떻게 하면 세계를 안정시킬 수 있는지 논의하고 있었습니다."

뭐, 어떤 방법일지 모르겠으나 그 말은 사실일 것이다. 다만 자신들에게 이득이 되는 방법으로 안정을 시키려고 하겠지.

리암 왕은 페른시스가 병탄당하든 말든 상관도 안 할 것이고, 헤지아나 역시 그 '평화'를 위해 페른시스를 희생시킬지도 모른다. 루시올은 씩 웃었다. 그 위에 해맑은 웃음이 덧씌워진 건 순식간이었다.

"그렇군요! 역시 어려서부터 신동이고 귀재라 불리셨던 리암 전하께서는 좋은 생각이 있으신 모양입니다. 지금 동제국의 침략을 막을 방법이 없을까요?"

"그 방법에 대해서도 논의 중입니다만, 루시올 왕자에게는 죄송하게도 별다른 묘책이 없는 상황입니다."

표정이 전혀 움직이지 않았다. 귀를 세워 봤지만 심장 뛰는 소리에도 별다른 이상이 없었다. 석가면이 괜히 석가면이 아닌 건가. 루시올은 안경을 고쳐 쓰는 리암을 향해 매우 아쉬운 표정을 지어 보였다.

"아, 그런가요…"

"하지만 당분간 파헨타움의 공격이 거세질 일은 없을 겁니다. 사실 그게 문제긴 한데…"

순간, 루시올의 눈매가 날카롭게 빛났다. 공격이 거세질 일이 없을 거라고?

"그건 무슨 말씀이시죠, 리암 전하?"

"그건 저와 이야기하도록 하지요, 루시올 왕자."

헤지아나가 앞으로 나서며 루시올의 어깨를 감싸 안았다. 아무렇지도 않게 앞으로 다가온 헤지아나의 체온이 훅, 옅은 분 냄새와 함께 루시올의 온몸을 덮었다.

순간 왜인지 온몸이 굳었다. 마비된 것만 같았다. 확 치밀고 올라오는 열기와 함께 온몸이 더 이상 움직일 수 없게 되는 건, 대체 왜일까.

"리암 왕께서는 아셔 경이 가져온 보고서를 읽어 주셨으면 합니다. 아셔 경은 리암 왕과 함께 보고서 검토를."

"예? 예."

아셔는 당황스러워하는 듯했지만 바로 고개를 숙였다. 그사이 헤지아나는 리암에게 눈짓했고, 리암은 가볍게 고개를 숙였다. 루시올은 어깨를 덮고 온몸을 덮은 체온의 충격에서 회복되지 않은 상태였다.

"가지요, 루시올 왕자."

"네? 네, 네."

붉어진 얼굴로 어버버거리며 루시올은 헤지아나가 떠미는 대로 걸었다. 방향은 문 쪽이었다.

'그래도 일국의 왕자인데 저렇게 가볍게 손을 얹어도 되는 걸까.'

아셔는 무심코 생각했다가 일전 헤지아나의 말을 다시 떠올리고 고개를 저어 그 생각을 흩어 냈다. 그만큼 친밀한 사이가 된 것이겠지. 성하께서는 함부로 결례를 범할 분이 아니다.

"아셔 경께서는 돌아가 보셔도 될 것 같습니다. 옮겨 적으시느라 수고하셨습니다."

"아, 성하께서 검토를 명하셨습니다만⋯."

"루시올 왕자 때문에 그러신 겁니다. 같이 나갈 수는 없으니 경을 잠시 머무르게 한 것이지요."

리암이 말하자 아셔는 고개를 갸웃거렸다. 그런 건가? 하지만 일단 성하께서는 검토를 명하셨다. 자신의 생각에도 검토할 것이 없는 보고서이기는 하나, 한 번 같이 보아 나쁠 것은 없을 것이다.

"하지만 성하께서 검토를 명하셨으니 같이 보기로 하지요."

"음, 그러실 필요는…."

"설명 드려야 할 것도 있고요."

"그렇다면 부탁드립니다."

다행히도, 광신도는 그것이 교황의 명령이니 필히 수행해야 한다고 말하지 않고도 일반인의 설득에 성공했다.

"아까 리암 왕이 말하던 것인데."

루시올은 당황하고 있었다.

헤지아나가 그를 끌고 온 곳은 방이었다. 단둘이 있는 방. 조용한 방. 그것도 교황의 방, 교황의 침실!

'이런 대낮부터 할 생각인가?'

용무도 끝났겠다, 때맞춰 먹잇감도 나타났겠다, 이럴 생각으로 자신을 데리고 나온 건가? 루시올은 긴장한 표정으로 저 멀리 침대를 흘끔거렸다.

하지만 헤지아나는 제일 가깝고 비밀이 보장되는 공간을 고른 것

뿐이었다.

"당분간 페른시스가 습격받지 않을까에 대해서는 크게 걱정하지 않아도 될 것 같습니다. 현재 페른시스를 습격하는 자들은 쉽게 말하자면 낙오자들입니다."

"낙오자… 들이라고요?"

둘 사이에 있는 것은 찻잔에서 모락모락 피어오르는 홍차의 김 뿐. 그 엷은 장막 너머의 헤지아나를 살피며 루시올이 조심스럽게 물었다.

"파헨타움에서 버린 자들이죠. 카람찬트 황태자가 자신에게 불만을 가진 세력을 싸움터로 일부러 몰아넣은 것입니다. 그리고 지원을 끊었죠."

그것은 리암이 알려 주어 안 것이다. 실제 회담이 열린 이후 직접적인 다툼이 없고 대치 상태만 계속 되는 이유도 후방 지원이 끊겼다는 것을 공격자들이 깨달았기 때문이라고 한다.

"그렇다고 해도 그들은 국경에 주둔해 있는데…."

"당분간은 대치 상태가 지속될 것입니다."

그것이 얼마나 갈지는 모르지만 말이다. 하지만 이 어린 왕자에게 그것을 알려 주어 걱정하게 만들 필요는 없을 것이다.

"그 사이 우리는 그들을 해산 시킬 방법을 찾을 것이고요."

'우리'라.

루시올의 손끝이 잠시 떨렸다. 그것은 분명 정치적 수사일 텐데, 왜 순간 놀란 걸까. 심장 박동을 느끼며 루시올은 찻잔을 들어 적당히 식은 홍차를 한 모금 삼켰다. 희미하게 딸기향이 났다.

"가능한 일인가요?"

"가능하게 하겠다고 하지 않았습니까?"

분명 헤지아나는 이전에 그렇게 말했다. 무릎 꿇고 앉아 우는 소년에게 턱도 없이 그런 약속을 했다. 루시올은 그 기억에 대한 비웃음보다는 약간의 걱정을 안고서 물었다.

"하지만 아까 리암 왕께서 공격이 거세지지 않는 것이 문제라고 하셨는데…."

"…음. 자세한 이야기는 아직 할 수 없습니다. 확실한 것은 아니니까요."

카람찬트가 안에서는 병사를 키우고 밖에서는 이비아네라와 서쪽을 맞붙게 하려 한다고 말할 수는 없었다. 말 그대로 결정적인 증거는 아직 없으니 더더욱.

"루시올 왕자가 그것을 걱정할 이유는 없어요. 요정왕께서 호의적이시니 저도 도움 드릴 수 있도록 노력할 것입니다."

"성하의 호의에 감사드립니다."

루시올이 고개를 숙였다. 그 모습에 헤지아나는 고개를 끄덕였다.

"만약 페른시스에 도움이 필요하다면, 요정왕께 필요한 것을 여쭤보도록 하겠습니다."

"아… 네?"

순간, 루시올이 어색한 표정을 지었다. 무슨 뜻인지 이해하지 못한 걸까. 헤지아나는 다시 설명했다.

"제가 할 수 있는 한 제가 도울 수 있는 한 도와드리겠습니다. 아무래도 사정은 요정왕께서 잘 아실 터이니, 직접 여쭙는 게 좋겠지요."

"아…. 그런 의미군요. 감사합니다. 하지만 그것을 굳이 아버님께 직접 말씀드릴 필요는 없습니다. 제게 말씀해 주시면 전달하여 드리겠습니다."

"아닙니다. 루시올 왕자께서는 아무것도 신경 쓰지 않으셔도 됩니다. 그냥 가만히 계십시오."

루시올이 굳이 신경 쓸 필요는 없다. 자신과 요정왕이 바로 해결하는 것이 무엇보다 바른 일일 것이다. 헤지아나는 호의로 그렇게 말했다.

하지만 호의는 조금 굳은 목소리로 돌아왔다.

"…교황 성하, 저는 동쪽의 대표입니다."

정색해 자신을 쳐다보는 루시올의 얼굴을, 헤지아나는 이해하지 못하고 쳐다보았다. 그 불가해를 루시올도 알아보았다.

"성하, 저는 지금 제가 대표로 추천된 요정왕을 대신해 이 라스할드에 온 페른시스의 사자라고 말씀드리는 겁니다."

"음…. 예, 압니다."

"그런데 어째서 저를 무시하는지요?"

헤지아나는 당황했다. 무시라니.

"저는 루시올 왕자를 무시한 적 없습니다."

"절차가 있고 예의가 있습니다. 분명 제가 끼어들어서는 안 될 일이 있겠지요. 하지만 그것을 결정하시는 것은 요정왕이시며, 그 결정은 저의 전달로 이루어지겠지요. 사자인 저를 그런 식으로 무시한다는 것은, 예의에 어긋난다고 생각하지 않으시나요?"

루시올이 이맛살을 찌푸렸다. 그 모습에 헤지아나는 자신이 무슨 말을 했는지 알아차렸다.

"아, 그런 뜻이 아닙니다. 결국 요정왕께서 모든 일을 결정하시니 그것을….."

"물론 요정왕께서 결정하시겠지요."

허둥지둥 헤지아나가 꺼낸 말을 루시올이 손을 들어 올리며 잘랐다.

"하지만 지금 이 자리에 요정왕께 권한을 위임받아 대표로서 라스할드에 와 있는 건 저, 요정왕의 네 번째 아들 루시올 페른시스입니다."

또렷한 루시올의 목소리에 헤지아나는 잠시 움직임을 멈췄다. 루시올도 잠시 움직임을 멈춘 채 헤지아나의 눈동자를 쳐다보고 있었다. 햇살을 받은 듯 빛나는 녹색 눈동자. 그 눈동자를 쳐다보며 헤지아나는 당혹하면서도 동시에 루시올의 입장을 이해했다.

하지만.

'안전한 곳에 있으면 안 될까?'

인정받지 못하던 아이가 유일하게 인정받아 이곳에 왔으니 어떻게든지 자신의 입지를 확실히 하고 싶고 인정받고 싶을 것이다. 유일하게 주어진 일이고 기회라 실패하면 앞이 없다고 생각할지도 모른다. 어떻게든, 무엇이든 해야 한다고 생각할지도 모른다. 그러니까 자신에게 빌었을 것이고.

너는 내 유일한 혈육이니 보호하고 싶다고 말할 수도 없는 관계였다.

그것을 깨닫고, 자신의 마음을 깨닫고 잠시 헤지아나는 아무 말도 하지 못한 채 루시올을 쳐다보고만 있어야 했다. 눈빛만으로 모든 것이 통한다면 얼마나 좋을까.

"아…. 네. 제가 페른시스의 사자에게 무례한 짓을 저질렀군요. 사과드립니다."

말할 수 없다면 타인으로 대해야 한다. 일반적인 사자라면 이렇게 대답하는 게 맞을 것이다. 그의 지적대로 자신이 말한 것은 무례한 일이 맞았다. 둘이서 대화한다고 하더라도 사자를 통해 통보하는 게 예의에 맞는 일이다.

헤지아나는 기운 없어진 눈으로 찻잔을 내려다보았다. 그 모습에, 루시올은 자신이 너무 강하게 말한 것인가 순간 후회했다.

"음…. 페른시스가 당장 위급하다고 생각하지는 않습니다. 그랬다면 요정왕께서 친히 나서셨을 테니까요. 말씀드렸듯 요정왕과 요정여왕의 힘은 일곱별의 아이들에 필적합니다."

"예…."

하지만 헤지아나는 이미 대화에서 한 발짝 물러서 있었다. 걱정, 심려, 불안, 근심, 그런 것들이 헤지아나를 대화에 집중하지 못하게 했다. 이 아이는 전혀 관련 없는 곳에 두고 싶다. 할 수 있다면 이 품 안에 가두고 싶겠지만 그건 안 되겠지. 당장 요정왕에게 돌려보내 엄중한 보호를 요청하고 싶다.

만에 하나 이 아이가 7월성이라는 것이 들통 난다면, 그렇다면 나는….

"성하."

귓가에서 속삭이는 목소리에 헤지아나는 퍼뜩 고개를 들었다. 앞에는 찻잔이 두 개 있었고, 그 건너편에 있어야 할 사람이 없었다. 그때 헤지아나의 손을 조심스럽게 감싸 쥐는 손길이 느껴졌다.

"저, 제가 혹시 너무 무례하게 굴었나요? 혹시 그래서 기분이 상하셨나요?"

돌아본 옆에는, 걱정스러운 얼굴로 자신을 쳐다보는 루시올이 앉아 있었다. 귀 끝이 가볍게 쫑긋거리는 모습에 헤지아나는 그만 웃어 버렸지만 환한 미소는 나오지 않았다.

"아니요, 아니요… 그런 게 아닙니다. 그저 저는…. 루시올 왕자 같은 이도 이런 일에 참여해야 한다는 것이 조금 마음 편치 않아서…."

"저는 이미 보통 인간보다 훨씬 많은 나이를 먹었습니다. 많은 걸 겪고 보고 배웠죠. 겉보기에 어려 보여서 그렇게 생각하시는 건가요?"

아니, 겉보기가 문제가 아니다. 또한 나이와 경험이 사람을 반드시 현명하게 하지는 않는다.

나이와 경험이 현명함과 비례한다면 얼마나 좋을까? 그러면 자신 역시 루시올을 이렇게 대해서는 안 된다는 깨달음을 실행할 수 있을 텐데.

"성하?"

어떻게든 도와주고 싶다. 헤지아나는 노란 민들레 꽃잎 같은 머리카락이 상할세라 조심스레 쓸어내리며 자신을 올려다보는 녹색 눈동자를 쳐다보았다. 푸른 잎사귀 같은 눈동자를 향해 고개가 숙여졌다.

"아."

루시올이 큰 눈을 껌뻑였다. 이마에 부드러운 것이 닿았다. 관자놀이 옆으로 가느다랗고 간지러운 것이 닿아 치우고 싶었다. 하지만 움직일 수 없었다. 얼굴이 확 달아올랐다.

'이마에 키스?'

루시올은 마른침을 삼키며 천천히 멀어지는 헤지아나를 올려다보았다. 하지만 자신의 상기된 뺨이 부끄럽게도, 헤지아나는 변하지 않은 낯빛으로 자신을 쳐다보고 있었다.

혼란스러웠다. 처음 닿아 본 것도 아닌, 입술도 아닌 이마에 하는 키스에 온몸에 열이 오르는 이 상황을 이해할 수 없었다. 머릿속에는 지나치게 자극적인 상상과 함께하는 당혹감만 계속 지나갔다.

'무슨 의도지?'

아무것도 느껴지지 않는다. 그럴 리가 없는데. 인간이라면 보통 이런 때에, 그런 짓을 하지 않나? 그래서 방으로 끌고 온 것 아닌가? 일부러 옆자리에까지 앉아 줬는데 이마에 키스하고 저렇게 그윽한 눈빛으로 쳐다보기만 하는 이유는 대체 뭐지? 머리만 쓰다듬는 이유는 뭐지?

"루시올 왕자."

"네… 네네네?"

"저는…. 그러니까…."

헤지아나는 더듬거리더니 깊게 한숨을 내쉬었다. 그리고 루시올에게서 손을 뗐다. 루시올은 더더욱 알 수 없어졌다. 계속되는 스킨십. 하지만 결정타는 없이, 이윽고 머뭇대다 한숨과 함께 손을 떼는 것으로 끝나는.

'…혹시 덮쳐지는 쪽 취향인가?'

그 결론은 루시올의 입장에선 꽤 타당한 것이었다. 느닷없이 달려와 옷을 벗긴 여자가 있고, 아버지는 그 여자가 자신에게 끌릴 것이라고 말했다. 그런데 여자는 아무렇지도 않게 터치하면서 그 이상은 행하지 않는다.

루시올은 마음을 다잡았다. 그래, 남자라면 리드하는 게 맞지.

"…아?"

뺨에 얹어진 루시올의 손에 헤지아나는 작게 소리를 냈다. 눈을 돌려 헤지아나는 이 손길이 무엇을 의미하는지 눈동자로 물어보았다. 말로도 물어보려고 했다. 하지만 말로 묻기에, 루시올의 얼굴이 너무 가까이 다가와 있었다. 그래도 헤지아나가 묻기 위해 입술을 벌린 순간.

"루…!?"

말이 끊긴 것은, 입술이 닿았기 때문이다.

눌리진 않았다. 그건 마치 꽃잎 같았다. 얇고 촉촉하고 부드러운 것이 내려앉은 짧은 그 순간.

머릿속은 잉크를 한 번 엎은 것처럼 까만색으로 물들었고 곧 새 종이로 갈아 치워져 새하얗게 되었다. 그리고 그 종이 위에 '루시올이 입 맞췄음'이라고 쓰인 순간,

"와아아아앗?!"

헤지아나는 루시올을 쳐냈다. 그리고 루시올이 어깨에 통증을 느끼기도 전에 자리에서 벌떡 일어나 문을 향해 달렸다.

"어?"

예상외의 결과에 루시올은 헤지아나가 밀어낸 자세 그대로 멈춰서서 커다란 눈을 깜빡였다. 뭔가 잘못했나? 아니, 그럴 리가. 딱히 이상한 기색은 여태까지 단 한 번도 없었는데. 왜 어째서 뿌리치지? 보통 좋아할 타이밍 아닌가?

루시올이 차마 혼돈을 벗어나지 못한 채 굳어 있던 그 짧고도 긴

사이, 방 밖으로 뛰쳐나갔던 헤지아나가 벌컥 문을 열며 외쳤다.

"루시올!"

"네, 네, 네, 네?"

일을 그르쳤나? 루시올이 긴장하며 뒤를 돌아본 순간, 헤지아나가 말했다.

"그, 그런 짓은 함부로 하면 안 됩니다! 알겠지요!"

"네? 네, 네."

알아듣지도 못한 루시올이 생각 없이 고개를 끄덕이자, 헤지아나는 다시 문을 쾅 닫았다. 그녀가 어디로 가는지, 남겨진 루시올로서는 알 수 없었다.

…집무실일까?

"어허으하으악하허…. 으아아아아아!!"

입술을 닦았다 머리를 움켜쥐었다 고개를 저었다 난리법석을 피우던 헤지아나는, 결국 비명을 질렀다.

근친간에 키스했다. 아니, 근친은 아니지! 사촌인가? 사촌도 아니지만 하여간 혈육 아닌가? 잠깐 촌수를 계산해 보았지만 당혹감 때문에 계산기가 돌아가지 않았다.

'쟤가 나를 좋아하나?'

헤지아나의 등 뒤에 식은땀이 흘렀다. 좋아하지도 않는데 키스할 리는 없겠지. 어디 동쪽의 황태자 같은 놈도 있지만 저 순진한 요정이 그럴 일은 없다. 아, 생각하니 짜증난다. 남의 마음에 들어온다 더니 진심이 되는 건 뭐가 어쩌고 어째?

아니, 지금 생각해야 될 건 이게 아니었다. 헤지아나는 떠올렸다. 가까이 다가오던 장밋빛 뺨과 풀 향기 나는 숨결….

"흐아아아아아아아!!"

쾅.

얼굴을 양손으로 감싸 쥐고 좌로 우로 뱅글뱅글 도니 벽에 부딪히는 건 당연한 일이었다. 주변에 보고 있는 사람은 없겠지. 헤지아나는 얼얼한 이마를 그대로 벽에 대고 움직임을 멈췄다. 돌로 된 벽은 시원해서 머리를 식히기 좋았다.

"으아…."

그대로 헤지아나가 주르륵 주저앉았다.

순수한 만큼 더 열정적으로 달려 들어오는 것 같다.

요정들의 생활양식에 대해서는 잘 모르지만 오래 살다 보니 요정왕과 요정여왕을 제외하면 고정된 짝의 개념도 없고 정조 개념 같은 것도 없다던데, 그렇다면 육체적인 접촉을 아무렇지도 않게 해올 수도 있는 거 아닌가? 어쨌든 상대는 요정들 사이에서 자란 아이니까 말이다. 아니, 생각해 보면 아이 역시 아니지만…!

"성하?"

한참 헤지아나가 혼란에서 허우적거리는 사이, 뒤에서 부르는 목소리가 있었다. 헤지아나의 온몸이 흠칫 떨렸다.

"아니, 왜 여기서 이러고 계신…"

"아, 아…. 가일란 대표."

뒤에 서 있는 이의 모습을 확인한 헤지아나는 아무렇지도 않은 척 웃으며 자리에서 일어났다. 옷까지 탁탁 털어 주름을 편 헤지아나는 인자한 미소로 가일란 엘리아스를 맞았다.

"보다 낮은 곳에서 만물에 임하고 계신 분의 축복을."

웃고 있었지만, 속으로는 가일란이 또 서쪽을 압박해 달라고 하면 어떻게 달래나 하고 생각하고 있었다. 이곳까지 왔다는 것은 자신을 찾아왔다는 소리 아닌가?

"만물의 창조주와 그 대리인께 인사드립니다. 그런데 성하, 어쩌다가 벽에 부딪히셔서…."

"아, 그게…. 잠시 딴생각을 하다가…."

그걸 꼭 물어봤어야 했다. 인사로 말을 돌렸으면 어지간하면 묻지 좀 말지, 그렇게 궁금한가. 찌푸려지려는 인상을 붙잡으며 헤지아나는 웃음 지었다.

"요즘 일어나는 일들에 고뇌가 깊으신 모양입니다. 저 역시 그 고뇌에 한 짐 얹은 사람으로서 안타깝습니다. 제가 성하를 도와드릴 방법이 없을까요?"

"면도할 시간도 없으실 분께 제가 무얼 청하겠습니까?"

헤지아나가 말하자 가일란은 머쓱하게 웃더니 턱을 쓰다듬었다. 헤지아나의 말대로 다듬어지지 않고 거칠게 자란 수염들이 덥수룩하게 나 있었다.

"내국의 문제로 자꾸 연락이 오는 탓에…. 아, 성하. 외람되지만 루시올 전하와 동행하셨다고 들었는데…."

"아, 그는 제 방에…."

무심결에 답한 순간 다시 생각났다. 장밋빛 뺨, 풀 향기 나는 숨결. 말과 함께 헤지아나의 뚝 굳어 버린 표정을 가일란이 발견하지 못할 리가 없었다.

"…무슨 일 있으십니까?"

"아, 아니요. 그런데 무슨 일로 루시올 왕자를 찾으십니까?"

"일전에 약간의 지원을 요청한 적이 있었는데, 그 부분에 관해서 좀 더 말씀드리고 싶은 게 있어서…. 찾았더니 성하와 이야기를 나누고 계시다고 하더군요."

지금 페른시스는 지원 요청을 받아들일 기분이 아닐 것이다. 아무리 남쪽 상황이 잿물도 가리지 않을 상황이라고 하지만 페른시스에게 손을 뻗는 건 방향이 한참 틀린 것 같은데?

헤지아나는 속으로 생각하며 앞으로 손을 뻗었다.

"이러지 마시고 회의실이나 응접실에서 기다리시지요. 제가 사람을 보내 루시올 왕자를 그쪽으로 모시겠습니다."

교황의 방에서 사담하라고 할 수도 없는 노릇이다. 일단 주변에 오가는 궁내원이 없는지 살피며 헤지아나는 머릿속의 생각을 가라앉히려고 애썼다.

'가족과 그럴 수는 없는 노릇이잖아. 가족과 하면… 아니, 잠깐. 아셔는 교황청 사람들을 가족으로 여긴다고 했지. 그렇다면 아셔 입장에서는 이미 나와 한 게 근친과 다름이 없는 건가? 아니, 좀 더 따지고 보면 우리 모두는 신의 자녀로 자매와 형제…'

하지만 가라앉지 않았다. 더욱 확장된 개념에 헤지아나의 정신이 와르르 부서졌다. 웃으며 말하고 걷고 있었지만 머릿속은 혼돈과 파괴가 가득했다.

어떻게 하지. 정말로 어떻게 하지.

페른시스의 수도, 루 비에르를 방문한 어느 인간 여자 여행자는 우연히 요정왕과 만났다.

아름다운 금발의 여행자와 시간이 멈춘 듯한 한 그루의 고즈넉한 나무 같은 요정. 둘은 마주 본 순간부터 불같은 사랑에 빠졌고 뜨겁게 서로를 원했다.

얼마 후 그녀는 임신했다. 임신한 그녀는 루 비에르에 정착했지만, 풍토가 맞지 않는지 점점 쇠약해져 자신의 자식이 육화한 것을 본 지 오래되지 않아 사망.

그것이 요정왕이 주장하는 루시올의 탄생 경위였다.

풍토가 맞지 않아 쇠약해져 사망했다고 해도 루시올을 낳고 대충 20년은 살았다. 20년과 40세라는 나이는 요정의 입장에서는 너무나 짧은 것이어서 그렇게 보았을지도 모르겠지만, 같은 시간을 사는 인간의 입장에서는 요절하였거나 병사한 것 아닌가 정도로 여겨졌다.

"그런데 정작 루시올 왕자가 태어나기 전후, 요정왕이 루 비에르에 머물렀던 기간은 극히 짧습니다."

"요정의 나무를 살피기 위해 주기적으로 순방을 떠났다… 는 거군요."

요정왕과 요정여왕의 의무 중에는 요정의 나무를 살피고 생육하는 것이 있었다. 관리 또한 그 의무에 속한다. 그들은 각자의 지역을 맡아 주기적으로 순방하며 나무를 살폈고, 그 때문에 루시올이 태어난 해와 전 해 요정왕은 수도인 루 비에르에 오래 머물지 못했다.

"그렇지만 아이를 만드는 데에는 오랜 시간이 필요하지 않을 텐데요."

리암의 말에 아셔의 움직임이 잠깐 멈췄다. 무슨 의도로 그런 말을 거리낌 없이 하는 걸까. 곧 그가 어떤 의도도 없다는 걸 알 수 있었지만, 여전히 아셔는 이런 말에는 어떻게 반응을 해야 하는지 알 수 없었다.

"그런… 가요?"

"기한에 크게 신경 쓸 필요는 없지만 이상하기는 하군요."

"아, 네. 여하튼 그 외 교구의 말로는 그해 즈음 새로 들어온 여성은 없었다고 합니다."

"종교를 버린 자라면?"

"아니요. 루 비에르에서 사는 인간은 그렇게 많지 않다고 합니다. 교구장의 말로는 요정들은 인간과는 다른 삶을 살고 있어서 섞여들기가 힘들고, 때문에 인간들끼리 자력 구제를 하지 않으면 살아가기 힘들다고 하더군요. 교인이 아니더라도 그곳에서 살려면 인간들끼리의 협조가 필요한 것이지요."

"하지만 새롭게, 교회든 인간 연합이든 명부에 이름을 등록한 여자는 없었다…."

어차피 요정왕이 거짓말을 했을 것이라는 건 예상했던 일이다. 루시올을 왕자로 올린 방법도 그렇고 순순히 그 만남부터 탄생까지 알려 줄 리는 없었다. 아마도 반은 진실이고 반은 거짓이겠지. 루시올 왕자가 7월성이 확실한 이상, 진실을 전부 다 알려 주는 게 오히려 부자연스럽다.

"순전한 자력갱생은? 그 여자는 그래도 여행자였다고 하지 않았습니까. 사냥 정도는 할 줄 알았을 텐데요."

"그렇다면 요정들의 기록에 남았겠지요. 루 비에르 근처에서 함부로 사냥하는 것은 허락되지 않는다고 합니다. 과실수를 함부로 건드리는 것도 마찬가지이고요. 그것들은 모두 왕과 여왕의 것이고 그 일족들에게만 허락된 것이니까요."

결국 허가를 받은 인간의 도움이 없다면 힘들다는 것이다. 이미 많은 것을 잃은 요정들은 함부로 무언가를 나누는 것을 저어했다. 페른시스 교구도 당시 요정왕의 허가를 얻어서 만들어진 것이다. 인간에게 주어진 영역은 한정되어 있을 터.

그 영역에 흔적이 없다는 것은….

"그 여자가 수도에는 존재하지 않았던 것이 확실하군요."

"네, 그리고…."

아셔는 받아 적은 부분을 보더니 그 부분을 손으로 짚으며 말했다.

"그 이후, 약 몇십 년간 요정왕이 유독 미디피아렌 지역에 행차한 기록이 있습니다."

"미디피아렌이면…."

지금 페른시스에 붙어 있는, 대격벽에서 뻗어 나온 산맥의 이름이 '피아렌 산맥'이다. 그 한가운데, 페른시스의 북동쪽 지역에 속해 있는 곳을 미디피아렌이라고 부른다.

"그런데 이상한 것이…. 나중의 일입니다만, 미디피아렌 지역의 작은 마을 로카의 요정의 나무를 뽑고 마을을 해산시켰다고 합니다. 요정들은 사라졌지만 외곽 지역이라 인간들이 그럭저럭 살고 있었고 그들은 아직도 그곳에서 살아가고 있다고 하더군요."

"후사가 부족한데 요정의 나무를 뽑다니 이해가 안 되는군요. 이유를 알고 있습니까?"

"모른다고 합니다."

리암은 눈을 감았다.

"로카에 뭔 일이 있었나요?"

"요정들은 로카가 실제로 두 사람이 만난 곳이 아닐까 생각하는 것 같습니다. 루시올 왕자를 왕자로 올리는 데에 자세한 것을 아는 이들을 없애기 위해 나무를 뽑은 것 아닌가 하는 것이지요. 그래서 그 마을의 자료도 같이 전달되었는데…"

리암은 그 마을의 위치를 다시 확인해 보았다. 지리상으로도 북쪽 나라들과 가깝다. 그들이 루시올이나 그의 모친을 납치했을지도 모른다는 자신의 추론에 적합한 지역이었다.

"아직 그곳에 사는 노인들은 그곳에서 반요정을 키우던 요정 여자를 의심스럽게 여긴다고 합니다. 머리카락은 갈색이고, 이름은 '나제쥬다'라고 한다는군요. 성격은 좋았지만 사람들은 물론 요정들과도 잘 어울리지 않았다고 합니다."

반요정이라는 말에 리암은 눈을 가늘게 떴다. 만약 그게 루시올 왕자라면 요정왕이 주장하는 금발의 친모 이야기와 달리 갈색 머리의 친모 이야기가 떠돈 것도 납득이 된다.

하지만 왜 요정이 인간에게서 요정을 받아 키운단 말인가. 친모는, 금발을 가진 7월성의 이복 여동생은 또 어쩌고? 길렀다는 요정은 유모라도 되는 걸까?

"의문을 가져 마땅한 일인지는 모르겠으나 리암 전하, 성하께서 어째서 루시올 왕자의 태생에 관심을 가지시는지 혹시 아십니까?"

"음."

잠시 생각에 빠져 있던 리암은 입술을 붙였다. 그가 헤지아나의 최측근이라 하나 어쨌든 함구하기로 약속한 일. 리암은 고개를 저었다.

"자세한 얘기는 저도 잘 알지 못합니다. 어떤 이유가 있으신 거겠지요."

다행히 교황의 최측근은 캐묻지 않았다. 그 충직함에 안도하며, 리암은 그가 전해 준 정보들 사이에서 느껴지는 약간의 혼란에 집중했다.

헤지아나도 자신도 별 생각 없이 알아보기로 한 것이지만, 정작 알아보니 어딘가 미심쩍은 것투성이다. 왜 요정왕은 미디피아렌을 배회하고, 요정의 나무를 뽑고, 나제쥬다라는 요정 여성이 반요정을 키웠나. 거기다가 '나제쥬다'란 이름은 요정의 이름이 아니다. 좀 더 북쪽 사람의 이름에 가깝다. 가명일까?

명확한 무언가가 느껴지는 것은 아니다. 하지만 꺼림칙했다. 말하자면 밀가루 안에 들어 있는 몇 개의 모래 알갱이 같은 느낌이었다.

곧 아셔는 자신의 임무를 완수하고 돌아갔고, 리암은 그 모래 알갱이를 만지작거리며 그것의 좀 더 정확한 정체를 탐지하려고 했다. 헤지아나가 지친 표정으로 돌아온 것은 그때였다.

지친 표정이 신경 쓰였지만 헤지아나는 골치 아픈 듯 이마를 짚으면서도 루시올의 태생에 대해 말해 주기를 요구했다. 리암은 아셔와 나눈 이야기를 그대로 들려주었다.

"나제쥬다…."

소파에 깊숙이 기대앉은 헤지아나가 길게 한숨을 내쉬었다. 리암은 다가가 손등으로 헤지아나의 이마를 짚어 보았다. 열은 없었다. 헤지아나는 뭐 하는 거냐고 묻지도 않고 눈을 감더니 신음했다.

"왜 하필 그 이름일까요."

"네. 요정의 이름은 아니지요. 북쪽 여성 이름으로 흔합니다."

"아니, 그게 아니라…."

잠시 신음하던 헤지아나는 눈을 뜨며 말했다.

"7월성은 북쪽 태생이죠. 그들은 주로 자신의 반려들을 '나제쥬다'라고 불렀다고 들었어요."

그 뜻은 희망.

3월성의 문양은 나팔꽃을 베이스로 한다. 현재 교황인 헤지아나의 문양도 삼중관과 나팔꽃이 어우러진 문양이다. 월성들의 문양이 베이스로 하는 것들은 다들 소박한 들풀꽃으로, 7월성의 문양은 민들레를 베이스로 한다.

민들레의 꽃말은 행복이라고 들었다.

'인간을 행복에 가장 가깝게 하는 것은 희망이다.'

최초의 7월성은 그렇게 말하며 자신의 반려를 나제쥬다라고 불렀다. 북쪽의 말로 그 뜻은 행복.

이후 그것은 7월성의 소박한 관습이 되었다. 위대한 마법사들의 후예들은 한 명의 인간으로서 희망과 행복이 만나 따스한 가정을 꾸리기를 바라며 반려에게 속삭였던 것이다. 나의 사랑이라고 연인들이 밀어를 나누듯이 인생을 같이 할 이에게 '나제쥬다', 나의 희망이라고.

"맞나요?"

헤지아나의 물음에 잠시 리암은 움직임을 멈췄다. 그녀의 말이 맞았다. 어째서 그걸 생각하지 못했을까. 리암은 고개를 끄덕였다.

"…미처 생각을 못 했군요. 그 말인즉슨 그 여자는…"

"아, 잠깐. 그건 전혀 생각하지 못했는데 설마…"

설마. 그럴 리 없다.

같은 결론에 도달한 두 사람이 잠시 말을 멈췄다. 잠시 생각하는 듯 눈을 감았던 리암이 머릿속에 있던 정보를 꺼내 놓았다.

"15년 전의 7월성…. 다닐라는 마르고 과묵한 남자였다고 하죠."

"금발이었고요."

그 순간 헤지아나와 리암은 고개를 슬금 돌렸다. 시선이 서로를 향하고 있었다.

혹시나 하는 생각이 들었다. 너무 억지로 꿰어 맞추는 것이 아닌가 싶었다.

하지만 두서없이 던져진 돌이 일렬로 정렬되어 서는 순간은 흔한 것이 아니다.

루시올은 복도를 걷고 있었다.

헤지아나의 방에서 한참 멍하니 있다가 자신을 맞으러 온 궁내원을 따라가 가일란과 이야기했다. 하지만 이야기의 자세한 내용은 기억나지 않는다. 그렇다고 무슨 이야기였는지도 듣지 못할 정도로 정신이 나가지는 않았다.

가일란은 현재 교황청이 북쪽에 사절을 보내 무기고를 틀어막고 견제하고 있다고 했다. 페른시스는 충분한 준비가 되어 있는지 가일란이 물었지만, 그 질문은 대답할 가치가 없었다. 대체 페른시스가 언제부터 이 상황이 되었다고 생각하는 건가? 그리고 인간의 무기가 요정들에게 얼마나 효율적이라고 그런 말을 하는 건지.

물론 사용하지 않는 것은 아니지만 무기를 전적으로 인간들에게 의존할 수는 없는 것이 요정들이었다. 요정과 인간은 분명 다른 존재이므로.

나눌 의미도 없는 대화에 루시올은 눈앞의 상대 대신 눈앞에 없는 상대를 생각했다. 아직도 생각하고 있는 상대였다.

대체 왜 헤지아나는 자신을 거부했을까?

싫은가? 하지만.

"그런 짓은 함부로 하면 안 됩니다! 알겠지요!"

싫으면 그런 신경 쓰는 듯한 말은 하지 않을 텐데.

"거기다가 그런 짓 함부로 하지 말라니…."

루시올은 차가워진 팔을 쓰다듬었다. 날은 어두워졌지만 추위를 느끼고 있지는 않았다.

이상한 사람이다. 인간 여자라면 당연히 그런 데에서는 그래야 하는 거 아닌가? 몇 번이고 기회를 줬는데, 이 방법 저 방법 다 써서 상을 차리고 떠서 먹여 주기까지 했는데 왜.

"다정하기는…."

무심코 흘러나온 말에 루시올은 자리에 멈춰 섰다.

그렇다. 그 여자는 다정하다. 무지와 어리석음으로 인한 것이겠지만, 그것이 미덕임을 부정할 수는 없었다. 그 미덕에 온몸이 달아올랐다. 따스하다. 마치 봄바람에 흩날리는 민들레 홀씨에 휩싸인 것처럼 부드럽고 간지러웠다.

루시올은 급하게 고개를 저었다. 아니, 그건 다정한 게 아니다. 그냥 새장 안의 새를 귀여워하는 것과 같은 것이다. 자신을 가엾게 여겨 자신의 편이 되어 주던 여자들과 같은 것이다. 결국 희귀하고 이상하고 곱상한 남자애를 가지고 놀고 싶으면서, 환심을 사기 위해 대신 화내고 싸우고 보호하며 정의롭고 다정한 자신의 모습에 애착을 가져 흠뻑 취하는 것이다. 그렇다면.

'그 다정함을 이용해도 되겠지.'

손목에까지 돋은 간지러움을 꽉 눌러 움켜쥐고, 루시올은 들고 있는 작은 향로를 감싸 쥐었다. 오색으로 빛나는 우윳빛 돌로 만든 향로는 언뜻 보기에도 신비롭고 아름다워 보였고, 거기에서 흐르는 쾌청한 향은 사람의 정신을 맑게 만들었다.

"늦은 밤에 죄송합니다. 혹시 성하께 제가 왔다고 알려 주실 수 있을까요?"

"지금 성하께서는 쉬고 계실 시간이라…"

저녁 식사 시간도 지난 때다. 사람에게 만남을 청하기에는 실례인 시간이다. 하지만 그렇기 때문에 루시올은 이 시간을 골랐다.

루시올은 바로 시선을 내리깔고 조그마한 목소리로 말했다.

"낮에 범한 실례를 사과하고자 하니 잠깐만 시간을 내주시면 감사하겠다고 전해 주시면 안 될까요?"

"…한 번 살펴보겠습니다. 잠시만 기다려 주십시오."

궁내원은 어쩔 수 없다는 듯이 고개를 숙이더니 방 안으로 들어갔고, 조금 후 나온 궁내원은 루시올에게 문을 열어 주었다.

"들어가시지요."

"감사합니다."

내리깐 녹색 눈동자가 차갑게 식었다.

'내가 너를 왕으로 만들 것이다.'

바닥을 내려다보며 루시올은 아버지, 요정왕이 한 말을 생각했다. 이 라스할드에 오기 전 요정왕은 자신의 제일 어린 아들에게 그렇게 말했다.

'네가 생명의 나무를 기를 수 있는 유일한 자다. 너만이 이 나무를 기를 수 있고 나만이 그 사실을 안다. 그러니 나는 모든 수단을 동원해 네가 이 나무를 기를 수 있게 할 것이다. 너는 나를 따르겠느냐?'

어째서 아버지가 반요정인 자신이 요정왕에 적합하다고 생각하시는지는 알 수 없다.

물론 루시올은 높은 자리를 원했다. 하지만 그것은 드러나지 않는 부분에서의 자리였다. 요정왕의 자리는 너무 드러내 놓고 높은 자리였고, 그것은 자신 같이 명확한 약점을 가지고 있는 이에게는 너무나 위태로운 자리였다.

…하지만.

그 높은 자리가 손에 들어온다면 어떤 이도 자신을 함부로 대할 수 없겠지.

그 힘으로 그들을 짓밟을 수 있겠지.

그 누구도 자신을 무시할 순 없겠지.

"성하. 늦은 밤에 죄송합니다."

"아, 네. 루시올 왕자. 음…. 일단 앉으세요."

방 안으로 들어서자, 가운 위에 로브를 걸친 헤지아나가 고개를 숙인 루시올에게 자리를 권했다.

"감사합니다. 늦은 시간에 결례인 것을 알면서도 온 것은, 실수는 빨리 사과하는 것이 좋다고 생각해서…"

"음…. 그 일이라면 너무 신경 쓰지 않으셔도 됩니다."

자리에 앉은 헤지아나가 헛기침을 하며 고개를 돌렸다. 루시올이 입실한 이후로 헤지아나는 계속 시선을 피하고 있었다.

역시 의식하고 있다.

"말씀은 감사하지만 제가 신경 쓰여 잠들 수 없을 것 같습니다."

의기소침한 표정을 지으며 루시올은 손에 들고 있던 향로를 테이블에 내려놓았다.

"약소한 선물이지만, 사과의 의미로 받아 주셨으면 좋겠습니다."

"아, 이런 건 괜찮…."

"본디 선물로 가지고 왔던 것입니다. 정말로 괜찮으시다면 받아 주세요."

밀어내려고 다가오는 헤지아나의 손을 감싸 쥐며, 루시올은 조용히 헤지아나의 눈을 들여다보았다.

"그래야만 제가 용서받은 기분이 들 것 같아요."

"아…. 음…."

헤지아나는 잠시 루시올과 시선을 마주하더니 거북한 듯 고개를 숙였다. 헤지아나의 손이 꿈지럭거리는 것을 느끼며 루시올은 조심스럽게 헤지아나의 손을 향로 위에 얹고 그녀를 향해 밀었다.

척 보아도 귀물이다. 헤지아나는 저것을 어떻게 거절할까 했다가 말이 길어지는 것이 더욱 거북할 것 같은 기분에 깊게 한숨을 내쉬어 버리고 말았다.

"알겠… 습니다."

깊은 한숨과 함께 헤지아나의 어깨에서 힘이 빠졌다. 꿈틀거리던 손가락도 조용히 향로 위에 내려앉았고, 그녀는 포기한 듯이 웃었다.

"저는 정말로 신경 쓰지 않으니 루시올 왕자께선 어서 가서 주무세요."

"받아 주시니 감사할 따름입니다. 그런데 잠깐만, 제가 사용법을 알려 드려야 할 것 같은데…."

곧 생글생글 웃는 루시올을 보니 자신의 싱숭생숭하던 마음이 편안해지는 것만 같았다. 헤지아나는 씁쓰레하게 웃으며 루시올이 양손으로 감싸 쥔 향로를 쳐다보았다.

"사용법이 따로 있나요?"

"안에 든 도백(桃白)향은 마력에 연소된답니다. 이렇게…."

옅게 흐르던 쾌청한 향이 빛났다. 순식간에 그것은 달콤하고 오색으로 빛나는 복숭앗빛 향기로 변했고, 농밀하게 온몸을 휘감는 향기에 순간 헤지아나의 정신이 알 수 없는 곳으로 휙 이끌려 갔다.

"아."

순식간에 모든 것이 흐려졌다. 헤지아나의 몸이 힘을 잃었다.

뭐지? 이상하다. 위험하다. 생각하면서도 몸에는 힘이 들어가지 않았고 정신은 늪에 빠진 것처럼 서서히 가라앉아 가고 있었다.

"아, 이런. 인간에게 잘 듣는다고 들었지만 이 정도일 줄은 몰랐네요."

"네…? 루시올…. 뭐라고…?"

등을 받치는 손길을 느끼며 헤지아나가 물었다.

하지만 자신의 목소리가 이상하다는 것을 금방 깨달았다. 묘하게 들떠 새된 목소리. 그리고 점점 웃음기가 차올라 가는 얼굴. 왜인지는 모르지만 재미있었다. 어느새 헤지아나는 후후 웃으며 허공을 손으로 휘저었다. 몇 번이고 휘저은 손은 목적한 루시올의 얼굴 위에 닿았다.

"루시올 왕자…? 뭐라고…."

루시올은 자신의 뺨에 얹어진 헤지아나의 손을 뗐다. 그리고 휘청거리는 그녀의 몸을 조심스럽게 소파에 기대 앉혔다.

"기분 좋으신 것 같네요, 성하."

"아…. 네, 굉장히 즐거운…. 아, 멋진 기분이에요. 굉장히…. 굉장히…. 좋은 향이네요…."

헤지아나는 말을 잇지 못하고 소리 죽여 웃더니 몸을 웅크리며 소파에 드러누워 버렸다.

정신없이 웃으며 하느작대는 헤지아나의 모습은 마치 작은 요정들이 노니는 모습과 같았다. 루시올은 그 모습을 가만히 쳐다보며 웃었다.

요정들에게 이것은 유희를 위한 흥분제 같은 것이다. 인간들에겐 술과 비슷한 느낌 아닐까. 하지만 요정들은 이것에 취하지 않는다.

그렇지만 이것은 인간들에게는 그 기분을 순식간에, 한없이 고양시켜 주는 것이라고 한다. 시름을 잊고, 괴로움도 잊고, 그저 가벼운 구름 위에 떠 있는 안온함과 햇살 아래에서 뛰노는 듯한 즐거움을 느끼게 해주며 원초적인 욕구를 생생하게 되살아나게 하는 것. 그래서 많은 인간들이 이것을 원한다.

"시름에 지친 성하께 꼭 필요한 것이라고 생각했어요. 귀한 물건이랍니다."

귀한 물건이긴 하다. 요정의 나무에서 수지를 받아 내어 만드는 물건이니까.

거기다가 이것은 생명의 나무에서 추출한 것이다. 이 귀하디귀한 물건은 아버지에게서 받았던 것이고, 여태까지 여러모로 활용했었지만 이보다 더 극적으로 활용된 예는 없었을 것이다. 과연 이 향을 쓸 일이 있을 것인가 싶었는데 이렇게 쓰게 될 줄이야. 교황이라면 보통의 약물에는 꿈쩍도 하지 않을 텐데 말이다.

"아아…. 그렇게 귀한 물건을… 쿡쿡쿡, 고마워요, 루시올, 아…. 자, 이리…."

웃으며 헤지아나가 루시올을 끌어당겼다. 기울어진 루시올의 뺨에 헤지아나가 입맞춤했고, 여태까지 냉정하게 헤지아나를 쳐다보던 푸른 숲 같은 눈동자가 흔들렸다. 잎사귀가 바람에 시원하게 흔들렸다.

"고마워요. 아주…. 아주 즐거워요. 아주. 아주. 아주."

헤지아나가 몸을 제대로 가누지 못하면서 신나게 웃었다. 웃음소리가 여름 뙤약볕에 쏟아지는 바람 같았다. 헤지아나의 몸이 점점 힘을 잃고 쓰러졌고, 루시올은 그 위에서 입술을 가볍게 깨물었다.

헤지아나의 몸이 루시올의 아래에 있었다.

'이러려던 거잖아.'

맞닿는 뜨거운 체온에 마른침이 넘어갔다. 아래에서 헤지아나가 웃음 지을 때마다 하늘로 향해 올라가는 허리. 스쳐 지나갔다 붙잡았다 떨어지기를 반복하는 육체.

깊게 숨을 들이쉬며 루시올은 헤지아나의 뺨에 손을 댔다.

'어차피 이 여자도 알고 있고.'

흐트러진 머리카락을 정리하며 루시올은 마른침을 삼켰다. 누군가를 제압하고 있다는 어떤 고양감은 스스로에게도 다소 위협적인 감각이었다. 수동적인 위치에서 누군가를 유혹했을 뿐, 그 반대의 위치에 서 있어 본 적 없었던 루시올은 자신이 어떻게 해야 하는지 잘 몰랐다. 아니, 사실 어떻게 하는지 모르는 것은 아니지만.

'하지만 이렇게까지 해본 적은 없어.'

왜 이렇게까지 해야 하지? 굳이 향까지 써가면서 해야 할 필요는 없잖아. 그냥 유혹하면 되잖아. 루시올은 갑자기 솟아오른 머릿속의 질문과 혼란스러운 감각에 잠시 굳어 있었다. 하지만 답은 금방 나왔다.

확실히 하고 싶은 거지. 내가.

손이 웃고 있는 헤지아나의 허리춤으로 다가갔다. 매듭지어진 허리끈의 끝은 조심스럽게 당기자 미끄럽게 스르륵 풀렸다. 헤지아나는 루시올을 향해 웃고 있었다. 이 여자는 지금 무슨 일이 일어나는지 모른다.

"루시올."

소녀처럼 꺄르륵 웃는 그녀의 모습에 루시올은 약간의 혼미함을 느꼈다. 그는 혼란함 속에서 헤지아나의 턱을 손끝으로 쓸어내렸다. 단단한 뼈. 그 위를 감싸는 부드럽고 얇은 피부. 그 아래로 손을 미끄러뜨리자 닿는 움푹 파인 쇄골.

그 융기를 지나자 사람의 살과 다른 부드러움이 손끝에 닿았다. 직물의 옷깃은 손끝에 쉽게 걸려, 그대로 힘을 빼 밑으로 떨어뜨리자 같이 떨어져 그 안에 숨어 있던 것의 모습을 빛 아래 드러냈다.

숨이 막혔다.

농염한 향기가 느껴졌다. 도백의 향이 아니다. 약간은 꿀처럼 달고 약간은 레몬처럼 새콤한 향. 그러면서도 짙은 라일락처럼 폐를 짓눌러 버릴 것 같은 향.

그것은 두 개의 잘 익은 사과였고 아삭한 배였고 녹아내릴 듯한 꿀물이었다. 터질 듯한 곡선을 그리는 농염한 여인의 몸을 엿본 것만으로도 풋사과 같은 요정은 굳어 버렸다.

"아…."

"루시올…."

웃으며, 유혹자들처럼 헤지아나의 손이 루시올의 어깨에 얹어졌다. 격렬한 중압감이었다. 가볍게 얹어진 손이 자신을 그 몸 위로 짓누르는 것만 같았다. 눈앞에 커다란 가슴이 보였다.

"읍…!"

얼굴이 두 가슴 사이에 묻혔다. 허리를 다정하게 감싸 쥔 손길이 웃으며 루시올을 끌어안았고, 루시올은 잠시 버둥대다 겨우 부드러운 살덩이 사이에서 얼굴을 빼내고 잔뜩 붉어진 얼굴로 헤지아나를 내려다보았다. 헤지아나는 아주 재미있는 장난을 친 작은 요정들처럼 웃었다. 하지만 얇은 슬립 아래에서 드러나는 몸은 작은 요정들의 것이 아니다. 여태까지 본 그 어떤 요정들의 것보다 육감적인 육체에 심장이 맥동했다. 루시올은 뜨거운 숨을 내쉬며 헤지아나의 목덜미에 얼굴을 파묻었다.

"아…!"

여인의 몸이 꿈틀거렸다. 소년에게는 그것을 억누를 무게가 없었다. 단지 목의 부드러운 살을 약하게 짓누르고 빨아들이며 오른손으로 머뭇머뭇 부드러운 허리께를 더듬었다. 그 손이 가슴 위에 오기까지는, 조금 더 많은 시간이 필요했다.

"아, 푸훗, 웃, 간지러워요, 루시올, 앗."

말랑말랑한 가슴 위에 도드라진 것을 건드리자 헤지아나의 몸이 움찔거리더니 얼굴이 일그러졌다. 선정적인 일그러짐에 루시올은 잠깐 손 움직임을 멈췄다. 하지만 다시 손이 머뭇거리며 움직였다.

"으응, 푸훗, 앗, 흐응…."

웃음 섞인 목소리에 열기가 감돌기 시작했다. 달콤한 목소리에 귀가 녹을 것 같았다. 달콤함으로 녹아내려 고장 난 것처럼 뛰기 시작하는 심장 박동에 맞추어 내쉰 숨이 가빴다. 루시올은 헤지아나의 가슴을 옷 위로 한 입 물었다. 부족한 맛이 났다.

가쁜 숨을 들이켜며 루시올은 헤지아나의 옷 안으로 손을 넣었다. 의도를 알아차린 듯이 헤지아나가 몸을 들어 스스로의 옷을 벗어 내렸고, 기쁜 듯한 웃음소리를 들으며 루시올은 약간의 어지러움을 느꼈다. 저 향에 취했나? 아니면 눈앞의 아찔한 여체에 정신이 나갔나?

루시올은 숨을 멈추고 눈앞에 드러난 헤지아나의 몸을 쳐다보았다.

　하얀 피부를 본 순간 코끝이 저려 오는 것 같았다. 감각이 이상하다. 풍만한 가슴과 쏙 들어간 허리와 그 밑에 유선형으로 매끈하게 떨어지는 엉덩이와 날렵한 허벅지까지. 보면 볼수록 압도적인 무언가에 짓눌리는 것 같았다. 눈을 뗄 수가 없었다. 그래서 자신이 언제 그 품에 파고들었는지 알 수 없었다.

　'이렇게까지 하지 않아도 되는데.'

　귓가를 간질이는 낮은 웃음과 교성이 어지럽게 들렸다. 어린아이처럼 젖을 물고 이가 간지러운 것처럼 견딜 수 없이 하얀 피부를 깨물어대며 붉은 자국을 수도 없이 남겼다. 참을 수 없는 충동이 끓어올랐다.

　'여기까지 하지 않아도 되는데.'

　하지만 멈출 수가 없었다. 자신을 끌어안는 손길을 뿌리치고 벗은 몸은 그녀보다 훨씬 가늘었다. 그 몸 안에 파묻힐 수 있을 정도로.

　온몸이 안락함에 휩싸여 정염이 허락받은 듯이 마음대로 들끓는다. 빳빳해진 허리춤의 것이 부드러운 배 위에 눌리는 것조차 어쩔 줄 몰라 하면서도, 루시올은 웃음과 신음으로 흔들리는 헤지아나의 몸을 붙잡고 하얀 살 위에 잇자국을 남겼다. 혀끝에 닿는 살에서는 부드럽고 달콤한 맛이 났다.

　"앗, 아, 루시올, 앗… 안 돼요, 앗…."

　"괜찮…. 괜찮아요, 괜찮아요, 성하."

　귓가에 속삭이며 손끝으로 허벅지를 더듬었다. 비단을 더듬는 것 같은 느낌이었다.

"그게, 아니라, 하웅…!!"

"걱정… 마세요. 이래 봬도 어떻게 하는지 잘 아니까."

할딱거리는 헤지아나의 붉은 입술을 물며 루시올이 허벅지 아래로 손가락을 미끄러뜨렸다. 부드러운 풀숲 아래 이슬을 머금고 있는 입술을 확인했다. 그 위로 손을 옮기자 흥분으로 부풀어 있는 클리토리스가 만져졌다.

"흐앗!"

만지자마자 헤지아나의 허리가 들썩거렸다. 붙잡아 목에 키스하며 루시올은 조심스럽게 매끄러운 구슬의 표면을 만졌다. 손이 가볍게 움직일 때마다 헤지아나는 갓 잡아 올린 물고기처럼 퍼덕거렸고, 중심의 작은 핵은 더욱 뜨겁게 달아올랐다.

"하웃, 웃, 앗, 조금, 천천히, 앗, 그렇게, 세게, 말고, 아, 핫!"

"하아, 하아, 웃, 흡…."

거친 숨을 내뱉는 루시올에게는 그 말이 잘 들리지 않았다. 흥분이 이끄는 대로, 물결치는 격렬한 몸짓을 받아들이면서 루시올은 거세게 헤지아나를 자극했다. 좀 더 반응하는 게 보고 싶었다. 어느 게 적절한지 몰랐다. 적절하게 하고 있는지도 몰랐다. 그저 하는 대로 했을 뿐이다. 상대를 달아오르게 한 것뿐인데 자신의 몸이 달아오르는 건 왜일까. 귀 끝까지 빨개진 루시올은 손가락 끝에서 느껴지는 축축한 미끄러움을 더듬어 보았다. 신기한 감촉을 음미하는 사이 손끝이 가득히 젖었다.

"하웃! 아, 흐앙…!"

젖은 손가락으로 다시 클리토리스를 더듬자 헤지아나의 몸이 격렬하게 물결쳤다. 귀를 가득 채우는 교성과 피부로 전해지는 쾌감에 몸 중심이 아플 정도로 흥분하고 있었다. 약간 축축한 느낌도 들었다. 무언가가 한 방울 한 방울 새어 나오는 느낌. 어떻게 해야 하지. 가슴을 물고 목덜미와 어깨를 입술로 훑으며 루시올은 망설였다.

요정들에게 성관계라는 건 그저 유희일 뿐이다. 번식의 방법이 아닌 쾌락을 즐기는 방법 중 하나로 인간들처럼 깊은 의미를 가지지 않는다. 그렇다고 아무런 의미 없는 유희는 아니다. 특히 첫 경험은 고민할 만한 것이었다. 시간이 흘러 그 감각은 무뎌지기는 하겠지만, 첫 결정을 한다는 것의 중압감은….

'몰라.'

그것보다 압도적인 충동이 휩쓸고 지나갔다. 루시올은 헤지아나의 입술에 키스하며 하얀 배 아래로 몸을 미끄러뜨렸다. 축축하게 젖은 입구에서는 묘하게 달짝지근하면서도 새콤한 향이 났다. 자신을 압도하던 향이었다. 그 향이 나는 액에서는 무슨 맛이 날까. 과즙의 맛을 보듯 혀를 뻗자, 헤지아나의 몸에 가득 힘이 들어갔다.

"흐으으읏…."

"아…."

아무 맛도 나지 않는다. 하지만 향기로웠다. 자신이 익숙하지 않은 것일 뿐, 계속 맛을 보면 무슨 맛이 날 것만 같아서 루시올은 혀로 끈적한 액을 훑어 올렸다. 그때마다 숨이 넘어가는 소리가 들렸다.

"루시올, 흐읏, 아…!"

꿀처럼 끈적한 점액이 한 방울, 부드러운 엉덩이 사이로 흘러내렸다. 더 이상은 참을 수가 없었다. 몸을 일으키며 루시올은 헤지아나의 몸을 내려다보았다. 꿈에서 본 것과 같은 광경이었다. 루시올은 가쁘게 오르내리는 가슴 위에 흐트러진 머리카락을 치웠다.

"선물이 마음에 드시는 것 같아 다행이에요, 성하…"

"아아…."

"그렇지만 이것보단 다른 게 필요하시죠?"

여흥은 충분히 즐겼으니 진짜 선물을 받아야 할 때다. 루시올은 겉옷을 벗어 내리며 숨을 깊게 들이쉬었다. 공기가 뜨거웠다. 온몸은 발갛게 달아올라 예민했고, 그것보다 몸 중심의 발기한 것이 훨씬 더 예민했다. 옷이 스칠 때마다 온몸이 바늘에 찔리는 것처럼 예민하게 반응했다.

"그럼…."

그사이 숨을 돌린 듯 떨림이 줄어든 헤지아나의 몸 위에서 루시올은 자세를 잡았다. 배가 맞붙고 맨살이 맞붙었다. 두려움과 쾌감이 한 번에 정신을 뭉개 버렸다. 맨살이 닿는 것이, 아니, 페니스에 여자의 맨살이 닿는 것이 이렇게 부끄럽고 무서운 기분일 거라고는 생각해 본 적이 없었다. 혼란스러웠다.

'어디로 들어가야….'

보이지 않으니 잘 알 수 없었다. 그렇다고 다리 사이를 쳐다보기도 부끄러웠다. 루시올은 붉어진 얼굴로 신음하며 조심스럽게 허리를 움직였다. 그러자 자신의 물건이 헤지아나의 젖은 꽃잎을 가르며 그 꿀에 잔뜩 적셔지는 것이 느껴졌다.

"으…!"

그대로 닿는 것만으로도 폭발할 것 같았다. 길을 찾지 못하고 미끄러져 적셔질 때마다 루시올은 깊게 신음하며 손을 움켜쥐었다. 분명 여기인 것 같은데 잘 들어가지지 않았다.

'젠장.'

루시올은 가볍게 입술을 깨물었다. 헤지아나가 향에 취해 있어서 다행이었다. 이런, 어쩔 줄 몰라 하며 허둥대는 꼴사나운 모습을 기억하지 못할 테니까. 정말 다행이다.

"루시올…?"

"예, 예에?"

루시올은 깜짝 놀라 고개를 들었다. 자신을 부르는, 거기다가 차분한 목소리에 놀란 루시올은 깊은 숨을 내뱉는 헤지아나와 시선이 마주쳤다. 하지만 곧 길고 가느다란 손가락이 루시올의 눈앞을 가렸다. 그 손가락은 조심스럽게 이마를 더듬었다.

"그만둘 건가요…?"

"아, 아뇨. 그건 아니고…."

목소리에 웃음기가 남아 있다. 아직 향에 취해 있는 것이다. 루시올은 마른침을 삼키며 자신의 머리카락을 쓸어 넘기는 헤지아나의 손을 붙잡았다. 헤지아나가 몸을 일으키려고 하고 있었다.

"그만두지 말고…."

헤지아나가 후후 웃었다. 몸을 일으킨 헤지아나는 루시올의 뺨에 입 맞추더니 자연스럽게 입술을 내려 그의 입술을 물었다. 루시올이 숨을 삼킨 순간, 헤지아나는 느긋하게 입술 사이로 혀를 밀어 넣으며 루시올의 몸을 양손으로 쓸어내렸다. 가슴에서 천천히 미끄러져 내리는 손길에 순간 등골이 오싹했다.

"그만두면 안 되죠…."

"읍, 아…. 하아, 읍!"

입안으로 들어온 혀는 루시올을 묶고 놓아주지 않았다. 강렬한 압력에 숨조차 쉬지 못한 루시올이 겨우 호흡을 뱉어 낸 순간, 루시올의 몸을 훑어 내리던 손길이 마른 가슴에 작게 솟은 젖꼭지를 건드렸다. 부드럽게 그것을 누른 손길은 마치 백자 찻잔을 쓰다듬듯 위아래로 조심스럽게 움직이기 시작했다.

"으읍…. 음!"

"으응."

몸 중심이, 바짝 솟아오른 페니스가 저릿하다. 한 방울 흘러나오는 것이 끝을 적시는 게 느껴졌다. 숨이 넘어갈 듯한 쾌감이 거기서부터 시작되어 온몸으로 퍼졌다. 쾌감이라고 했지만, 그건 생각했던 것과 달리 충격에 가까운 느낌이었다.

루시올이 헐떡대는 사이 헤지아나는 오른손으로 그의 가슴을 밀고, 왼손은 아래로 내려 허벅지를 움켜쥐었다. 곧 왼손은 그 사이로 미끄러져 들어가 흥분으로 까닥대고 있는 소년을 붙잡았다.

"아, 아웃…!"

"여기 뜨겁네요…."

"성, 하, 자, 잠깐…. 웃!"

루시올을 눕힌 헤지아나가 그의 목에 키스하며 천천히 손을 움직였다. 심장이 터질 것 같았다. 미끄러운 것을 부드러운 손이 붙잡아 위아래로 움직이는 것만으로도 숨이 막혔다. 하지만 헤지아나의 손길은 루시올을 부드럽게만 어루만져 주지 않았다.

"웃, 하, 아, 아아아아아!"

"아, 엄청나게 뜨거워요…. 이런 거 처음…?"

"성하, 천천히, 그만…!"

"기분…. 좋아요?"

"흐아, 앗, 아, 아, 으으으으으응!!"

이를 악물며 견디려고 했지만 능란한 손놀림이 자신도 모르는 느낌을 정확히 찾아내 자극했다. 곧 루시올의 악문 입이 터졌다. 하지만 거기에는 신음이 없었다. 그저 발버둥 치며 가쁜 숨만 거칠게 들이 내쉴 뿐이었다.

"하아, 하아, 하아, 하아, 하아, 성하…!"

"옳지, 착해요."

결국 루시올이 참치 못하고 헤지아나의 팔을 움켜쥐었다. 헤지아나는 마치 어린아이를 칭찬하듯 루시올의 눈가에 키스하더니 그 몸 위에 올라탔고, 루시올이 채 숨을 돌리기도 전에 생경한 감각이 소년을 덮쳤다.

"아…!"

미끄러운, 그러면서도 부드러운, 따뜻한, 녹아내리는, 벨벳 같은, 구름 같이 실체 없는.

온갖 이상한 느낌이 한 번에 꼿꼿하게 선 기둥에서부터 온몸으로 퍼졌다. 갑자기 둥실 뜬 듯 혼란한 기분 속에서 루시올은 가쁘게 숨을 몰아쉬었다. 하지만 자신의 몸에 무슨 일이 일어났는지 파악하기도 전에 다른 이상한 기분이 몰려들어 왔다.

"하아, 훗, 아…."

"으응, 웃, 하웃, 앗, 아, 간지… 러워요, 앗…."

"성하, 아, 하아, 앗!"

삽입을 했다, 아니, 빨려 들어갔다. 깨닫자마자 위에 올라탄 헤

지아나의 허리 놀림이 빨라졌다. 동시에 부드러운 압박이 루시올의 몸을 짓눌렀다. 자신의 몸이 헤지아나의 안에서 감싸여지고 있었다. 간지럽지만 부드러운, 묘한 쾌감이었다.

"하아, 하아, 읏, 앗…!"

"아, 으응, 간지러워서 참을 수가, 아…"

헤지아나가 신음하며 허리를 움직이자 끈적끈적한 물소리가 들려왔다. 찌걱대는 소리와 함께 부드러운 것이 자신을 숨 막히게 조였다가 풀어 주었고, 그때마다 심장은 터질 듯이 뛰었다.

"성하, 아, 그렇게, 하시면, 아, 아, 아, 아…"

안 된다. 금방 끝나 버릴 것 같았다. 루시올이 소파 시트를 움켜쥐며 참으려고 했지만, 어떻게 해야 참을 수 있는지 알 수 없었다. 눈가에 매달린 눈물 너머 보이는 헤지아나의 모습은 음탕했고, 요염한 여자의 몸 안으로 자신이 들어갔다 나오는 것은 지나치게 자극적이었다. 그 자극에 몸이 더욱 달아올랐다.

"하…. 으읏, 아, 성하, 그만, 그만, 그만, 앗, 아!"

"하아, 아, 벌써…? 으응, 조금만, 더…"

"아, 그만, 조금만, 천천히…!"

하지만 부탁해도 헤지아나는 움직임을 멈추지 않았다. 온몸이 뜨거워졌다. 열기가 한곳에 모이고, 그리고 그것이 몸의 제일 뜨거운 부분을 통해 쏟아져 나왔다.

"윽…. 아…"

뭐가 일어난 거지?

루시올은 숨을 몰아쉬며 그대로 소파 위에 늘어졌다.

갑자기 온몸의 힘이 빠지고 몸을 가득 채우던 열기도 빠져나갔다. 이유도 없는 몸의 변화에 적응하지 못하고 루시올은 천장을 올려다보았다. 유백색과 연갈색이 그리는 무늬는 아름다웠다. 아름답기만 했다.

'뭐지?'

머릿속에 의문이 가득 찼다. 갑자기 왜 이러지? 갑자기 왜 이렇게 찬 바다에 던져진 것 같지? 적막하고, 쓸쓸하고, 오감을 잃고 밤하늘 사이에서 헤매는 것만 같은 느낌이 드는 거지?

'누가 좀….'

도와줬으면. 춥다. 갑자기 텅 비어 버렸다. 이런 변화는 감당하기 힘들다.

루시올은 허공을 향해 손을 뻗었다. 아무것도 보이지 않았다.

"후후."

그때 약한 분내와 함께 온기가 다가왔다. 온기가 손을 맞잡아 주었다.

"으응…. 기분 좋아요…."

"아…."

상대의 숨소리에 정신이 들었다. 정신을 차린 루시올의 앞에는 옅게 웃고 있는 헤지아나가 있었고, 헤지아나는 양손을 뻗어 루시올을 끌어안았다. 헤지아나의 가슴에 얼굴이 파묻혔다.

"웃, 아, 성하…."

"귀엽기도 하지…. 짧았지만 좋았어요…. 처음이라?"

"아, 저, 그게…!"

귀엽다는 소리는 질색이다. 짧았다는 것도 부끄러웠다. 루시올은 뭐라고 하려다가 상대가 향에 취해 까르르 웃는 것을 보고 한숨을 내쉬었다. 헤지아나는 마치 작은 동물을 귀여워하는 것처럼 루시올의 머리카락에 대고 뺨을 비비며 또 웃었다.

…싫지 않았다. 그것들이.

지금 헤지아나의 가슴에서 들리는 두근두근한 심장 소리며, 맞잡은 손이며. 비어 있던 것이 손부터 천천히 차오른다. 헤지아나와 닿으면 닿을수록, 부드러운 피부가 맞닿아 체온을 나눌수록 그 냉기는 좀 더 빨리 사라지고 허무함도 사라졌다.

그 따스함의 정체는 분명 이 여자가 가지고 있는 것이다. 그것이 온몸에 찼다.

'장난감이어도 좋아.'

알아 버렸다.

머리카락을 쓸어내리는 다정한 손길. 루시올은 아직도 향에 취해 웃고 있는 헤지아나를 끌어안았다.

"…해주지 마요…."

다정하다. 다정한 사람이다. 아무리 아니라고 생각해도 다른 이들과 같다고 생각해도 그것을 계속 느껴 왔다. 이 다정함을 가지고 싶을 정노로 그것을 알아 버렸다. 하지만.

"나한테 이렇게 잘해 주지 마요…."

장난감이어도 좋다는 건 사실 조금 비참하잖아.

진심인 상대에게 자신이 제일이 아니라는 건 비참하다. 그리고 그녀에게 자신은 제일이 되지 못하겠지.

이 능숙한 몸놀림은 몇 명을 거쳐서 완성된 걸까. 겉으로는 교황이네 금욕이네 하더라도 결국 그녀도 인간이고 여자였다. 자신은 그냥 지나가는 풋내기들 중 한 명에 불과하겠지. 그래도, 정말로, 장난감이라도….

"으응…. 잘해 줄 거예요. 좀 더 잘해 줄 거예요."

턱 끝으로 루시올의 정수리를 문지르며 헤지아나가 달콤하게, 웃음과 함께 속삭였다.

달콤하면서도 아픈 말이었다. 루시올은 그것을 받아들이며 천천히 눈을 감았다.

"나의 유일한 혈육…."

감기던 눈이 번쩍 뜨인 것은 그때였다.

언제 잠들었던 걸까?

어스름하게 밝아 오는 창밖에서 지저귀는 새소리를 들으며 헤지아나는 작게 신음했다. 어젯밤 저녁 늦게 찾아온 루시올을 맞이하고…. 그다음, 돌려보냈었나?

"으읏."

침대 위에서 기지개를 쭉 펴며 헤지아나는 그다음을 생각해 보았지만 기억이 나지 않았다. 그렇게 피곤했었나, 하며 팔을 내린 순간.

퍽.

"아얏."

"어?"

팔꿈치가 무언가에 부딪혔다. 팔꿈치가 얼얼했지만 그보다는 자신이 내리친 것이 낸 신음소리가 걱정되어 아래를 살폈다. 그런데 잠깐, 내리친 것이라고?

"어…"

아래를 내려다본 헤지아나는 그대로 움직임을 멈췄다.

거기에는 루시올이 있었다. 자신의 품에 파고든 자세로, 머리를 감싸 쥐며 웅크리고 있는 루시올.

알몸으로 자신과 엉켜 있는 루시올이 말이다.

"어… 어어어어어?"

"웃, 서, 성하…"

"아, 루, 루시올 왕자. 괜찮, 아, 미안해요. 아니 그렇지만 그거 이전에…!"

헤지아나는 몸을 일으킨 루시올의 머리를 쓰다듬어 주며 이불로 급하게 몸을 가렸다.

"저, 저기, 이게 대체 어떻게 된 거죠?"

물론 헤지아나는 루시올의 몸도 이불로 가려 주는 것을 잊지 않았다. 옷은 대체 어디 있는 거지?

"아…. 기억에 없으신가요?"

"제, 제기 무슨 짓을 했나요?"

마른침을 삼키며 헤지아나는 자신의 예상이 제발 틀리기를 바랐다. 하지만 지금 이것은 너무나, 정확하게, 빼도 박도 못하고,

"아, 네…. 그, 그게."

부끄러운 듯이 몸을 돌리는 루시올의 모습에서 헤지아나는 직감했다.

망했다.

"그게 사람들이 약간 기분 좋아지는 약이라는 이야기를 듣긴 했

습니다만, 그게….”

루시올이 얇은 이불로 얼굴을 가렸다. 덕분에 드러난 루시올의 등은 하얗고, 그래서 헤지아나는 깨달았다. 아주 잘 깨달았다.

망했다! 세상은 망했다!

“그게…. 성하께 아마 영향을 미친 모양….”

“아아, 루, 루시올. 미안해요. 내가, 아, 이걸 어쩌지, 이건…!”

“아, 아니요. 성하, 이건 저의 탓도 있으니….”

헤지아나가 엎드려 빌 기세로 사과하자 루시올은 헤지아나의 손을 붙잡으며 고개를 저었다. 얼굴을 가린 얇은 이불은 그대로였다.

“그렇게 스스로를 탓하지 말아 주세요….”

부드러운 손이 헤지아나의 손을 꼭 붙잡았다. 순간 안정을 되찾은 헤지아나였지만, 마음속 한구석 죄책감은 그대로 머물러 있었다.

‘내가 이렇게 어린애를…. 아니, 나보다 나이는 많지만, 하지만 혈육, 아니 먼 사촌….’

망했다, 망했어. 삼세번 복창해라. 죽을 때까지 복창해라. 고뇌하며 헤지아나는 고개를 푹 숙였다.

그리고 숙인 머릿속에서 떠오른 것은 왜인지 루시올의 일그러진 얼굴이었다. 순간 헤지아나는 떠올렸다. 루시올의 위에 올라탔던 것을. 벌어진 입술에 욕정했던 것을.

아.

죽고 싶다. 떠올리고 다시 한 번 두근거린 자신을 죽이고 싶다.

“서, 성하. 제가 그렇게 싫… 으세요?”

“예? 아, 아니요, 아닙니다! 그런 건 절대 아니에요!”

들려오는 기죽은 목소리에 헤지아나는 필사적으로 고개를 저었다. 올려다보니 역시나 풀 죽은 여우 같은 루시올의 모습이 있어, 헤지아나는 그에게 다가가 조심스럽게 뺨에 손을 얹었다.

"그런 게 아닙니다. 다만 우리가, 아니, 제가 이러면 안 되는데…."

"전 어리지 않아요."

"아뇨, 그게…."

헤지아나는 고개를 숙임과 함께 루시올의 뺨에 얹었던 손을 떨어뜨렸다.

"이, 이 일은 어떻게든 책임을 지겠어요. 일단 루시올 왕자는…."

"성하."

하지만 그 손이 떨어지기 전, 루시올이 헤지아나의 손가락을 붙잡았다. 그는 금방 헤지아나의 손을 붙잡고 손가락을 움켜쥐었다.

"책임을 진다면…."

손가락을 놓자 손바닥이 맞붙었고 루시올의 손가락이 헤지아나의 손가락 사이를 파고들어 왔다. 부드러운 깃털이 간질이는 듯한 느낌에 헤지아나가 흠칫거렸다.

"저를…. 좋아해 주신다는 건가요?"

아아, 신이시여.

이건 안 됩니다, 절대 안 된다고!

…아 참, 신은 이걸 바라고 있었지.

10일 아침. 회담이 시작되는 날의 아침은 역시나 망조와 함께 밝았다.

헤지아나는 멍하니 빗질을 해주는 궁내원들의 손길에 온몸을 맡기고 있었다. 오늘은 아침 기도도 때려치웠다.

'처음… 이었는데.'

부끄러운 듯 얼굴을 붉히던 루시올의 모습을 생각하며 헤지아나는 눈앞이 어둑해지는 것을 느꼈다. 그 말이 귓가에서 맴돌았다. 처음이었다니. 그 나이 먹도록 뭘 했기에 처음이란 말인가. 왜 하필 자신이 첫 상대란 말인가. 어려 보인다고 경험까지 어릴 필요는 없지 않은가. 아셔처럼 종교적 이유가 있는 것도 아니면서 오십, 아니 이십 년 동안 뭘 한 건가. 따지면 성인이 된 이후 이십 년이니 인간으로 쳐도 사십은 된 거 아닌가. 신은 왜 성체가 된 것들을 얼른얼른 짝지어 주지 않으시는 건가. 역시 신 같은 거 믿는 게 아니다. 필요 없는 신 따위는 얼른 죽이고 새 신이 되어 세계에 정돈된 이치와 평화를 가져와야겠는데 역시 아셔의 도움이 필요할까? 하지만 그분은 신을 죽일 수 있는 것 따위를 세상에 두질 않으셨지.

"젠장!"

쾅! 자신도 모르게 화장대를 내리친 헤지아나는 놀란 궁내원들에게 사과하고 다시 얌전하게 차림새를 점검받았다.

'저를…. 좋아해 주신다는 건가요?'

순간 현기증이 났다. 이마를 짚으며 헤지아나는 깊게 심호흡했다. 젠장, 왜 생각나는 거야. 하지만 이마를 짚은 손도 곧 궁내원들에 의해 떼어져, 그 손가락에는 곱게 교황의 반지가 끼워졌다.

'루시올이 날 좋아하는 건…. 아니 이젠 그런 게 문제가 아니라.'

잤다. 했다. 그런 애랑, 아니 애가 아니라. 그래, 애는 아니잖아. 그러니까 괜찮아.

하지만 혈육인 점은 괜찮지 않아!

'따지면 혈육이라고 하기도 애매하긴 하지만 일곱별의 아이들이라는 게…!'

가져다준 석장을 붙잡은 헤지아나의 손에 힘이 들어갔다. 아아, 대체 어떻게 해야 할까. 그냥 이렇게 된 거 정석대로….

"성하, 무슨 일 있으셨습니까?"

"그러게요. 꽤나 정서가 불안해 보이는 것이 말입니다."

갑작스레 들려온 익숙한 목소리에 헤지아나는 화들짝 놀라 고개를 들었다. 역시 그 자리에는 리시와 로미나가 서 있었다.

"자, 자네들 언제 와 있었나?!"

"지금 홀 쥐고 있는 게 누구 손이지요?"

보니 홀을 건네주고 있는 것이 리시의 손이었다. 로미나는 안경을 고쳐 쓰더니 헤지아나의 손을 가리켰다. 그 손을 쳐다보니 교황의 반지를 끼고 있는 자신의 손이 보였다. 헤지아나는 한숨을 내쉬었다.

"내가 보통 정신이 없는 게 아니군…"

"이건 또 뭔 일이 있군요."

"역시 그겁니까?"

"여기서 할 수 있는 이야기가 아닐세…"

아니, 여기가 아니더라도 할 수 있는 이야기가 아니다. 아무리 그래도 루시올과 동침해 버렸다는 사실을 말해 버리면 이 두 여자가 얼마나 꺅꺅거릴지….

"압니다, 알아요. 그럼 오늘 저녁 이야기하도록 하지요. 일단은."

헤지아나의 등 뒤에 선 로미나가 탁탁 헤지아나의 등을 밀며 속삭였다.

"요정왕께서 급히 대화를 청하십니다."

"뭐? 이 시간에?"

"잠시면 된다고 하시더군요."

"그래도 지금 시간이…"

하지만 그렇다고 해서 요정왕의 대화 요청을 무시할 수도 없다. 헤지아나는 급하게 사람들을 물리고 로미나가 가져다준 수정구를 테이블 위에 얹었다. 당연하지만 리시와 로미나도 물린 상태였다.

"보다 낮은 곳에서 만물에 임하고 계신 분의 축복을."

〈인간의 빛을 잇끄는 이에게 존경을 표하오. 회담이 있는 것을 알면서도 이른 아침부터 연락한 결례를 용서해 주시기 바라오, 교황이시여.〉

"시간은 조금 남아 있습니다. 무슨 일로 이리 급하게 연락을 하셨습니까?"

헤지아나가 묻자 수정구 너머에서 헛기침하는 소리가 들렸다. 하지만 요정왕은 길게 지체하지 않고 헤지아나에게 물었다.

〈혹시…. 내 아들, 루시올에게 무슨 이야기를 하셨소?〉

"예?"

뜨끔한 기분에 헤지아나는 몸을 움츠렸다. 그러니까 무슨 이야기는 하지 않았지만 무슨 짓은 했는데요, 그게 부모님께는 말씀드리기가 좀 그런 것이라….

"아…. 음, 별 다른 이야기는 하지 않았… 습니다만 무슨 일이…."

'저 아이를 책임지겠습니다, 결혼을 허락해 주십시오!'라고 말해야 할 때 이런 느낌이 들까? 헤지아나는 표정이 보이지 않는 걸 다행으로 여기며 얼굴을 툭툭 쳤다. 벌써 화장이 지워지면 곤란하다.

〈혹시 그 애에게 일곱별의 아이들에 대한 이야기를 하셨나 하였소. 그 아이에게 사실을 밝히거나….〉

"아니요. 그것이 무거운 일임은 누구보다 제가 더 잘 알지 않습니까? 무슨 일이 있었습니까?"

〈아니면 누군가에게 이 사실을 말씀하였소?〉

헤지아나는 또 뜨끔했다. 하지만 리암은 그것을 함부로 말할 사람이 아니다.

"…아니요. 아무에게도 말하지 않았습니다."

뻔뻔하게 거짓말하고 헤지아나는 다시 한 번 물었다.

"무슨 일로 이런 질문을 하시는지 말씀해 주실 순 없는 겁니까?"

〈루시올이…. 내게 새벽같이 연락을 취했소. 그리고 자신이 그대와 혹시 인척 관계냐고 물었지.〉

"네?"

대체 갑자기 왜 그런 질문을 한 걸까? 헤지아나는 마른침을 삼켰다. 혹시 자신도 모르는 월성들의 신비한 능력으로 뭔가 알아낸 걸까?

"어…. 혹시 월성은 다른 월성이나 월성의 자식들을 알아볼 수 있습니까?"

⟨내가 알기론 없소. 만약 그랬다면 첫날에 내게 연락했겠지.⟩

그럼 어떻게? 헤지아나는 잠깐 이마를 짚었다. 대체 왜? 한참 생각하던 헤지아나는 낮게 신음하며 추론을 꺼내 놓았다.

"그러고 보니…. 엊그제 루시올 왕자와 저녁 식사를 함께했는데 그날 모계 혈족이 살아 있다면 어떨 것 같냐는 이야기를 했습니다."

⟨음.⟩

이마에서 손을 떼며 헤지아나는 수정구를 쳐다보았다.

"아마 그 때문에…. 왜 그렇게 생각하시는지는 모르겠지만 그 때문이 아닐까요?"

⟨왜 그렇게 생각하느냐는 내 질문에도 그 아이는 대답하지 않았지…. 어쩌면 망상을 한 자신이 부끄러워서일지도 모르겠구려.⟩

"아직 어리…. 어린아이와 같은 감성을 가지고 계시니, 그런 상상을 하실 수도 있다고 봅니다."

잠시 침묵이 흘렀다.

⟨…그렇게 생각하는 게 타당하다고 여겨지오.⟩

수정구 너머에서 깊은 한숨 소리와 함께 요정왕이 대답했다.

⟨나도 당황해 그만 실례를 저질러 버렸구려. 이성적으로 생각해 보면 될 일일 것을. 그저 그 아이의 정체가 드러나면 무슨 해를 당

할까 무서워 올바른 생각을 하지 못했소. 못난 부모의 모습을 보여 드릴 말씀이 없소. 하지만 왕이라도 한 아이의 부모에 불과하다는 것을 알아주신다면 그 이상 감사할 일이 없을 것이오.〉

"먼 핏줄이라 하나 루시올 왕자는 저와 같은 월성의 후예입니다. 그 심려하시는 마음 백 번을 이해합니다."

혹시 어젯밤에 뭔가 말실수라도 한 걸까?

하지만 그러면 일어났을 때 루시올이 물어보았을 것이다. 그렇지 만 루시올은 그저 부끄러워하기만 했고….

〈교황께서 루시올에게 잘 대해 주고 계신 듯하여 감사드리오. 그 아이가 그렇게 생각할 정도라면 보통 신경 써주시는 것이 아닐 듯하 오.〉

"아닙니다. 그저 루시올 왕자께서 저를 잘 따라… 주시는 것뿐입 니다."

너무 잘 따라 줘서 곤란하지만 말이다.

'하여간 루시올 왕자에게 한번 물어는 봐야겠어.'

통신이 끝난 수정구를 덮으며 헤지아나는 자리에서 일어났다

'나의 유일한 혈육.'

루시올은 얼굴을 감싸 쥐었다. 성정은 끝났고 회의에 참석해야 했지만 몸이 움직이지 않았다.

'유일한 혈육.'

아버지는 아니라고 했다. 어머니는 구름 같은 사람이었지만 그것은 그녀의 천성이 아니었다. 그녀는 정착할 곳이 없는 천애 고아였던 탓에 그렇게 살아왔던 것이고, 아버지와 만나 자신이란 땅을 얻고는 드디어 정착했다고 한다. 그녀의 혈육은 자신밖에 없는 것이다.

하지만 그러면 어째서 교황은.

'착각… 한 건가?'

역시 약 기운에 헛소리를 한 거겠지?

아니. 교황은 어머니에 대해 물었다. 천애 고아라고 하나 어머니의 주장일 뿐, 숨겨진 혈육이 있어도 이상하지 않다. 어쩌면 아버님은 애꿎은 인간이 요정왕의 혈통에 접근하는 것을 막고자 어머니를 고아라고 한 것일 수도 있다.

그렇게 생각하니 아버지에게 물은 것이 실수였다. 교황을 잘 꼬드겨서 숨겨진 이야기를 풀어냈으면 좋았을 것을.

물론 아침은 그런 엉뚱한 이야기로 분위기를 깰 상황이 아니었다. 그런 건 교황을 꼬드기고 난 다음 얼마든지 이야기할 수 있으리라. 그런 몸놀림을 하는 교황을 어떻게 어수룩하게 대할 수 있단 말인가. 그녀는 능숙했고 요염했다. 어른의 여유가 느껴지던 그….

"으."

갑자기 온몸이 확 달아올랐다. 뜨거운 귀 끝이 저절로 움찔거리는 걸 느끼며 루시올은 몸을 움츠렸다. 몸이 간지러웠다. 아니, 간지러운 것과는 약간 다르다. 어떻게 다른지 설명할 순 없지만….

'여러 번 해봤겠지.'

여러 남자들이랑 해봤겠지. 인간이다. 여자다. 교황이다. 남자는 쉽게 손에 넣을 수 있었겠지. 얼마만큼 많이 해봤을까. 처음 해본 남자는 누구였을까. 그들이 교황을 저렇게 능숙하게 만들었을까? 되살아난 달콤한 쾌감과 막연한 불쾌감이 동시에 온몸에 쏟아졌다. 그녀는 그들에게 만족했을까? 그들을 사랑스럽게 여겼을까?

"아."

갑작스레 느껴지는 피 맛에 루시올은 흠칫 입술에 손을 올렸다. 그때 깨달았다. 손바닥에 손톱이 파고들 정도로 주먹을 꽉 쥐고 있었다는 사실을. 입술을 끊어지도록 깨물고 있었다는 사실을.

'…기분 나빠.'

첫 경험 상대도 처음일 거라고 생각한 적은 없다. 이왕이면 능숙하면 좋겠다고 생각했었지만, 하지만 막상 능숙한 상대를 만나니 기분 나빠졌다. 손해 본 것 같은 기분 때문에? 아니면…

'장난감이라도 좋아.'

앙다물어져 있던 루시올의 입술에서 힘이 빠졌다. 익어 버린 과일처럼 뚝 벌어진 입술 사이에선 자신도 모르는 탄식이 흘러나왔다.

능숙한, 여러 사람을 거친, 인간, 여자, 권력자라는 건 보나 마나 요부이거나 경박할 거라고 생각했다. 요정들도 보통은 그런데, 인간들은 더할 텐데 왜 그 여자는, 그렇게나.

"따뜻해서…"

그 품에 안기면 또다시 그 따스함을 느낄 수 있는 걸까. 편안함에 몸을 맡길 수 있는 걸까. 온몸에 스며들던 온기가 생각났다.

"아."

갑자기 춥다. 소름 끼치는 오한을 느끼며 루시올은 다급히 몸을 감싸 안았다. 왜일까. 여태까지는 괜찮았는데, 아무렇지도 않았는데 갑자기 춥게 느껴진다. 그 온기가 없는 세상은 너무 춥다. 그 온기를 알아 버렸다. 그 온기가 필요했다. 하지만 지금 달려갈 수는 없어. 회의에서 끌어안을 순 없어. 손조차 닿을 수 없어….

"아아…."

막연한 탄식이 입에서 새어 나왔다.

그리고 그 순간, 탄식과 함께 소년은 세상이 멀어져 감을 느꼈다. 모든 것이 어두웠다.

◆❖◆

라스할드 주재 멜라스 정상 회담 10일째, 3회차 정시(定時) 회담 개회 한 시간 전.

앞으로 남은 회의는 2회다. 하지만 13일째에 열리는 대회의는 여태까지의 끝장 토론의 최종 정리라고 생각하는 편이 좋고, 15일에 열리는 회의는 회의라기보다는 폐회 행사다.

그러니 이번에 던지는 것이 좋다.

"천칭을 물 위로 끌어올리죠."

그것이 리암의 의견이었다.

"뒤에서 포섭하는 게 좋지 않겠습니까?"

"황제를 포섭하지 못한 이상 조용히 움직일 필요가 없지요. 조용히 균형을 맞출 생각이었는데 그게 안 된다면 대놓고 올가미를 채울 수밖에요."

안경을 고쳐 쓰며 리암이 말했다. 오후에 시작되는 회의를 앞두고 만난 리암은 천칭, 웨스월드를 드러내자고 말한 것이다.

"군비 조율에 대해서는 서로 생각하는 바를 맞춘 상태지만 지금 그것만 논하려고 우리가 여기 모인 것은 아니지요. 웨스월드라는 큰 그림을 전면적으로 내세울 생각은 없습니다. 평화 조약이라는 형태로 먼저 제가 제안하겠습니다."

"음…."

"평화를 명분으로 내세우면 쉽게 거부할 수 있는 이가 없겠지요. 이 회의에 참석한 이상요."

헤지아나는 잠시 눈을 감고 생각했다.

"아셔 경을 부르지요."

"북쪽 대표가 운율을 맞춰 준다면 힘이 되겠군요."

리암이 부드럽게 웃었다. 헤지아나가 궁내원을 시켜 아셔를 호출하는 사이 둘은 잠시 화제를 이끌어 나갈 시나리오를 짰다. 곧 방문객을 알리는 노크 소리가 들렸다.

"성하."

"들어오십시오."

말을 듣기도 전에 헤지아나가 허락하자 문이 열렸다. 리암과 맞댔던 머리를 든 헤지아나는 허리를 들어 문을 돌아보았다.

"어서 와요. 아…."

들어온 사람은 하얀 머리카락을 지닌 남자였다.

하지만 하얀색에도 명도가 있다. 아셔의 머리카락은 그런 달빛 같은 유백색으로 빛나지 않았다. 허리까지 흘러내릴 정도로 길지도 않았다. 긴 머리카락과 옷자락을 흩날리며 파헨타움의 황태자, 카람찬트가 헤지아나의 집무실에 들어섰다.

"…카람찬트?"

예상치 못한 방문객에 헤지아나가 눈살을 찌푸리는 사이, 리암은 잽싸게 테이블 위를 정리했다. 요 며칠간 숙달된 손놀림이 빛을 발하는 사이, 헤지아나는 인상을 찌푸리며 앞으로 나서서 테이블을 가렸다.

저 인간이 이 시간에 여기는 무슨 일일까. 하지만 카람찬트는 헤지아나의 시선 같은 것은 관계없다는 듯이 씩 시원하게 웃으며 헤지아나와 리암을 훑어보았다.

"호오. 이런 아침부터 방문객이 계셨군요. 이스파시아의 왕께서 요 며칠간 성하와 꼭 붙어 계신다더니 정말로 그렇습니다."

"예, 논의할 것이 많아서. 보다 낮은 곳에서 만물에 임하고 계신 분의 축복이 있기를. 황태자께서는 무슨 일이십니까?"

"창조주의 제일 된 피조물에게 경애를. 갓 들어온 이야기가 있어 전해 드리려 들렀습니다."

카람찬트는 느긋하게 헤지아나의 곁에 다가오더니, 그녀가 내민 손에 입 맞추지 않고 헤지아나의 머리카락을 맘대로 훑더니 손가락에 감고 입 맞췄다. 그 모습에 헤지아나가 눈살을 찌푸린 것도 당연했다. 리암은 조금 놀란 듯했다. 그는 곧 그 표정을 지웠지만, 카람찬트는 그 변화를 곁눈질하고 웃음 지었다.

"무슨 이야기죠?"

헤지아나가 팔꿈치로 카람찬트의 복부를 노리며 물었다. 하지만 상대는 그래도 검성이라고 범인의 팔꿈치 공격 따위는 빈손으로 가볍게 막아 내며 여유를 부렸다.

"정말 갓 들어온 이야기인데 꽤나 흥미로운 이야기입니다. 이야기인즉슨…."

"성하, 아셔 경께서…."

"들어오세요!"

역시나 이야기가 끝나기 전에 헤지아나가 입실을 허락했다.

헤지아나에게 확 밀쳐진 카람찬트는 휘청거렸지만 바로 자세를 바로잡았다. 리암은 그것을 안쓰러운 듯이 쳐다보았고, 카람찬트는 역시나 그 표정을 눈치챘다. 리암은 예의 있게 시선을 피했지만 카람찬트의 헛기침을 막을 수는 없었다.

"창조신의 제일 된 종이며 이 손을 움직일 수 있는 분께 인사드립니다. 성하, 부르신 용건에 앞서 드릴 말씀이 있습니다."

"그건…."

카람찬트 앞에서 해도 되는 말인가? 헤지아나가 뒤를 흘깃거린 순간, 카람찬트가 먼저 말했다.

"혹시 아셔 경께서는 페른시스의 이야기를 가져오신 것인지요?"

"아, 예. 알고 계셨습니까?"

"페른시스요?"

헤지아나가 날카롭게 물으며 뒤를 돌아보았다. 여유로운 웃음을 지으며 다가온 카람찬트가 헤지아나의 왼쪽 어깨에 손을 올렸고, 그 모습에 아셔가 순간 '어?'하는 표정을 지었다.

"예, 페른시스에서 지금 막 재미있는 정보가 들어와서."

"그것이 무엇입니까?"

아셔의 눈치를 흘깃 살피며 헤지아나는 자신의 오른손마저 감싸 쥐려는 손길을 쳐냈다. 헤지아나가 눈살을 찌푸리며 눈치를 주는

데도, 이 황태자는 대체 무슨 생각인지 헤지아나의 왼쪽 어깨를 쓱 쓸어내리더니 머리카락에 뺨을 대고 속삭이듯이 말했다.

"요정여왕이 요정왕을 구금했다는 소식이지요."

"뭐?!"

"읍!"

반사적으로 헤지아나가 몸을 홱 돌린 순간이었다. 드디어 헤지아나의 팔꿈치가 카람찬트의 옆구리에 꽂혔고 얻어맞은 카람찬트가 몸을 움츠렸다.

"그게 무슨 소리야! 아침만 해도⋯. 아, 아니, 하여간 몇 시간 전만 해도 제가 요정왕과 통신을⋯!"

"네, 시간으로 따져보았을 때 네다섯 시간쯤 된 일 아닐까 하더군요."

배를 감싸 쥔 카람찬트 대신 아셔가 나서서 대답했다. 헤지아나는 옅게 신음했다.

"그럼 저와 통신을 끝내자마자 잡혀갔다고 보아도 무방하군요⋯. 이게 어떻게 된 일입니까?"

"그것은⋯ 알 수 없습니다. 요정왕과 요정여왕의 사이에는 딱히 분열의 징조 같은 것이 보이지 않았는데⋯."

"끄응, 분열의 징조가 왜 없단 말입니까?"

카람찬트의 목소리에 헤지아나는 뒤를 돌아보았다. 찡그린 기색이 약간 남아 있는 얼굴로 웃으며 카람찬트는 팔짱을 꼈다.

"루시올 페른시스, 그 어린 요정왕의 서자가 그들 사이에 끼어든 이후로 둘의 사이는 차가워졌죠. 대외적으로 악화되었다고 보일 정도까진 아니었지만 말입니다."

하지만 그것이 요정여왕의 반란, 아니, 뭐라고 해야 할까. 정권 독점? 요정왕과 요정여왕의 권한과 권리는 동등하다. 하여간 그 균형의 파탄에 대해 무슨 설명이 된단 말인가? 루시올이 문제의 핵심이라면 옛날에 벌어졌어야 할 일이다.

"…그런데 왜 그걸 황태자께서 알려 주십니까?"

"재미있는 소식을 가지고 오는 것이 나쁜 일입니까?"

카람찬트의 싱글싱글 웃는 모습이 어제 본 할센라비온의 모습과 비슷해서 발이라도 밟아 주고 싶다. 헤지아나는 어깨를 으쓱하는 카람찬트를 쏘아보았다.

"저도 이 상황이 어찌된 일인지 매우 궁금해서 여쭈러 온 것인데 아무래도 이쪽에서도 짚이는 바가 전혀 없는 모양이군요."

"예…."

어쨌든 카람찬트는 지금 페른시스를 공격하고 있고, 페른시스의 요정여왕은 요정왕을 봉인해 버렸다. 동쪽에게는 지금이 침략의 기회가 아닌가?

아니다. 어쨌든 요정왕은 요정여왕과 동일한 존재. 그들에게도 의회가 존재하는 이상 요정여왕의 독단으로 이루어질 수 있는 일은 아니었다. 그렇다면 요정여왕이 페른시스 내부에서 어떤 의견을 하나로 모았다고 보는 것이 옳다. 보통 이런 결사적인 행동을 하는 것은 급진과격파일 가능성이 높은 만큼 카람찬트 역시 정황을 파악하기 전까진 움직이기 힘들 것이다. 직접 와서 상태를 살필 만도 하다.

여하튼 중요한 건 이게 아니다. 왜 요정여왕은 일을 일으켰나? 그리고 어떻게 다수의 지지를 받았을까? 이것이 정세에 어떻게 영향을 미칠까?

헤지아나가 데굴데굴 커다란 청색 눈을 굴리고 있을 때였다. 문 두들기는 소리가 들렸다.

"성하, 리시입니다."

"들어오게나."

보나마나 페른시스의 소식을 전달하러 온 것이겠지. 헤지아나는 리암을 곁눈질했지만 그도 짚이는 바가 없는지 슬쩍 고개를 저었다. 그 모습을 카람찬트가 살피고 있었고, 아셔는 끼어들지 못한 채 한 발짝 물러나 세 명을 관조하고 있었다.

"많은 분들이 계셨군요. 실례하겠습니다. 성하, 다름 아니라…"

"페른시스의 소식은 알고 있네."

"아…. 그렇군요. 그러면…"

리시는 슬쩍 헤지아나 가까이 다가가더니 목소리를 낮추어 말했다.

"요정여왕께서 입회를 신청하셨습니다."

"입회?"

"정상 회담에 참관하고 싶으시다는 겁니다."

"어떻게? 그녀는 페른시스에 있을 텐데."

"통신 장치를 통해 참관하겠다는 거죠. 자신이 페른시스의 요정여왕인 만큼, 요구할 권리는 충분하다고 주장하는데 어떻게 하시겠습니까?"

요정여왕의 말대로 그녀는 참관할 자격이 있다. 하지만 그녀가 뭘 할 수 있단 말인가? 대표인 루시올이 있는데.

루시올이 말했듯 절차가 있고 예절이 있다. 아무리 왕이라고 하나 대표의 권한은 다른 사람에게 있다. 그를 앞에 두고 마음대로 말을 하는 것은 예의에 어긋난다. 본인의 사자라도 마찬가지다. 설마 그렇게까지 경우가 없지는 않겠지.

"불안하지만…."

루시올을 마음에 들어 하지 않는 것으로 보이는 요정여왕이 무엇을 할지는 모른다. 하지만 거절할 명분이 없다. 입술을 깨물며 헤지아나는 시계를 쳐다보았다. 회의 시간이 얼마 남지 않았다.

"어쩔 수 없군. 루시올 왕자께 물어보게. 그분이 괜찮다고 하시면 상관없네."

헤지아나가 고개를 끄덕인 순간, 리시는 고개를 숙이더니 급하게 방에서 물러났다. 아마 루시올에게 그 말을 전달하러 가는 것일 터.

불안감을 한숨으로 토해 내며 헤지아나는 뒤를 돌아보았다.

"곧 회의가 시작합니다. 다들 이동하셔야 하지 않겠습니까?"

"그것도 그렇군요."

카람찬트가 방을 빠져나가고, 리암은 시계를 쳐다보더니 테이블에서 서류를 정리해 걸어 나왔다. 그리고 헤지아나는 자신을 지나치는 리암을 붙잡았다.

"왜 그러십니까, 성하."

"오늘 천칭의 이야기."

눈짓하며 헤지아나는 목소리를 낮췄다.

"최대한 빨리 꺼내도록 하지요."

리암은 입을 다물었다. 대신 눈짓으로 '왜?'라고 물었다.

"잘못하면 페른시스의 상황으로 화제를 선점당할 우려가 있습니다. 요정여왕이 통신상 참관을 요청했어요."

"…이해했습니다."

리암이 먼저 나서고, 헤지아나는 그때까지 자신을 기다리던 아셔와 함께 방을 나왔다.

"성하, 이런 질문은 외람된지도 모르겠습니다만…"

"예?"

뒤따라오는 아셔가 말을 걸자 헤지아나는 뒤돌아보며 대답했다.

"그… 카람찬트 폐하와는 친밀… 한 사이십니까?"

"아…. 음, 예…. 아마…. 좀…."

"아, 아닙니다. 번거롭다면 말씀하지 않으셔도 됩니다. 제가 괜한 질문을."

"아, 아니요. 번거롭지 않습니다. 음, 그러니까…. 음…. 그렇군요, 친구 같은 사이라고 이해해 주셨으면 좋겠습니다. 네, 친구요."

사실 친구를 제대로 사귀어 본 적이 없어서 잘 모르겠다. 어렴풋이 친구란 관계는 좀 더 친밀해야 하는 것 아닌가 생각했지만 헤지아나는 그렇게 설명했다. 아셔에게 '육체 관계를 가졌고 대시 받는 중'이라고 말할 수는 없으니까.

'어, 그러고 보니….'

헤지아나는 설핏 얼굴에 열이 오르는 것을 느꼈다.

'사랑에 빠지면 제일 멍청한 짓을 저지르는 게 남자야.'

생각해 보니 어제의 대화는 엄청난 것 아닌가? 그거 결국 줄여서 말하자면 '네가 맘에 드니까 내 나라로 데리고 갈까 말까 고민 중이다'는 말 아닌가?

그 말에 아셔와 카람찬트의 싸움이나 정치적 트러블 따위를 생각했던 헤지아나였지만, 돌이켜 생각해 보니 그렇게 생각할 게 아니었다. 갑자기 왜 이 인간이 리암이나 아셔 앞에서도 자신에게 지분대다가 매를 벌었는지 이해가 됐다. 그러니까 지금 찍어 두는 짓을 했다는 거지?

'얘도 진짜 나에게 맘이 있는 거야?!'

와.

루시올도 어떻게 해야 할지 모르겠지만 카람찬트는 더 어떻게 해야 할지 모르겠다. 아니, 루시올은 인척 관계에 대한 생각만 걷어내면 차라리 간단해지는데 카람찬트는 너무 고수라서…. 아니, 간단해지는 거 맞나? 맞아?

"그럼 성하, 리암 전하와도 그러한 사이이신 겁니까?"

"예? 에? 어떤 사이를…."

"카람찬트 폐하와 마찬가지로 친구 같은 사이라고, 이해하면 되는지요?"

"아, 예. 예. 그렇지요."

리암과의 관계를 그렇게 친밀하게 표현하는 것은 어쩐지 훨씬 가볍고 쉬웠다. 아마 그것은 자신이 리암을 믿기 때문이겠지. 모든 두려움과 혼란을 솔직히 맞부딪쳐 오는 그를 피해 낼 수 없었고 그냥 받아들였다. 그 후의 관계는 달콤하다고 말하기는 애매하지만, 지금 제일 신뢰하는 사람이 누구냐고 묻는다면 리암이라고 대답하는 데에 망설임은 없을 것이다.

그 신뢰감이 묘하게 가슴을 뛰게 했다. 물론 리암은 좋은 사람이기도 하고, 음. 어쩐지 얼굴이 간지러운 기분에 헤지아나는 가볍게 헛기침했다.

"그렇군요."

헛기침 소리를 들은 아셔가 고개를 끄덕이더니 조용히 웃었다.

"다행입니다."

"…저도 그렇게 생각해요."

헤지아나도 웃으며 대답했다.

무엇보다, 아셔의 저런 편안한 웃음이 무엇보다 다행이었다.

이비아네라의 에네스 함락, 리니아 성 습격에 이어 페른시스의 요정왕 감금.

사방에서 내던져진 사건들을 내버려 둔 채 회의는 시작됐다.

"회의를 시작하기에 앞서, 오늘은 객원이 있음을 미리 알립니다."

다행히 전원 참석했다. 불안한 표정의 루시올을 곁눈질하며, 헤지아나는 빈 좌석 위에 놓인 수정구를 턱짓했다. 대기하던 궁내원이 수정구를 작동시켰고 요정여왕의 모습이 허공에 투사되어 나타나자, 루시올은 크게 동요했다. 설마 몰랐던 건 아니겠지? 확인하라고 시켰는데. 그냥 놀란 건가?

마른침을 삼키며 헤지아나는 말을 이었다.

"페른시스의 요정여왕께서 참관하십니다."

〈아니요, 참관이 아닙니다.〉

요정여왕은 조용히 헤지아나의 말에 반박했다.

요정왕보다도 오랜 세월을 살아온 요정 여왕의 목소리에는 깊은 울림이 있었고, 그 울림에 세계의 지도자란 사람들도 순간 압도당하는 듯한 느낌을 받았다. 마법이라도 걸어둔 듯한 목소리에서 벗어난 헤지아나가 입을 열었다.

"참관이 아니라니요. 그러면 무엇입니까?"

〈전달이 제대로 되지 않은 듯하군요. 나는 여기 대표로서 참석하겠다고 하였습니다.〉

이게 무슨 소리인가.

헤지아나는 재빨리 루시올을 살폈다. 루시올의 눈동자가 크게 벌어진 게 보였다.

"대표는 루시올 왕자입니다. 요정여왕이시여."

〈그렇지요. 그러므로 루시올 페른시스를 대표의 위치에서 해임하오.〉

"예?"

덜컹. 의자가 뒤로 밀려나는 소리가 들렸다. 루시올이 자리에서 벌떡 일어나 요정여왕의 영상을 쳐다보고 있었다.

〈페른시스의 대표 선정 권리는 동쪽 나라들이 페른시스에게 그 권리를 위임함으로서 생긴 것. 따라, 페른시스의 요정여왕인 나는 대표를 임명하고 해지할 권리가 있소.〉

"그렇긴 하나…"

〈내 권리의 정당성에 반박할 수 없다면 이견은 받지 않습니다. 따라서 요정왕이 그에게 약속한 권리를 그 반려인 요정여왕의 이름으로 사멸하오.〉

권리? 궁금해하기도 전에 노래하듯이 요정여왕은 이어 말했다. 쉼표 하나 없는 이어짐이었다.

〈이어서 모든 대표들을 증인 삼아 선언하오. 루시올 페른시스가 요정왕의 핏줄을 잇지 않았음을 공표하오. 루시올 페른시스에게 페른시스의 이름을 불허함을 공표하오. 루시올이 페른시스의 땅에 들어오는 것을 불허함을 공표하오. 루시올이 요정들의 적임을 공표하오.〉

"예…?"

1분.

아니, 그보다 짧았을지도 모른다. 단지 그 정도의 짧은 시간 속에서 루시올 페른시스는 삶의 모든 것에게서 추방당했다. 아니, 추방으로 끝났으면 차라리 나았을 것이다. 이건 공격이었다.

경련하는 녹색 눈동자는 아무런 말도 하지 못하고 있었고, 그의 절반 정도 되는 경악이 나머지 여섯 명의 눈동자에도 스쳤다.

"어, 어머님, 이 무슨…"

〈아아, 그렇게 부르지 말거라.〉

탄식하는 목소리로 요정여왕은 고개를 저었다.

〈역겹구나.〉

루시올의 녹색 눈동자가 다시 경련했다.

"자, 잠깐, 요정여왕이시여."

그 떨림 속에서도 루시올은 어머니의 요청에 따라 그 호칭을 바꿨다.

"서자라고 해도, 이런 취급은… 페른시스에서 추방한다니 이건… 너무나 불합리한…"

〈오, 불쌍한 반딧불이야. 루시올, 이 불쌍하고 가엾은 아이야. 고작 네가 서자라는 이유로 내가 그러겠느냐?〉

어쩐지 등골이 섬뜩하다. 헤지아나는 위험한 기분을 느끼며 요정 여왕의 영상을 쳐다보았다.

〈너는 영원히 모르지, 네가 이용당하는 처지라는 것을.〉

"무엇을…."

〈대체 어쩌자고 아르노가 네게 요정왕의 지위를 주겠다고 한 걸까? 작은 아이야, 너에게는 불행한 일이지. 그가 그 말을 하지 않았다면 좋았을 것을. 내가 그 사실을 몰랐다면 좋았을 것을. 나는 그가 어리석은 생각을 버린 줄만 알았지. 내 경고를 이해한 줄 알았지.〉

다정한 목소리가 새처럼 곱게 울었다. 노래하는 듯한 목소리에 점점 비등하는 불안감의 이유는 무엇일까. 헤지아나는 단상에서 달리듯 내려왔다.

〈하지만 우리가 인간을 위한 힘에 매달려야 할 필요는 없어!〉

"잠깐!"

〈저주받은 7월성의 자식이 무슨 부흥을 가져온단 말이냐!〉

탁.

수정구는 떨어졌지만 늦었다.

떨어진 수정구는 꺼지지 않았다. 박살나지도 않았다. 꺼지지 않은 수정구에서는 노래하는 듯한 요정여왕의 외침이 계속 흘러나왔다.

〈어쩌자고 아르노는 너를 데리고 온 걸까! 그때 내가 알았더라면, 내가 아르노를 막았더라면 그 저주받은 7월성이 우리의 목숨을 끊는 것을 막을 수 있었을 텐데! 어쩌자고 너를 왕자로 올리는 것을 끝까지 막지 못했던 걸까. 그러면 너를 왕위에 올리겠다는 허무맹랑

한 생각을 막을 수 있었을 텐데!〉

그 내용에 경악해 아무도 움직이지 못했다.

그 문맥을 알아듣지 못할 사람은 이 자리에 없을 것이다. 요정왕은 루시올을 '데리고 왔다'. 그리고 7월성이 그들을 공격했다. 너무나 잘 알려진, 하지만 납득되지 않았던 사실이 갑작스레 어렴풋한 맥락을 가지고 모두에게 이해되었다. 루시올이 7월성의 자식이다. 그러니까 그것은,

〈너는 존재하는 것만으로도 피를 불러와! 오, 인간들이란 그렇지. 곧 그 자리도 그렇게 되겠지!〉

차마 막지 못한 목소리가 흩어지는 수정구를 내려다보며, 헤지아나는 목이 바싹 말라 오는 것을 느꼈다.

루시올이 7월성의 자식이라는 것이 대륙의 대표자들 앞에서 공표되었다.

'요정여왕은…'

루시올을 확실하게 죽일 생각이다.

이 사실이 알려졌을 때 루시올이 발붙일 곳이라는 게 있을까? 반요정이다. 그 외견적 특질은 어떻게 가릴 수도 없다. 이것은 그야말로 파문 선고였다. 이 소문은 퍼지지 않을 수가 없고 막을 수도 없다.

받을 수 없는 핏값의 부채에 괴로워하던 자들은, 이제 그 핏값을 먼저 받기 위해 달려들 것이다. 부채를 해소할 수 있는 것은 단 한 명. 얼마나 많은 열의가 그를 향해 달려들까. 또한 인간을 위한 힘으로 인간을 살육한 존재의 후손을 그 누구도 받아들이지 않을 것이다.

그에겐 안식처라는 것이 없다.

〈네 어미의 피가 뿌려지고, 요정들의 피가 뿌려지고, 인간들의 피가 뿌려지고. 오, 아이야, 네가 15년 전 전쟁의 원인이라는 사실을 기억하거라. 그 많은 피가 뿌려진 이유라는 걸 기억하거라. 그 죄의 반은 아르노에게 있지만 네 존재 자체가 저주받았다는 걸 잊지 말거라!〉

"네…?"

겨우 정신을 차린 듯 가늘게 흔들리는 목소리가 회의실에 울렸다.

"루시올…."

〈결합해서는 안 될 것이 결합해 태어났으니 결국 그 존재가 세상에 재앙을 불러왔음을 잊지 마라!〉

"무슨… 말을…."

맑고 투명한 녹색 눈동자에 물기가 맺혔다.

하지만 눈동자는 이지를 가지고 있지 않았다. 그냥 깊게 파인 우물 같았다. 아무것도 듣지 못한 것이다. 아무것도 이해하지 못한 것이다. 맺힌 물기는 곧 이슬이 되었다. 떨어진 것은 눈물이었고, 곧 그것은 비로 변해 걷잡을 수 없이 흘러넘쳤다.

요정왕은 그것을 신의 인도라고 생각했다.

저 멀리 그늘을 찾아 걷는, 후드를 뒤집어쓴 남자의 몸에서 느껴지는 힘은 크지 않았다. 하지만 어딘가가 이질적이었다. 입구는 좁지만 속은 깊은 주전자를 보는 느낌이 그와 같을 것이다.

하지만 요정왕은 곧 그런 힘의 특징을 알아차렸다. 그것은 보통 소환 계통 마법사가 가지는 특징이었다.

인간들은 요정들처럼 자연스럽게 마법을 다룰 줄 모른다. 당연히 그 수도 적다. 하지만 남자의 능력은 척 보기에도 나쁘지 않아 보였다. 저 정도 능력이면 인간들 사이에서 충분한 부와 명예를 가질 수 있을 텐데, 어째서 그런 남자가 페른시스의 국경선에 살고 있는 것일까.

어쩌면 이미 무슨 일인가를 저질러 추방당한, 위험한 자일지도 모른다.

소수가 된 종족의 장으로서 그런 자를 내버려 둘 수는 없었다. 요정왕은 남자를 경계하며 뒤쫓았다. 남자는 마을에서도 조금 더 외곽, 사람들이 살지 않는 작은 오두막에 다다랐고 그는 문 앞 나무 장작더미에 앉아 잠시 숨을 돌리며 후드를 걷어 올렸다.

제일 먼저 드러난 것은 금발이었다. 인상은 메말랐고 눈에는 힘이 없었다. 무표정하게 앞을 바라보던 남자를 얼마만큼 숨어 지켜보았을까. 남자가 갑자기 어울리지 않게 활짝 웃으며 자리에서 일어났다. 요정왕은 그가 쳐다보는 방향을 향해 고개를 돌렸다. 제일 먼저 보인 것은 파르르 날갯짓하며 달려드는 작은 요정이었다.

그 뒤를 이어 옅은 갈색 머리카락의 여자 요정이 숲 사이에서 나타났다. '루시올!'하고 아마, 요정일 아이의 이름을 부른 여자 요정은 그 요정이 금발 남자의 머리 위를 뱅글뱅글 돌더니 어깨에 앉는 것을 보고 안도의 한숨을 내쉬었다.

곧 다가온 요정 여자가 남자에게 가볍게 입맞춤했고, 남자도 여자에게 입맞춤했다. 그리고 서로의 안부를 살폈다.

숨어 사는 인간과 요정 부부인 걸까.

인간도, 요정도 여러 가지 전설로 인해 서로간의 교합을 은근히 금기시했고 배척했다. 이 국경지대에서야 드물지 않게 벌어지는 일이니 편견도 덜하지만, 외부의 시선을 피해 도망 온 이들이라면 저런 태도도 이해하지 못할 것은 아니다. 요정왕은 그들을 이해하기로 했다.

"무서워."

하지만 한 걸음을 옮기기도 전에 들려온 조용한 여자의 목소리가 그를 멈추게 했다.

"혹시 …들이 …올이 다르다는 걸 눈치…."

정확히 들리지는 않았지만, 남자의 손을 붙잡은 여자가 불안한 얼굴로 작은 요정을 쳐다보는 것을 보면 그 대화의 내용은 짐작할 수 있었다. 무엇이 불안한 걸까. 무엇이 다른 걸까. 무슨 문제가 있어, 그것은 다른 이들에게 눈치채이면 안 되는 것일까.

남자가 안심시켜 주려는 듯 여자의 이마에 키스했다. 그들의 아이가 그 주변을 날았다.

남자는 어울리지 않게 웃으며 아이의 이마에 손끝을 댔다. 그 순간, 아이의 조그마한 등 뒤에서 무엇인가 빛났다.

그들에게 불행인 것은, 그 빛의 무늬를 요정왕이 느낄 수 있었다는 것이다.

"놀라운 소식을 들려줄까, 알리스?"

"네가 전하는 놀라운 소식이라는 건 늘 별거 아닌 것이었지. 어렸을 때부터 말이야."

흥분해 다가오는 요정왕과 달리 요정여왕은 정원의 테이블에 앉아 가짜 손톱에 녹색 칠을 하고 있었다. 가짜 손톱에 여러 가지를 달아 화려하게 장식하는 것이 요즘 그녀의 새로운 취미였다.

"월성 중 한 명이 미디피아렌의 한 마을에 거주하고 있더군."

"역시나 재미없는 소식이군."

"그런데 그는 어느 요정 여인과 같이 살고 있어. 갈색 머리카락에 파란 눈동자의 요정 말이지."

그 말에 요정여왕은 눈을 들어 요정왕을 쳐다보았다. 분홍색 눈동자가 똑바로 요정왕을 쳐다보자, 요정왕은 씩 웃었다.

"이제 더 재미있는 부분을 알려 주지."

"설마 둘 사이에 아이가 있다는 건 아니겠지?"

"혹시 반려라는 건 서로의 생각을 읽을 수 있는 걸까? 넌 역시 대단해."

"네가 단순한 거지. 그리고 농담할 때가 아니야, 오, 세상에!"

들고 있던 에나멜 염료를 거세게 내려놓으며 요정여왕은 자리에서 일어섰다.

"월성과 타 종족의 결합이라니! 그런 위험한 것을 방치했단 말이야?"

월성은 인간을 위한 힘.

때문에 그것은 타 종족에게 전수되지 않는다. 만에 하나 타 종족과 섞일 경우에는 매우 위험한 결과를 초래한다. 저주가 내려진다. 그렇게 알려져 있었다. 그러지 않아도 외면받던 이종족간의 결합은 이런 이야기까지 섞여 차별받게 된 지 오래였다.

"진정해, 알리스. 난 오래전부터 생각해 왔어. 이상하다고 생각하지 않아?"

"뭐가 말이지, 아르노?"

"인간들은 월성의 힘이 인간을 위한 힘이라고 하지. 하지만 옛 기록에 그것은 스스로를 보호할 힘없는 이들에게 주어지는 힘이라고 했어."

"그래서?"

"또한 종족을 보호하고 번성하게 하는 힘이라고."

"…그래서?"

분홍색 눈동자를 더욱 가늘게 뜨며 요정여왕은 물었다.

"봐, 알리스."

요정왕은 나무 너머, 가지들 사이로 보이는 나무들을 가리켰다. 그사이에 떠돌아다니는 요정들과 작은 요정들, 그리고 도깨비불 같은 유체들이 있었다.

"이제 이 대륙의 패권자는 인간이야. 우리는 약해. 이제 스스로를 보호할 힘이 없어. 인간들이 공격한다면 쉽게 무너지겠지."

"하고 싶은 말이 뭐지, 아르노?"

"우리의 때가 왔다는 거야, 알리스."

요정왕이 요정여왕의 손을 잡았다.

"나무는 점점 줄어 가고 있어. 하지만 봐. 신은, 위대한 자연은 우리를 버리지 않았어. 우리에게 필요한 시점에 필요한 힘을 우리에게 넘겨주었지."

"아르노. 이상한 생각을 하고 있구나."

요정여왕이 고개를 저으며 요정왕의 손을 뿌리쳤다.

"이상한 생각이라니. 알리스, 알잖아? 우리가 어떤 상태인지!"

"만약 그것이 약한 이들을 위한 힘이었다면 여러 약소 종족에게 나누어 주었겠지. 하지만 그것은 인간들에게만 주어졌어. 그게 자연의 법칙이야. 아르노, 자연의 법칙을 어기려고 하지 마."

"그게 자연의 법칙이라면 왜 요정에게도 그 힘이 전수되지? 난 봤어. 그 부모와 자식간에 연결된 힘을!"

"그래서 그 애를 이용하자는 거야? 어떻게?"

"이용이라니. 그냥 생각해, 알리스. 자, 그 애가 이 요정의 나무를 성장시킨다고 생각해 봐."

요정왕이 나무를 가리킨 순간이었다. 요정여왕의 얼굴이 험악하게 일그러졌다.

"미쳤구나, 아르노! 이건 요정들을 위한 나무야. 인간을 위한 나무가 아니야!"

"그 애의 반은 요정이야! 그리고 한 종족을 번성하게 하는 힘을 가지고 있고!"

"반이 요정이면 나머지 반은 뭐지? 인간이야! 그건 인간을 위한 힘이라고!"

요정여왕이 소리 지른 순간 요정왕은 표정을 굳혔다. 그 순간 그는 요정여왕을 설득하기 힘들다는 것을 깨달은 것 같았다. 그 깨달음에 못을 박으려는 듯 요정여왕이 손을 들었다.

"전해지는 바처럼 월성과 이종족의 혼혈이 재앙을 가져오는 존재라면 어쩌려고 그러는 거지?"

"그렇다면 벌써 일이 있어도 있었겠지. 그 아이는 이미 유체야."

"고작 유체인 거겠지. 섣불리 건드리지 마. 일단 감시만 해. 그들도 조용히 사는 걸 보니 자신이 벌인 일이 뭔지 알고 있는 거겠지."

"그렇지. 아주 커다란 변화를 가져올 일을 저질렀지."

요정여왕의 눈썹이 치켜 올라갔다. 하지만 그녀는 입술을 깨물고 깊은 한숨을 내쉬었다.

"아르노, 평화를 원하는 이들의 삶에 먼저 불을 지르지 마. 그들이 조용히 숨어 있는 것은 우리에게 행운이야. 숲에 불을 지르면 남는 것은 재뿐이지. 자연의 보답은 정확해. 화를 사들이지 마. 너는 요정왕이야."

"그래, 요정왕이지. 너는 요정여왕이고. 그리고 우리는 꺼져 가는 한 종족의 운명을 책임지고 있어."

요정왕은 다시 요정여왕의 손을 붙잡았다.

"난 이대로 끝낼 순 없어."

하지만 요정여왕은 고개를 저었다.

"아르노. 우리 종족의 운명은 우리가 결정지어야 해."

요정여왕은 붙잡힌 손을 빼내 요정왕의 손을 감싸 쥐었다. 그리고 요정왕의 눈을 똑바로 쳐다보며 말했다.

"우리의 힘으로."

잠깐, 요정왕이 요정여왕을 쳐다보았다.

"그게 멸망일지라도?"

"그것이 운명이라면."

요정왕은 입을 다물었다. 그리고 한참 동안이나 자신과 운명을 같이한 이를 쳐다보았다.

곧 그는 고개를 숙이더니 가늘게 고개를 끄덕였다. 요정여왕은 가볍게 신음하며 그의 어깨를 끌어안고 이마에 키스했다. 힘없는 납득과 위로가 함께하고 있었다.

◈

"아르노!"

깊고 온후한 노성이었다. 그 노성에 옥좌를 쳐다보고 있던 요정왕은 고개를 돌렸다.

"알리스."

반기듯이 요정왕은 두 손을 펼쳤다. 홀을 가로질러 날듯이 걸어온 요정여왕은 제일 먼저 요정왕의 멱살을 잡았다. 요정왕의 눈이 차가워졌다.

"알리스. 이게 무슨 짓이지?"

"너야말로 무슨 짓이지, 아르노?"

깊게 끓어오르는 듯한 목소리로 으르렁대던 요정여왕이 소리쳤다.

"어째서 7월성이 우리를 공격하는 거지, 아르노?! 설명해 봐!"

"그가 다른 인간들과 무슨 계략을 짜는지 내가 어떻게 알지?"

"난 아직 네가 예전에 한 월성의 자식 이야기를 기억하고 있어.

그리고 최근 어떤 인간 남자가 너와 계속 접촉하려고 했다는 것도."

"알리스, 너무 생각이 지나쳐."

"네가 유체였을 때부터 나는 네 생각을 훤히 알 수 있었지. 넌 복숭아 조각을 주면 언제든지 따라왔으니까."

"지금 내 어린 시절 이야기가 그렇게 하고 싶은 건가, 알리스?"

요정왕이 요정여왕의 뺨을 쓰다듬으며 조용히 말했다. 하지만 요정여왕은 거세게 요정왕의 손을 내쳤다.

"그가 밀서를 보냈어. 자신의 아내와 자식을 내놓으라고 했어."

"그가 뭔가 착각하고 있는 것 같군."

"아르노, 네 반려에게 예우를 다하도록 해."

다시 목소리를 낮추며 요정여왕이 위협했다.

"거짓도 숨김도 없이 말하도록 해. 나는 요정여왕이야. 너 혼자 이 종족의 운명을 함부로 결정짓지 마. 나는 분명히 말했어, 화를 사들이지 말라고. 자연의 보답은 정확하다고."

"알리스, 자연의 법칙은 우리에게 길을 보여 주었어. 나는 그 길을 향해 가고 있을 뿐이야."

"오, 어린아이를 부모에게서 빼앗는 것이 자연의 법칙이라!"

요정여왕이 홀을 휘두르며 소리쳤다.

"그로 인해 우리의 형제요, 자매요, 아이들이 죽어가며 보다 빠르게 멸망을 향해 가는 것 역시 자연의 법칙이겠지! 아르노, 이렇게 어리석은 짓을 저지를 줄이야!"

"가을에는 과실이 떨어지고 겨울에는 나무의 잎이 져. 하지만 봄에는 다시 싹이 돋아."

"그 싹은 이 나무에 접목된 다른 나무의 싹이겠지!"

"아니, 그것은 우리의 잎이야! 그것이 우리가 가야 할 길이라는 걸 왜 모르지?"

"궤변은 집어치워! 그건 우리가 아니야, 아르노! 빨리 그의 아내와 아이를 내놔! 더 많은 요정들이 죽기 전에!"

"모르는 일이야! 너도 7월성도 전부 착각하고 있어!"

핏대 올린 요정여왕의 외침에 요정왕 역시 높은 목소리로 대답했다. 요정여왕은 한 걸음 뒤로 물러섰다.

"실망했다, 아르노. 지금 피아렌 산맥에서 흐르는 동족의 피가 너를 저주할 거야."

"…이미 동족의 피는 두려워하지 않아."

요정왕은 고개를 숙이더니 어쩔 수 없다는 듯이 말했다.

요정여왕은 그 말을 지나치려고 했다. 하지만 어딘가 껄끄럽다. 이상한 기분에 요정여왕은 뒤로 물러서던 발걸음을 멈추고 이맛살을 찌푸렸다. 곧 그녀는 이상함을 한 가지 찾아낼 수 있었다.

"이미?"

요정여왕이 말한 순간 요정왕은 등을 돌렸다. 하지만 요정여왕은 그에게 달려가 팔을 붙잡아 자신을 돌아보게 만들었다.

"무슨 소리지, 아르노? '이미'라니. 뭔가 더 있었다는 거야? 혹시 누군가를 희생시켰다는 거야?"

요정왕은 아무 말 하지 않았다. 대신 자신을 자꾸 잡아당기는 요정여왕을 곁눈질로 가만히 보고, 다시 옥좌를 쳐다보았을 뿐이다. 요정여왕은 그 시선에 움직임을 멈췄다.

"오."

곧 그녀는 작게 탄식하며 그에게서 물러섰다.

"설마 너."

"너도 내 결정이 옳다는 걸 알게 될 거야, 알리스."

"아… 믿을 수 없어!"

한 발 뒤로 물러선 요정여왕은 홀을 집어던지더니 다시 요정왕의
팔을 붙잡았다.

"너 진짜로 그 불쌍한 아이의 어머니를 죽였니? 네 손으로 죽였
니? 그렇게 아이를 빼앗은 거니? 부모에게서 아이를 빼앗았니?"

요정왕은 대답하지 않았다. 그는 고개를 돌리고 요정여왕을 외면
했다. 그것은 요정여왕에게 긍정의 답이었다.

"세상에, 나의 아르노, 아르노! 너는 대체 어떻게 된 거야! 뭐가
널 미치게 한 거야! 세상에, 역시 그 아이는 재앙이야! 월성들의 말
이 맞았어! 혼혈 아이는 재앙을 불러! 그 저주받은 아이가 널 미치
게 했구나! 그 아이가 우리 동족들의 시체를 늘리는구나! 어디야,
그 아이는 어디에 있어!"

요정여왕이 울듯이 소리치며 요정왕의 팔을 붙잡았다. 하지만 요
정왕은 요정여왕의 손을 뿌리쳤다.

"나는 너처럼 그저 시간이 흐르기만을 기다리며 멸망을 운명이
라고 받아들이지 않겠어. 혹시 그것이 운명이라면, 그렇다면 좀 더
빠르게 멸망한다고 해도 달라지는 것은 없지 않을까? 적어도 네겐
그렇겠지."

"모든 것은 소멸하지만 그 명을 재촉할 필요는 없지!"

"너는 그렇게 생각하겠지. 나는 그렇게 생각하지 않아."

요정여왕을 남겨 두고 요정왕은 문을 향해 걸었다. 그는 뒤돌아
보지 않았다.

"시간이 답을 알려 줄 거야. 그때 네가 잘못된 생각을 했었다고 내게 말해 준다면 좋겠어. 나는 언제까지나 기다리겠어. 나의 알리스, 내 운명의 동반자."

⋅◈⋅

"알리스, 제발."

"절대."

어두운 방, 테이블을 사이에 두고 요정여왕은 고개를 저었다.

"용납할 수 없어. 그 저주받은 아이를."

"나의 아이를 그렇게 말하지 마."

"다른 사람들은 그걸 믿을지도 모르지. 하지만 아르노. 내가 믿을 거라고 생각해?"

방 안을 떠다니는 광구가 요정여왕의 눈동자를 비췄다. 분홍색 홍채가 날카롭고도 나른한 빛을 내고 사라졌다.

"그 아이가 7월성의 자식인 걸 내가 정말 모를 거라고 생각해?"

"그래, 네 생각대로 그 아이가 7월성의 자식이라고 치자. 하지만 상관없잖아? 7월성은 죽었어."

북측과 동제국의 소요에 7월성이 끼어들고, 대륙에 거대한 황폐함이 찾아오고 월성들은 절멸했다. 이제 인간들이 겨우 안정을 찾아가는 그 시기에, 요정왕은 자신의 서자라며 어디선가 데리고 온 금발의 아이를 계승권자로 등록시키려고 했다.

이미 유명한 이야기였다. 오래전부터 요정왕은 어느 금발의 반요정 아이를 데리고 다녔고 요정여왕은 그 아이를 본 순간 7월성의 자식임을 알아차렸다. 몇 번이고 부모, 아니, 아버지에게 돌려보내려 했지만 결국 늦었다. 7월성은 죽고 전쟁은 끝났다.

"그 아이 때문에 많은 피가 흘렀어."

"우리 종족의 피만 흐른 게 아니야."

"그래, 우리 종족의 피만 흘렀다면 차라리 나았겠지."

분홍색 눈동자가 싸늘하게 의문에 휩싸인 청록색 눈동자를 쳐다보았다.

"대체 그 아이 때문에 얼마만큼의 피가 흘렀다고 생각하는 거야, 아르노? 이 종족뿐만이 아니라 인간들의 피도 흘렀어. 월성은 사라졌지. 이 대륙은 피폐함에서 겨우 회복했어. 이 얼마나 거대한 재앙이야? 그 아이가 존재하는 것만으로도 이런 일이 일어나다니. 아르노, 너는 그 아이에게 단단히 홀렸어. 그 저주에 꿰여 버렸어. 네 운명은 이런 것이 아니야."

"아니, 난 우리가 살아갈 미래를 위한 유일한 방법을 알고 있을 뿐이야."

요정왕이 다가오는 요정여왕의 손을 쳐냈다. 그는 잠시 쳐내진 손을 보더니 자리에서 일어나며 말했다.

"나는 무슨 수를 써서라도 루시올을 왕자로 들이겠어. 그 아이가 우리의 미래를 열어 줄 거야."

"넌 그 아이가 내뿜는 저주의 마성에 휩쓸리고 있어…."

요정여왕은 고개를 떨구며 힘없이 말했다.

"하지만 이보다 더 나쁜 일은 없겠지."

"…그 말은?"

잠시 요정왕의 눈동자가 기대로 빛났다. 요정여왕은 그 기대에 불쾌감을 느꼈지만 별다른 말을 할 수 없었다. 잠시 입술을 붙인 그녀는 고개를 돌렸다.

"네 말대로 어차피 죽을 거라면, 네 마음대로 발버둥 쳐 보도록 해. 그것 또한 반려로서 너에게 주어야 할 기회겠지."

길고 가느다란 손가락이 슥 허공을 갈랐다. 그 손가락은 문을 가리키고 있었다.

"나는 지쳤어. 하지만 다른 종족이 우리 종족의 운명을 결정짓는 것은 허락하지 않겠어. 그 저주받은 아이가 생명의 나무에 손을 댈 때, 나는 네 육신을 다시 땅으로 돌려보낼 거야."

"…알리스, 나는 언제나 네 생각이 바뀔 거라고 믿고 있어."

요정왕이 낮아진 목소리로 말했다. 하지만 요정여왕은 피식 웃을 뿐이었다.

"그 저주받은 아이의 어머니가 갈색 머리카락이라는 소문 때문에 고생했지?"

"…조금."

"그 소문을 뿌린 건 나야."

요정왕의 눈매가 꿈틀거렸다. 하지만 곧 그는 눈을 감고 몸을 돌렸다.

"지난 일이야."

곤란했지만 그것뿐이었다. 알리스가 했던 말이든, 아르노가 했던 말이든, 어느 쪽도 진실이라고 증명할 수 있는 것은 아무것도 없었으므로, 사실 그에게는 어떤 것이든 관계없었다. 어디에도 진실은 없었다.

요정왕은 문을 열고 나갔고,
요정여왕은 손을 내리고 고개를 숙였다.

〈그리고 소문의 정점에 섰던 반요정 소년이 드디어 페른시스의 이름을 수여받았지요.〉

차분한 목소리가 일러 주었지만 그 내용은 전혀 차분하지 않았다. 내리쳐지는 사실들을 겨우 씹어 삼킨 헤지아나는 힘겹게 울리는 목구멍을 어루만지며 말했다.

"그럼, 15년 전의 전쟁이라는 건 결국…"

〈예. 그 저주받은 아이 때문에 일어난 일입니다.〉

요정여왕이 우아하게 말했다. 하지만 헤지아나는 우아할 수 없었다.

"요정여왕께서는 우둔하신 겁니까, 아니면 맹목하시는 것입니까? 결국 이는 요정왕이 부모에게서 어린아이를, 심지어 그 모친을 죽이면서 빼앗아 일어난 일이지 않습니까! 그것이 대륙에…!"

〈그 힘이 불상사를 불러온 것입니다, 인간의 정신적 지도자여.〉

요정여왕이 정리해 준 이야기는 그랬다.

요정왕은 루시올을 발견하고 월성에 대한 전설을 기억해 냈다. 월성들이 가진 힘이 종족을 부흥시킬지도 모른다고 믿은 요정왕은, 반요정인 그 아이가 일족을 부흥시킬 열쇠라고 믿고 전대 7월성, 다닐라가 자리를 비운 사이 루시올의 어머니를 죽이고 루시올을 빼앗았다. 그리고 자신의 아들로 키웠다.

이 부분은 헤지아나만 직접 들은 이야기지만, 아까 전의 이야기로 대부분의 대표들이 감을 잡았을 것이다. 그러고 보니 루시올은 어떤 상태일까.

〈교황께서도 월성의 후예라고 그 아이를 감싸는 것이신지? 나는 월성을 탓하는 것이 아닙니다. 특히 그 아이의 아버지에게 매우 동정을 느끼고 있어요. 하지만 그 아이가 저주받았음은 피할 수 없는 사실이지요. 그것은 탐욕을 불러일으키는 주인 없는 보물 같은 것입니다.〉

'인간을 번성하게 할 힘이라고 말했던 게 잘못일지도 모르겠다.'

이 세상의 창조자요 주인께서 하셨던 말씀이 머릿속에 어지럽게 맴돌았다. 걱정스러운 아버지인 척하던 요정왕. 아들을 무척이나 아끼는 듯하던 그의 모습은 대체 무엇을 위한 것이었을까.

〈요정왕이 그 아이를 사자로 보낸 것은 인간이 가진 사사로운 정을 이용하기 위해서입니다. 그 아이가 7월성임을 내세워 그대를 조종하고자 했던 것이지요. 마침 루시올은 요정왕을 따르니 거역하지는 않을 터. 교황께서는 이러한 점을 올바르게 직시하시고…〉

헤지아나는 이마를 짚은 손을 떼며 깊은 숨을 들이쉬었다.

〈정에 사사롭게 흔들리지 마시길 바랍니다. 당장 루시올을 라스할드에서 추방하십시오.〉

하지만 진정할 수 없었다. 잠시 입술을 깨문 헤지아나는 수정 구슬을 쏘아보았다.

"…요정왕을 감금했다면 상관없는 것 아닙니까?"

〈그 아이가 재앙의 씨앗임을 누차 이야기해야 하겠습니까.〉

"이 신의 목소리를 듣는 자가 서 있는, 신의 축복을 받은 땅에 재앙이 내릴 것이라 말씀하시는 것입니까?"

〈그 재앙도 당신들이 말하는 신의 법칙 아래의 것일 터. 그것이 모순됩니까?〉

"그리고 무엇보다 당신은 그것을 요청할 권리가 없습니다. 그는 이제 페른시스에 소속되지도 않았으니까요. 나는 신의 가르침대로 버림받은 이에게 비를 피할 움막을 제공하겠습니다."

〈오.〉

낮은 탄식 소리가 들렸다.

〈그 말씀대로군요. 하지만 저는 진심으로 이 대륙의 평화를 기원합니다. 그 아이가 어떤 도화선이 될지는….〉

"방금 당신이 그 아이를 도화선으로 만들어 놓고 잘도 그렇게 말씀하시는군요."

벼린 칼로 찌르듯이 말하고 난 후에야 헤지아나는 자신이 화가 났다는 사실을 깨달았다. 하지만 후회하진 않았다. 이 상황에서 화가 나지 않을 수가 없었다. 이건 부당하다.

"그 아이를 광야로 내몰면 그 목에 칼을 겨눌 이들이 많겠지요. 아니, 당장 라스할드 밖으로 나가는 순간 저 외곽에서 기다릴 병사들 중에서도 그 목에 칼을 꽂고 싶어 하는 이들이 많겠지요!"

참을 수가 없었다. 목소리를 높이며 헤지아나는 요정여왕을 밀어붙였다.

"하지만 그렇게 된 이유는 당신의 말대로라면 요정왕 때문 아닙니까? 당신들의 탐욕으로 아이를 찾고 싶었던 아버지의 어깨에 핏값을 지우고, 그 오명이 하늘과 땅을 뒤덮어 아이에게까지 증여되었는데, 그 오명을 해명할 기회도 없이 감히 나에게 그 가엾은 아이를 밖으로 내치라 명령하는 것입니까?!"

〈교황이시여, 진정하시지요. 명령이라니요.〉

"내가 그렇게 움직일 수밖에 없게 그 아이의 정체를 만천하에 드러내 놓고서도 그것을 감히 권유라 말하는 것입니까? 또한 요정여왕이시여, 이것은 요정왕만의 책임이 아닙니다. 당신이 요정여왕이며 요정왕의 반려이고 요정 나라의 지배자인 이상 그 책임은 동등합니다! 당신에게도 잘못은 있어요! 전 자신의 의무를 방기한 자의 말을 듣고 싶지 않습니다!"

테이블을 내리치며 헤지아나는 소리쳤다.

"자신의 잘못조차 모르고 저주라는 핑계로 남의 탓을 하는 파렴치한 이와는 대화하고 싶지 않습니다. 다시는 연락하지 마시고, 참견하지 마십시오!"

그리고 요정여왕이 대답하기도 전에 헤지아나가 연락을 먼저 끊었다. 끊자마자 헤지아나는 테이블을 내리쳤다.

"…탐욕을 불러일으키는 주인 없는 보물 좋아하네!"

쿠당탕. 무거운 소리와 함께 수정구가 떨어졌다.

그 말은 맞을지도 모른다. 그 꽃이 너무나 향기로웠을지도 모른다. 굶주린 이에게 너무나 필요한 한 조각의 빵이었을지도 모른다.

하지만 꺾는 것은, 빵을 훔치는 것은 그의 책임이지 않은가. 나누어 달라고 말할 수도 있었다. 도움을 청할 수도 있었다. 죽이고 빼앗은 것은, 훔친 것은 그의 잘못이다.

"젠장!"

가시지 않은 분노를 소리 질러 토해 놓으며 헤지아나는 방 밖으로 나섰다. 벌컥 열린 문에 안 그래도 오그라들어 있던 궁내원들이 흠칫하며 물러섰고, 헤지아나는 따라오지 말라는 듯이 손짓하곤 바람을 일으키며 걸었다. 목적지는 루시올의 방이었다.

[시작은 이렇게 작은 거지.]

들려오는 신의 목소리에 헤지아나는 대답하지 않았다.

부모가 아이를 빼앗긴 게 작은 일일까. 아니면 요정왕이 그들을 발견한 게? 아니면 종족이 다른 이들이 사랑에 빠진 게?

하지만 무엇이 되었든 개인적인 이야기다. 너무나 작은 이야기다.

아버지가 아이를 되찾기 위해 힘을 빌렸다. 때맞춘 동과 북의 반목이 그를 필요로 했다. 그가 끼어들자 다른 월성들도 끼어들 수밖에 없게 되었고, 결과는….

[작은 것들이 모여서 그렇게 되는 거야. 막을 수 없는 거대한 흐름이 되는 거지.]

"왜…. 아무런 이야기도 하지 않았어요?"

[네가 월성의 후손이니까?]

헤지아나는 입술을 깨물었다. 신의 마음을 이해하지 못하는 건 아니다. 이런 이야기를 들어서야 동쪽 나라들에게, 페른시스에게, 루시올에게 공정한 마음을 가질 수 있을 리가 없다. 하지만 그래도 이렇게 알고 싶지는 않은데 결국 알게 될 것임을 알면서 아무것도 모르게 내버려 두었을까.

[그래도 계속 지연시키고 싶은 거야. 네가 그 애의 정체를 숨기고 싶었던 것처럼.]

신이시여. 내가 믿고 따르는 신이시여. 당신은 때론 너무나 자상해서 저를 상처 입히십니다. 하지만 그렇게 상냥한 당신이기에 저는 당신을 믿고 따르고 순종하는 것이겠지요.

"이런 일… 또 있어요?"

[또 월성이 나타날 일은 없을 거다.]

다른 일은 없냐고 묻고 싶었다. 하지만 갑자기 묻는 게 무서워졌다. 지금 같이 감당할 수 없는 일이면 어째야 하나. 왈칵 겁이 나서 헤지아나는 입술을 깨물었다.

"루시올과 만날게요."

하지만 헤지아나가 도착한 루시올의 방문 앞에는 사람이 없었다.

왜일까. 벌써 그들은 요정여왕의 명령대로 철수한 걸까. 너무 빠르다. 그렇다면 혹시 루시올도?

"루시올?!"

불안감을 억누르며 헤지아나는 문을 벌컥 열었다. 커튼 친 방 안은 어두웠고 헤지아나의 가슴은 불안감으로 두근거렸다. 유일하게 하얀 햇빛이 들어오는 창가로 한 달음에 달려간 헤지아나는 커튼을 붙잡았다. 그리고 젖히려고 했다.

"…세요."

가느다란 목소리. 루시올인가? 루시올 같았다. 헤지아나는 주변을 두리번거렸다.

"루시올?"

"놔두세요."

끼익. 문이 닫히는 소리에 헤지아나는 뒤를 돌아보았다. 탁 하고 잠금쇠가 맞물리는 소리와 함께, 문에 기대 있던 루시올의 모습이 보였다.

"요정여왕께서 저를 내보내라고 하시던가요?"

"…루시올? 옷이 왜 그 모양이죠? 왜 찢어져서…."

"다가오지 마세요."

헤지아나가 다가가려고 한 순간 루시올이 허공에 선을 그었다. 어두운 방 안에서 마법으로 그어진 선은 옅게 빛을 뿌리며 헤지아나와 루시올을 갈랐다.

마법의 빛에 비친 루시올의 얼굴은 무표정했고, 어딘가 긁힌 자국이 있었다. 그 뒤로 보이는 것은 또 어질러진 짐들과 가구. 무슨 일이 있었던 걸까.

"이대로 라스할드 밖으로 내쳐지더라도 상관없어요. 하지만 그전에 저에겐 알 권리가 있다고 생각해요."

"무엇을 말입니까?"

루시올은 헤지아나를 보지 않았다. 문에 기대, 바닥을 보며 어딘가 먼 곳을 보는 눈으로 반나절도 되지 않아 황폐해진 소년이 말했다.

"정말로 저는 7월성의 자식인가요?"

"…요정여왕의 말에 따른다면, 그렇습니다."

"성하께선 월성의 후계시잖아요."

월성의 후계면 진실을 자연히, 전능하게 깨달을 수 있다고 생각하는 걸까. 그랬다면 얼마나 좋았을까.

"그렇다고 해서 자연히 알 수 있는 것은 아닙니다. 제가 알 수 있는 방법은 왕…. 아니, 그대가 알 수 있는 방법 외에는 없어요."

루시올은 잠시 가만히 있더니 어깨에 손을 얹었다. 곧 그의 목 뒤에서 빛이 퍼졌다.

"아버님께서 제 몸에 마법 쓰는 걸 금했던 이유를 알았네요. 반

요정들은 다르니 위험하다고 하셨지만 그게 아니었겠죠."

자신의 목 뒤를 쓰다듬는 루시올의 손길에 헤지아나는 마른침을 삼켰다. 루시올에게서 멀리 떨어져 있는 거울이 빛을 반사하고 있었다.

"그리고 성하께서 왜 제 옷을 벗겨 보셨는지도."

드디어 루시올이 헤지아나를 쳐다보았다. 여름 햇살을 머금은 나뭇잎 같던 눈은 빛을 잃어 돌처럼 투박했고 얼굴에는 표정이 없었다. 루시올은 몸에 두르고 있던 반짝임을 잃어버린 채 헤지아나를 쳐다보았다.

"그래요, 당신의… 요정왕에게 듣고 확인했습니다."

"재미있네요. 멸망한 위대한 월성들의 후손이 둘이나 모여 있는 자리라니. 우연이라고 해도 대단해요."

"아뇨, 루시올."

헤지아나는 마주 잡은 손을 꼭 움켜쥐고 루시올을 불렀다. 루시올이 그녀를 보았다.

"당신은 월성의 후손이 아니에요."

루시올은 무슨 소리냐는 듯이 헤지아나를 보고 있었다. 표정도, 눈빛의 변화도 없었지만 지그시 쳐다보는 그 시선은 의아함에 차 있었다.

"당신은 저와 같은 월성의 후예가 아닙니다. 당신은… 이 세상에 남은 유일한, 단 한 명의 월성… 7월성이에요."

잠깐 숨소리가 멈췄다.

"요정여왕의 말대로라면 당신의 아버지는 당신이 태어났을 때 계승 절차를 마쳤겠죠."

"아버지…."

툭, 머리 부딪히는 소리가 들렸다.

"아버지…. 아버지라고요…. 제…. 아버지… 는 누구죠…."

멍하고 기운 없는 목소리가 머뭇머뭇 같은 말을 반복했다. 마치 사방으로 얻어맞고 혼절하기 직전의 아이가 내뱉는 소리 같아서 가슴이 저미듯 아파 왔다. 헤지아나는 깊은 한숨을 내쉬었다.

"다닐라는…."

"아뇨!"

루시올이 문을 내리치며 소리 질렀다.

"그게…. 그자가, 그것이 아니라! 제가 여태껏 생명을 준 자라고 믿고 사랑해 왔던 자는 누구죠?"

헤지아나는 입을 다물었다.

"제 아버지는 누구죠? 어머니는요? 존재는 하는 것인가요? 그자는 무엇, 무엇인지…!!"

알았지만 말해 줄 수 없었다. 헤지아나는 입술을 깨물었다.

말할 수 없었다. 당신이 사랑하던 자가 당신의 어머니를 죽이고 당신의 힘을 이용할 목적으로 당신을 숨기고 당신을 양육했다고. 당신의 친부는 빼앗긴 당신을 되찾기 위해 세 왕들의 힘을 빌리고 금제를 어기고 세상을 적으로 돌린 끝에 숨졌으며 그 과정에 여러 사람들이 죽고 여러 나라가 멸망하였으며, 그 흉화는 오래된 영웅들의 전설과 그 부정(父情)마저 삼켜 버렸다고. 어떻게 말할 수 있겠는가.

[지연시키고 싶은 거야.]

창조신께서 하신 말씀이 생각났다. 그것은 얼마나 상냥하면서 잔혹한 다정함인가. 언젠가는 알게 될 일이다. 언젠간 알게 될 일인데 지연이 무슨 의미가 있는가. 결국 아프게 될 일이라면 그를 사랑하지 않는 이가 찌르게 내버려 두는 것 보단, 자신이 그 고름을 조심스레 째는 것이 낫지 않을까? 헤지아나는 잠시 눈을 감았다가 말했다.

"당신의 원수입니다."

루시올이 숨을 들이켰다.

"제가 요정여왕에게 들은 바는 다음과 같습니다. 요정왕이 당신의 어머니를 죽이고 당신을 빼앗았습니다. 당신의 아버지… 7월성은 당신을 되찾기 위해 힘을 필요로 했고, 녹토를 늘리고자 했던 북쪽의 세력에게 협조를 요청하였습니다."

그 뒤의 역사를 모를 사람은 이 땅에 없다. 루시올 역시 알았을 것이다. 그 역사를 어떻게 바꿔 이해해야 하는지.

루시올의 어깨가 가쁘게 들썩거렸다. 입술을 하얗게 되도록 깨문 그가 가슴 위에 주먹을 움켜쥐고 뒷걸음질치고 있었다. 흔들거리는 걸음걸이에 헤지아나가 다가가려 하자 그는 손을 뻗어 헤지아나를 제지했다.

"그런… 자를…."

"루시올."

"그러니까 나 때문에 그런…."

루시올은 어색하게 웃더니 고개를 들고 헤지아나에게 물었다.

"그러니까 15년 전의 전쟁은…. 별들끼리의 상잔은 저 때문이라는 건가요?"

그것이 맞다. 정답에 헤지아나는 더 이상 말을 보탤 수가 없었다.

"정말… 대단하네요…."

마른 웃음소리가 말끝에서 떨어졌다. 루시올이 가슴에서 손을 떼고 억지웃음을 짓더니 고개를 저었다. 그리고 헤지아나를 보았다.

"대체… 나는 뭐죠? 이 이름은 진짜인가요?"

"루시올….'

"나는 대체 뭐죠?!"

쾅! 루시올이 내리친 문이 패였다. 그는 헤지아나를 향해 다가왔다. 요정의 발걸음이 닿은 빛의 선은 허공으로 먼지처럼 흩어졌고, 그는 사라진 선을 넘어 성큼성큼 간격을 좁혔다.

"나는 뭐냐구요! 당신은, 성하는 알고 있었잖아요! 사실을! 당신은 월성이잖아!"

"아뇨."

이 혼란을 어떻게 해야 할까. 헤지아나는 대뜸 다가와 부릅뜬 눈으로 자신을 쳐다보는 루시올의 뺨에 손을 얹었다. 빛이 변해 시들어 버린 녹색 잎사귀 같은 눈이 세찬 폭풍우에 황망하게 표류하고 있었다. 그 격풍 위에 헤지아나가 조용하게 목소리를 얹었다.

"저는 월성이 아니라고 하지 않았습니까. 또한 당신이 월성이라는 것도 들어서 알았다고 했을 텐데요."

귀 끝에서 흔들리는 귀걸이에 손을 대었다가, 상기한 뺨 위에 얹었다. 일그러진 얼굴에 걸쳐진 뜨거운 열기는 손가락으로 식히기엔 부족했다. 무엇보다 자신의 손이 이렇게 뜨거운데, 어떻게 남을 식힐 수 있겠는가.

"제가 섬기는 그분조차 당신에 대해서 아무것도 알려 주지 않았죠. 이렇게 될 것도 알려 주시지 않았습니다."

"내가….''

루시올이 혼란스러운 듯 헤지아나를 쳐다보다가 입술을 깨물었다. 참는 것 같은 표정이 손아귀 안에서 도망치려고 했다. 헤지아나가 붙잡은 순간, 루시올은 다시 벗어나려고 했다. 하지만 그 전에 루시올의 얼굴이 부서졌다. 균열을 따라 물이 샜다.

"…내가 믿었던 것들은 가짜인가요?"

"루시올."

손바닥을 적시는 뜨거운 습기에 헤지아나는 탄식했다.

소년의 세상은 뒤집혔다. 진실로 알던 것은 반박할 수도 없는 방법으로 거짓임이 드러났다. 그리고 그 자리에는 지금 아무것도 채워넣을 것이 없다. 한 개인의 역사는 이렇게나 무참히 삭제되어 폐허만 남겼다.

"진정해요. 당신은 당신 그대로입니다."

바닥에 눈물을 떨구는 루시올의 몸을 끌어안고, 고개 숙인 이마에 키스하며 헤지아나는 그의 힘주어 움켜쥔 주먹을 감싸 쥐었다.

"아버지…, 아니 그자가…. 아, 진짜로 혼혈 아이는 재앙을 불러오는 거군요…. 전쟁…. 죽음…. 부모조차 죽여 버리는…. 거기에서 끝나지 않고 모두를…. 대륙을… 당신의 가족을…."

"아니요, 루시올. 아닙니다. 진정하세요. 당신은 지금 너무 혼란스러운 상태예요. 일단…."

"여기 있다!"

소리 죽여 오열하는 루시올을 달랜 순간, 문이 거칠게 열리더니 날카로운 목소리가 날아들었다. 헤지아나는 급하게 루시올을 자신의 뒤에 숨기고 목소리 높여 외친 남자를 쳐다보았다.

요정이었다. 아마도 루시올의 수행원이었을 그의 손에는 짧은 나무막대기가 들려 있었다.

대체 이곳에서 날붙이는 아니더라도 무기라니. 헤지아나가 눈살을 찌푸리자, 헤지아나를 발견한 붉은 머리의 요정 남자는 놀란 듯 헤지아나를 위아래로 훑어보고는 말했다.

"…교황 성하십니까?"

"그대는 누구인데 이렇게 소란스럽게 구는 것입니까?"

주변에 일행이 있었던 듯, 금방 흐르는 물처럼 달려온 요정들이 문 앞에 섰다. 그들은 전부 헤지아나를 보고 당황하는 눈치였다.

"성하, 무례를 용서하여 주시옵소서. 저희는 지금 요정여왕께서 하명하신 바를 수행 중이옵니다."

무리의 대장인 듯, 옅은 풀색 머리카락의 남자 요정이 앞서 나와 고개를 숙이며 말했다. 그의 손에는 무기가 없었다.

"요정여왕께서 무엇을 명하셨습니까?"

"저의 라스할드 추방입니다."

아직 진정하지 못한 듯 목소리에 일렁임을 담고 루시올이 말했다. 동시에 헤지아나의 눈이 날카로워졌다. 이 상태에서 루시올을 밖으로 내보낸다는 건 그를 죽이는 일이다.

"루시올은 이 자리에 초대받아 온 자인데 감히 내 손님을 쫓아내겠다는 겁니까?"

"성하, 그자는 더 이상 동쪽의 대표가 아닙니다. 이는 대표국으로 선정된 페른시스의 의사입니다. 페른시스를 존중하신다면 그 대표자의 의사 역시 존중하여 주시기 바랍니다."

"대표가 아닐지는 모르나, 그렇다고 해도 나의 손님이라는 사실은 변하지 않습니다. 아니면 이 자리에서 루시올을 손님으로 맞아들인다고 우스꽝스럽게 재선언해야 할까요?"

헤지아나가 강경하게 대응하자 요정들은 서로 곤란한 듯이 쳐다보았다. 하지만 그들이 선택할 수 있는 방법은 없을 것이다.

"페른시스의 체면을 봐서 그대들을 쫓아내진 않겠습니다. 다만 그대들이 페른시스의 손님으로 대접받고 싶다면 루시올을 나의 손님 중 한 명으로 대접하도록 하세요. 또한 이 방은 내 손님의 방입니다! 무례하게 함부로 문을 열고 들어오지 마십시오!"

헤지아나가 손을 휘젓자 요정들은 곤란한 표정으로 뒷걸음질 쳤다.

"하지만 성하…"

"그는 페른시스에서 추방되었고 더 이상 페른시스와 관계없습니다! 설령 있다고 하더라도 이곳은 신에게 축복받은 땅. 이곳을 관할하는 것은 저입니다!"

반박할 것이 없을 것이다. 설령 있다고 하더라도 일반 요정의 입장에서 그녀에게 함부로 말할 수 없을 것이다. 헤지아나는 그들을 몰아냈다.

"나가세요!"

점잖지 못하게 그들을 밀어내고 헤지아나는 문을 닫았다. 문을 닫고 방 안을 둘러보니 어질러진 방 안과 흐트러진 루시올의 차림새가 재차 눈에 띄었다. 저 요정들에게 쫓겨 방 안이 이 꼴이었던 것이었다는 사실을 깨달았다.

"루시올…."

"저를 보호해 주셨군요."

루시올은 멍한 눈으로 헤지아나를 향해 말하고 있었다. 목소리는 떨리지 않고 있었지만 눈은 빛이 없었다. 위험했다. 헤지아나는 일단 루시올을 안정시켜야겠다고 생각했다.

"아니요. 이것은 당연한 일입니다. 루시올…. 잠깐 앉도록 하세요."

"당연한 건가요?"

헤지아나는 쓰러진 테이블을 일으켰다. 그러자 루시올은 헤지아나에게 다가와 의자를 일으키는 손을 붙잡았다.

"어째서 당연한 건가요? 제가 7월성이라서?"

"루시올."

"제가 정말 7월성이라면 이제 곧 저를 죽여 원한을 갚고자 할 이들이 많을 것입니다. 그런데 그것을 성하께서 감당하실 수 있으신가요? 이것은 신의 이름으로 해결되지 않을 원한입니다. 그런데도 보호하실 수 있을까요? 그 고난도 당연한 건가요?"

묻는 루시올의 시선은 헤지아나가 아닌 바닥을 향하고 있었다. 헤지아나는 잠시 입술을 붙이고 루시올을 쳐다보았다. 침묵의 시간은 길게 가질 수 없었다.

"복수는 계승되죠. 하지만 그게 옳은 일이라고는 생각하지 않습니다. 그대가 부모의 죄과에 휘말리게 하지 않겠습니다. 그대를 보호하…."

"그것은 성하가 월성의 후예이기 때문인가요?"

루시올이 고개를 돌려 헤지아나를 쳐다보았다. 눈물 마른 자국이 남아 있는 뺨은 딱딱하게 굳어 있었다. 그가 헤지아나를 향해 한 걸음 다가왔다.

"저를 유일한 혈육으로 생각하기 때문인가요?"

"아…, 아니요. 루시올. 그건 아닙니다."

헤지아나는 숨결이 느껴질 정도로 바짝 다가온 루시올을 반걸음 피하며 고개를 저었다.

"성하께서는 이미 저를 보고 '나의 유일한 혈육'이라고 하셨어요."

"언제 말입니까?"

"성하께서 베푸는 이 모든 친절은 저를 혈육이라 여기기 때문인가요?"

루시올이 헤지아나의 손을 의자에서 떼어 내 붙잡았다. 끌어당기는 손길에 헤지아나는 고개를 숙였고 루시올은 고개를 들었다.

"그 때문에 모든 것을 감당하시겠단 말인가요?"

눈의 간격이 가까웠다. 헤지아나는 상황을 알아차렸다. 피할 수 없는 상황이었다.

"루, 읍."

입술이 닿았다. 갓 익은 복숭아처럼 말간 색깔의 입술은 그 과육만큼이나 부드러웠다. 새 깃털 같은 혀끝이 입술에 닿은 순간 헤지아나는 아주 위험한 감각을 느꼈다. 헤지아나는 루시올을 떼어 내려고 했다. 정확히는 루시올을 붙잡고 뒤로 물러서려고 했다. 하지만 루시올은 헤지아나의 목을 끌어안고 입술을 붙였다. 얄팍한 혀가 풀잎처럼 입안에 감겼다.

"음…!"

등골이 순간 오싹했다.

녹을 것 같다. 이성이 우르르 무너져 내릴 것 같은 감각에 헤지아나는 루시올을 밀어냈다. 하지만 급하게 밀어낸 손길은 엇나가고 루시올의 손길에 쳐내졌다. 그사이 혀는 작은 뱀처럼 입안 제일 깊은 곳을 간질였다. 숨이 막히는 느낌에 잠시 다리의 힘이 풀렸다.

위험했다.

"웃, 하아, 하아, 하아, 하아."

거세게 루시올을 밀쳐 낸 헤지아나가 숨을 몰아쉬었다. 밀려난 루시올과 헤지아나 사이에는 길게 늘어진 실이 한 올 있었고 그것은 곧 끊어져 사라졌다. 그것이 사라질 동안 루시올은 헤지아나를 똑바로 쳐다보고 있었다.

"루시올? 저, 이제 알았겠지만…. 그리고 어제의 일에는 미안한 일이지만 우리는 월성의 피를 이은 자들이에요, 그러니까…."

"무슨 상관이죠?"

똑같이 숨을 몰아쉬며 루시올이 날카롭게 쏘아붙였다. 그의 입술이 붉고 반짝거렸다.

"알아요, 여태까지 잘해 준 건 전부 혈육이라고 생각했기 때문이지요? 하지만 저는 그걸 그렇게 받아들이지 않았어요. 당신에게 혈육으로 보이고 싶지 않아요!"

"왜…."

"인간에게 혈육은 사랑의 대상이 아니잖아요!"

갑자기 눈앞이 깜깜해졌다. 아니, 알고 있던 것이다. 루시올이 자신을 좋아할지도 모른다는 건. 그는 이미 심하게 티를 내지 않았나.

그래도 말로 들으니 도망치고 싶어졌다. 리암이 이런 기분이었을까. 이 감정에서 도망치고 싶다. 손을 놓고 싶다. 하지만 루시올은 힘을 빼는 그녀의 손을 붙잡았다.

"당신은 내가 필요 없겠죠. 하지만 난 당신이 필요해요!"

대체 왜 그렇게 애절한 눈동자로 쳐다본단 말인가. 왜 그렇게 흔들리는 눈동자로….

"혈육이 아니라, 날 사랑해 줘요!"

사랑해 달라고 하는 소리에, 마음이 무너졌다.

잠시의 공백은 둘 다에게 허락되지 않았다. 말이 끊긴 사이 똑똑 문 두들기는 소리가 들렸고, 소리가 들린 곳을 돌아보자 열린 문틈에 서 있는 리암이 보였다.

언제부터 서 있던 걸까. 헤지아나가 당황해 루시올에게서 물러섰고, 루시올은 대놓고 적의를 드러냈다. 하지만 리암은 신경 쓰지 않았다.

"성하, 죄송하지만 급하게 말씀드려야 할 것이 있습니다."

"아…. 네."

리암의 무표정함에서는 아무것도 읽어 낼 수 없었다. 봤을까? 봤으면 무슨 생각을 할까. 하지만 그것보다 루시올에게서 일단 도망치고 싶었다. 혼란스러워서 어떻게 쳐다봐야 할지 알 수 없었다. 헤지아나는 리암이 건네는 도피 제안을 수락했다. 그녀는 누가 쫓아오

는 것처럼 급하게 문밖을 나섰고, 리암은 루시올을 향해 목례하고
는 문을 닫았다. 루시올은 그 인사에 답하지 않았다.

흐트러진 방 안에는 삶의 모든 것으로부터 버려진 소년이 남
았다.

"하."

루시올은 몸에 힘을 뺐다. 지탱할 힘을 잃은 몸이 털썩 의자 위
로 쓰러졌다.

이상한 짓을 했다는 건 알고 있었다. 하지만 그렇게 해야만 했다.
벌어진 무릎 사이를 보며 루시올은 자신에게 말했다.

"내 편이 필요해."

교황은, 헤지아나는, 3월성의 후예는 나의 편이 되어 줄 것이다.
그녀는 나를 찾아왔다. 나에게 계속 관심을 보였다. 내가 7월성이라
는 것을 알고서도 나를 보호하려고 했다. 믿을 만한 혈육….

"혈육…."

주저앉으며 루시올이 그 단어를 입안에서 굴렸다. 어딘가 피 냄
새 나는 말이었다.

혈육. 아버지. 요정왕.

여태까지 그 단어들은 같은 것을 가리키고 있었다. 하지만 아니
라고 한다. 그는 자신의 어머니를 죽이고, 아버지를 죽게 만들었다.
원수다. 그런 자를 아버지라고 불러 왔다. 사랑했는데. 존경했는데.
사랑받고 싶었는데, 그런데…. 모르겠다. 두려움에 짓눌릴 것 같은
가슴이 거칠게 뛰고 있었다. 가슴을 부여잡으며 루시올은 몸을 웅
크렸다.

"나는…."

누구지?

뭐지? 요정왕의 서자. 페른시스의 왕자. 아니지. 7월성. 여태까지의 너는 네가 아니야. 아무것도 네가 아니야. 여태까지의 삶이 다 무너져 백지밖에 남지 않았는데 찍힌 점이라고는 단 하나, 7월성. 그것으로 끝.

그리고 그 이름에 얽힌 수많은 원한이 자신을 찾아온다.

하지만 모르겠다. 생각하고 싶지 않았다. 살아남아야 한다. 교황에게 붙어야 한다. 이젠 편지를 받아 내는 것으로는 안 된다. 그녀에게 붙어야 한다.

'그건 혈육으로 충분한 것 아닌가?'

하지만 월성들은 혈육이라기보다는 교분 깊은 친구 사이 같은 것이라고 했다. 혈육의 정에 기대기엔 피가 너무 엷다. 그러면 여태까지 하던 방식대로 가는 수밖에. 괜찮다. 많이 해왔던 것이다. 마치 이때를 위해서인 것처럼 연습되었던 시간들이 그에게는 있었다.

'하지만 교황은 나를 남동생처럼 여기고 있었어.'

따뜻한 시선으로 쳐다보고 있었다. 안쓰러운 손길로 보듬었다. 그 위치도 충분할지 모른다. 하지만, 역시, 절대.

남동생은 싫다.

보호받는 아이이고 싶지 않다. 가엾고 보살펴 주어야 하는 아이이고 싶지 않다. 그러니까….

'아니, 그 위치가 더 좋지 않아?'

사랑은 언젠가 식을 수 있지만, 타고난 핏줄은 바꿀 수 있는 것이 아니다.

냉정해져, 루시올. 살아남아야 할 때야. 루시올은 결심하듯 다시 그 말을 입에 올렸다.

"내 편이 필요해."

사랑받고 싶다.

루시올은 입술을 깨물었다. 눈가에 순식간에 무언가 차올랐다. 동시에 뺨 위에 작은 불구슬 같은 것이 굴러갔다. 눈물이 흘렀다는 걸 깨닫자마자 루시올은 고개를 숙였지만, 얼굴을 가릴 수는 없었다.

이젠 지쳤다. 온 생애에 걸쳐 그는 외부자였다. 원의 바깥에 속하는 자였다. 그 안에 들어가고자 노력했고 치졸한 방법으로 짤막한 호의와 애정들을 주워 먹으며 살아남았다. 그렇게 계속 필사적으로 가꿔 온 것들이었는데 그것조차 잃었다. 재건할 수 없다. 다시 시작할 수 없다.

그냥 평범하게 지지해 줄 가족이 있었으면. 평범하게 사랑받았으면.

내 편이 있었으면.

그것도 이젠 먼 꿈의 이야기다.

"어, 저, 리암."

앞서 걷던 헤지아나는 도착한 정원의 입구에서 멈춰 서서 리암을 향해 물었다. 그는 말없이 계속 헤지아나를 따라오고 있었고, 그 모습에 헤지아나는 약간 부담감을 느꼈다. 그는 어디까지 본 걸까? 일단 그걸 확인해야 했다. 그리고 멈춰 선 리암은 고개를 끄덕이더니 바로 물었다.

"7월성이 당신에게 호감이 있나요?"

헤지아나는 잠시, 질문보다는 '7월성'이라는 호칭에 충격을 받았다. 하긴 그는 지금 왕자도 아니고 대표라는 직임은 애매한 상황이다. 그 호칭이 그나마 적절하겠지만, 동시에 그가 어떤 위치에 처해 있는지가 너무 실감이 나서 견디기가 힘들었다.

"헤지아나?"

"아, 아니요. 괜찮아요. 아…. 네, 당신의 질문에 대답하자면 그런 것 같아요."

헤지아나가 혼란에서 벗어나 고개를 끄덕이자 리암의 표정이 어두워졌다. 그 표정에 헤지아나는 역시, 리암이 그것을 불쾌하게 여기는 건가 생각을 했다.

"지금 이걸 당신에게 이야기하는 게 맞는지 모르겠습니다."

"뭐죠?"

리암은 잠시 입을 다물었다. 하지만 오래 다물지 않았다. 안경을 고쳐 쓰고 그는 바로 말했다.

"7월성을 라스할드에서 내보내야 합니다."

헤지아나는 입을 다물었다.

리암도 입을 다물었다. 그는 헤지아나를 쳐다보았고 헤지아나도 그를 쳐다보았다. 잠시 아무 말이 없었다.

"내보낼 수 없어요."

"다시 들여오더라도 상관없습니다. 하지만 일단 내보내는 모습을 보여 줘야 합니다."

"그사이에 저 아이는 죽겠죠."

"인도적으로 7월성을 보호해야 한다는 점은 인정합니다. 하지만 그가 7월성임이 모든 이들에게 드러났어요. 곧 그를 내놓으라는 통신으로 이 교황청이 마비될 겁니다. 또는 이 성소에 침범해 오려는 이들도 있겠지요. 7월성이 그만한 증오의 이름이라는 건 알고 계실 겁니다."

안다. 인과관계를 축약하자면 자신 역시 그로 인해 고아가 되지 않았는가. 물론 그에 증오심을 가져 본 적은 없었다. 하지만 세상 사람들은 그렇지 않을 것이다.

"우리는 지금 그것을 넘길 시간이 없어요. 헤지아나. 시간은 많지 않아요."

"리암. 저는… 안 돼요. 못 해요, 리암."

서로의 이름을 부르는 목소리가 마치 애원 같았다. 리암은 루시올을 내보내라고 애원하고 있었고, 헤지아나는 그 반대의 애원을 하고 있었다.

"영원히 내보내라는 게 아닙니다. 잠시 어디라도 숨겨 두세요. 그리고 몰래 들여오세요."

"리암, 여기는 안전해요. 하지만 바로 이 땅 밖 병사들 중에서도 그 아이를 노리는 이들은 많단 말입니다…. 이 땅 바로 밖의 광야는 안전한 곳이 없어요!"

조용히 달래는 리암을 뿌리치며 헤지아나는 소리쳤다. 이 바깥이 어떤 곳인지 알고 있다. 신의 축복은 정말로, 그것을 실감시키려는 듯이 제한적이었다. 이 바깥에는 농지를 관리하는 작은 마을을 제하면 나흘의 거리 동안 작은 마을조차 없다. 땅은 탁 트여 시야가

넓고 풀은 낮게 자란다. 그런 곳에서 어떻게 도망칠 수 있을까?

"내보낼 수 없어요. 위험할 걸 알면서도 보낼 수 없어요. 그게 누구라도 마찬가지일 거예요."

"…역시 이야기하지 말걸 그랬습니다."

리암은 한숨을 깊게 내쉬더니 헤지아나에게서 떨어져 고개를 돌렸다.

"지금의 당신에게 할 이야기가 아니었어요."

"리암. 언제 하더라도 그 이야기는 똑같은 답이 나올 거예요."

"아뇨. 나중에 이야기하도록 하죠. 괜찮은 방법을 생각…."

"몇 번을 이야기하더라도!!"

리암이 손을 들어 제지하며 몸을 돌린 순간이었다. 헤지아나는 목소리를 높이며 그가 든 오른손을 붙잡았다.

"제 의견이 바뀌는 일은 없을 겁니다. 저는 루시올을 내보내지 않겠습니다!"

"…그래야만 하는 상황이 오면요? 그래서 7월성을 내보내지 않고 남은 회의 일정을 소진할 건가요? 웨스월드는요?"

리암이 붙잡힌 손을 떨어뜨리며 헤지아나에게 다가왔다. 헤지아나는 리암의 시선을 피하지 않았다.

"헤지아나."

리암의 부름에 헤지아나는 떨리는 숨을 들이쉬었다.

"…둘 다 해내기 위해서."

그리고 천천히 내뱉으며 리암의 눈동자를 똑바로 쳐다보았다. 마치 도전하듯이.

"당신과 내가 있는 거예요."

그 말에 리암의 물빛 눈동자가 가볍게 흔들렸다. 하지만 그는 곧 조금 더 가라앉은 눈빛으로 말했다.

"그 말은…. 기쁘네요. 하지만 헤지아나, 그 말 어떤 때라도 지킬 수 있겠습니까?"

"네."

"파헨타움이 루시올을 건네지 않으면 당장 강병하고 있는 군사를 풀겠다고 해도 그를 지킬 수 있겠습니까?"

네, 라고 말하려던 입이 바로 막혔다. 생각도 해본 적 없는 문제였다. 파헨타움이 왜?

"황제가 그를 넘기지 않으면 황군을 조직해 에네스를 재점령하고 유랑 민족을 몰살하고 서쪽 연합을 지배하에 두겠다고 해도 굽히지 않으시겠습니까?"

"그들이 그렇게 해야 할 이유는…."

"있죠. 말씀드렸을 겁니다. 7월성은 강력한 병기입니다. 붙잡혀 간 그가 유용하게 활용될 리는 없습니다. 하지만 상식이 있는 군주라면 적어도 그가 타인의 손에 들어가는 건 막으려고 할 겁니다. 일곱별의 아이들은 그런 존재예요. 사용하지 못하면 망가뜨리기라도 해야 하는 무기입니다."

그렇지. 누군가의 손에 들어가면 어떻게 될지 모른다. 그토록 강력한 마법사의 후손인데, 신이 준 힘을 전승받은 자인데 그 마음을 만에 하나라도 돌려 힘을 쓰게 되면 큰일이다. 그렇게 생각하는 것이 지도자들의 입장에선 당연했다.

사용하지 못하면 망가뜨려야 한다. 그것이 일곱별의 아이들이다.

"그것을 알면서도, 어떤 경우에도 7월성의 편이 되겠습니까?"

"전…."

"세계를 적으로 돌리겠습니까?"

망설일 틈도 없이 리암이 쐐기를 박았다. 헤지아나는 고개를 들어 리암을 쳐다보았다. 리암은 똑바로 헤지아나를 쳐다보고 있었다. 옅은 파란 눈동자는 잔물결도 일으키지 않고 질문하고 있었다. 세계가 인질로 잡혀도 저 아이를 선택하겠느냐고.

헤지아나는 잠시 그 눈동자를 쳐다보았다.

"그때에도 당신은 곁에 있겠죠."

물어보면서도 사실은 확신하고 있었다. 그리고 그 점이 스스로 당황스럽기도 했다. 이렇게나 리암을 믿고 있었나.

하지만 떠날 사람이라면 '이런 문제로 7월성을 곁에 둔다면 나는 함께할 수 없다'고 말할 것이다. 이런 위험이 있어도 그걸 택하겠냐고, 각오가 되었냐고 묻는다는 건 적어도 자신의 편이 되어 주겠다는 뜻이겠지. 아니, 하지만 정말 자신이 세계를 적으로 돌리는 사람의 편에 있어 주는 사람이 있을까? 혼란스러워진 헤지아나는 그냥 리암의 답을 기다렸다.

"당신이 이 세상이 부서지게 둘 사람이라면 애초에 선택하지 않았을 겁니다."

그리고 리암은 아무렇지도 않게 즉답했다.

순간 안도했다. 그리고 감사했다. 헤지아나는 리암의 손을 잡은 손에 힘을 주었다. 이제 헤지아나에게 남은 것은 자신의 선택의 무게를 깨닫는 것이었다. 자신뿐만이 아니라 리암의 무게까지 같이 깨닫고 결정하는 것이었다. 결정의 접시에 추를 떨어뜨리며 헤지아나는 리암의 손을 깍지 껴 잡았다.

"절대 물리지 않겠습니다."

"좋아요."

리암도 헤지아나와 맞잡은 손을 힘주어 잡으며 그녀의 이마에 키스했다.

"결정되었으니 행동을 하죠. 일단 교황청 안이라고 해도 위험합니다. 교황청의 방어는 즉각적인 위협이나 살기에 반응하는 것으로 아는데, 자는 사이에 수면제라도 이용해서 밖으로 실어 버리면 경보도 울리지 않고 끝나 버리니 말이죠."

"아, 그렇게 되는군요."

그런 경우엔 어떻게 반응하는지 시험해 보고 싶었지만 지금은 그럴 시간이 없었다. 리암은 고개를 끄덕이더니 말했다.

"일단 이렇게 합시다. 헤지아나, 7월성을 당신의 방으로 옮기세요."

"…네?"

"그곳이 제일 안전합니다."

"아니, 잠깐만…."

"그리고 강력한 경호원이 필요합니다. 아셔 아라스트란 경을 7월성의 호위로 붙이세요. 필요한 경우 수면도 취하지 않는 그가 이 임무에 적격입니다."

점입가경이다. 그 말인즉슨, 자신과 루시올과 아셔가 한방에 있어야 한다는 건가?

"아, 아니. 리암. 그…. 그야 제 방이 안전하긴 합니다만 루시올에 아셔까지는…."

"당신의 방에서 제일 가까운 방을 하나 비워 두세요. 하루나 이

틀 정도만 데리고 있는 걸론 큰 문제가 없을 겁니다. 빠르게 움직이 도록 하죠. 7월성은 헤지아나 당신이 직접 데리고 가는 게 좋을 것 같습니다. 그리고 가기 전에 잠깐."

"예?"

헤지아나가 어떻게 그 상황을 버티는가 생각하고 있었을 때, 리암은 헤지아나와 간격을 좁히더니 코끝이 닿을 만한 거리에서 잠시 멈춰 섰다.

"제게 질투심 같은 게 생길 거라고는 생각한 적 없는데 말이죠."

"네?"

리암이 눈을 감더니 헤지아나의 입술에 키스했다. 긴 입맞춤은 아니었다. 입술의 부드러움을 조금 느낀 순간 바로 떨어졌으니 말이다. 헤지아나는 눈도 감지 못했다.

"그래도 눈앞에서 보는 건 조금 기분이 다르더군요."

떨어진 리암이 눈을 뜨더니 말했다. 그는 다시 한 번 가볍게 키스하더니 완전히 헤지아나에게서 물러섰다.

"그래서 미리 말해 두는데, 어쩌다가 제가 봐버리는 건 상관없지만 일부러 제 앞에서 그러지는 마세요. 전 제 생각 이상으로 아주 깊게 상처받을 것 같으니까."

"아… 네? 네?"

"그럼 7월성에게 가보세요. 저는 아셔 경에게 가보겠습니다."

리암은 바람을 휙 일으키며 등을 돌리더니 빠르게 2층 계단을 올라가기 시작했다. 가기 전에 들를 곳이 있는 건가? 아니, 그거 이전에 말이 조금 이상하다. 일부러 그 앞에서 키스하는 게 아니면, 안 보이는 데에선 키스해도 된다는 건가?

루시올은 헤지아나의 방 앞에 서 있었다.

방 안에 웅크리고 있던 자신에게 온 궁내원은 교황이 자신을 부른다고 말했다. 그 말을 따라 교황의 방 앞까지 온 루시올은 궁내원이 도착을 알리는 것을 제지했다. 그리고 한참 동안 그 앞에 서 있었다.

얼마나 서 있었는지는 모르겠다.

"루시올… 님?"

낮고 쉰 목소리에 루시올은 뒤를 돌아보았다.

거기엔 아서 아라스트란이 서 있었다. 루시올은 그에게 인사하고, 그 뒤에 서 있는 리암에게도 목례했다. 리암이 물었다.

"어째서 들어가지 않고 서 계십니까?"

"여기 들어가면 저는 어떻게 되는 거죠?"

루시올은 옆으로 서서 문을 곁눈질하며 물었다. 헤지아나와 함께 행동하는 리암이라면 그녀의 속내를 알지 않을까. 리암은 안경을 고쳐 쓰며 말했다.

"보호받게 됩니다."

"그렇게 해서 성하께 무슨 이득이 있지요?"

"없습니다."

리암은 단답했고, 그 단답에 아서는 당황하며 루시올의 얼굴을 살폈다.

"성하께서 루시올 님을 보호하기로 하셨다면 그것은 만물을 창조하신 분의 뜻을 따르고 지키기 위함일 것입니다. 그분의 말씀을 지키는 것은 종들이 해야 마땅할 일입니다."

아셔가 부드럽게 말했지만 그 말은 루시올에게 아무런 의미가 없이 느껴졌다.

"만약 저를 버린다고 하더라도 그것은 신의 뜻이겠고요."

"성하께서는 이미 당신을 버리지 않기로 결정하셨습니다."

리암이 따뜻해야 할 소식을 너무나 차갑게 말했기 때문일까. 그 말 역시 루시올의 마음에 조금의 흔들림도 주지 않았다. 대신 그는 고개를 저었다.

"제가 두려워하는 건 그게 아닌 거 같네요."

"그럼 뭐가 두려우신지요?"

잠시 루시올은 생각했다.

"…아마도 모든 말이오."

올려 든 고개에는 교황의 방문이 보였다. 루시올은 교황의 방문을 쳐다보며 말했다.

"성하께서 제게 무슨 말을 하는 것이 두렵네요."

그 시선에 아셔가 안타까운 감정을 담아 루시올을 쳐다보았다. 그 감정은 아셔가 아주 잘 아는 것이었다. 안식할 수 없는 자의 비탄. 그것을 어떻게 달래 주어야 할지 알 수가 없어서 망설이는 사이, 루시올은 뒤로 물러서며 방문을 가리켰다.

"먼저 알현하시는 게 어떨까요? 저는 조금 걸릴 것 같습니다."

"이쪽도 오래 걸리지 않을 겁니다, 아셔 경. 들어가 보시죠."

"아, 네."

리암이 손짓하자 아셔가 방문 앞에 섰다. 그리고 궁내원이 아셔의 도착을 알렸다.

"전하께선 입실하지 않으시는 건가요?"

"제가 할 일은 없습니다."

잠깐 아무 말도 없었다. 루시올은 리암이 갈 거라고 생각했다. 하지만 그는 가는 대신 물었다.

"앞으로 어쩌실 겁니까?"

"…어쩔 도리가 있는 건가요?"

"성하께서 당신을 보호한다고 하셔도 당신은 그것을 거절할 수 있으니 말입니다."

밖으로 나가는 것은 답이 없다. 하지만 루시올은 그것을 생각하고 있지 않았다. 그저 닫힌 교황의 방문을 가만히 쳐다보고 있기만 할 뿐이었다.

"성하는 당신의 편입니다."

루시올의 어깨가 떨렸다. 루시올은 흘끔 눈을 돌려 리암을 쳐다보았다. 무례한 태도인데도 리암은 그 시선에 아무런 지적도 하지 않았다. 대신 말했다.

"그리고 성하가 당신의 편인 이상 저 역시 당신의 편입니다."

"내 편… 이라고요?"

"그것을 생각하고 행동하시기 바랍니다."

그리고 리암이 목례하고 몸을 돌려 왔던 길로 되돌아갔다. 나의 편. 루시올은 그 말을 몇 번이고 되새김질해 보고 있었다. 몇 시간 전, 자신이 그토록 필요하다고 여겼던 것이다. 하지만 아무런 감정도 들지 않았다.

왜일까 생각해 보는 사이 문 열리는 소리가 들렸다. 아셔가 방에서 나오더니 리암이 간 것을 확인하고 루시올에게 다가왔다. 이제 들어가 봐야 하는 걸까.

"루시올 님."

"예."

"다름이 아니라… 제가 루시올 님의 호위를 하게 된 점을 알려 드립니다. 성하의 명령인 만큼 몸을 아끼지 않고 루시올 님을 보호하도록 하겠습니다."

루시올은 놀라서 고개를 들었다. 아셔 아라스트란을 자신의 호위로 붙이다니? 하지만 곧 루시올은 우울한 사실을 깨닫고 고개를 숙였다.

"제 지위가 이제 더 이상 페른시스에 소속되어 있지 않다는 걸 알겠군요."

"네? 무슨 말씀이신지…."

"저를 페른시스의 대표로 본다면 북쪽 대표인 경을 제 호위로 붙이지는 않겠죠."

그 말에 잠시 아셔가 입술을 붙였다. 그러고는 작은 한숨과 함께 루시올의 아래 한쪽 무릎을 꿇고 앉았다.

"이것은 제 대표의 직임과 관계가 없습니다. 저는 창조신의 종으로, 그 대리인의 말씀을 따라 루시올 님을 보호하는 것입니다."

"다른 이들은 그렇게 생각하지 않을 것입니다."

루시올이 대답하자 아셔는 고개를 숙였다. 얼굴을 쓸어내리던 그는 한숨과 함께 고개를 돌리더니 다시 루시올을 보았다. 그리고 그의 손을 잡았다.

"지금 루시올 님의 삶에 큰 파문이 일어난 것은 알겠습니다. 아마 저로서는 상상도 할 수 없는 혼란과 고통이리라고 생각합니다."

아니, 그렇지는 않았다. 그냥 아무것도 느껴지지 않았다.

"그렇지만 지금 이것이 어떤 일이라고 결정짓지 마십시오. 신께서는 이 세상에 우리가 알 수 없는 씨앗을 수도 없이 뿌려 두셨습니다. 그것은 끝없이 교차하는 씨실과 날실 같은 것이라 우리는 먼 훗날 한 바퀴 돌고 나서야 그 일이 어떤 의미였는지, 그나마 알 수 있습니다."

"…무슨 뜻인지 모르겠어요."

"살아남으시란 뜻입니다. 이것이 훗날의 환희인지 비탄인지는 지금 알 수 없습니다."

아니, 그것은 너무 명확하다. 이것은 비탄이다. 자신을 모두 잃어 아무것도 아니게 된 것이 어떻게 비탄이 아닐 수 있단 말인가.

"성하께서는 루시올 님이 살아남으시는 걸 원합니다. 따라 그 손인 저 역시 그것을 원합니다."

"당신도…."

그도, 그녀가 원하기 때문에 자신을 보호한다. 루시올은 조금 이상한 기분을 느꼈다.

"그분께서는 가족을 원하셨습니다. 지금도…. 원하고 계시죠. 그런데…."

잠시 아셔가 루시올의 손을 양손으로 덮었다. 그리고 무언가 생각에 빠진 듯 잠시 말을 멈추더니 고개를 들고 루시올을 쳐다보았다. 안온한 웃음이 그와 잘 어울렸다.

"루시올 님께서는 진짜 가족이시죠. 성하께서 당신을 사랑하시지 않을 리가 없습니다."

"사랑요…."

"저는 그분께서 기뻐하시길 원합니다."

아셔는 자리에서 일어나 루시올을 문 앞으로 이끌었다.

"들어가시지요. 기다리고 계십니다."

문이 열리는 시간을 지체할 수는 없었다. 이미 오래 기다렸다. 루시올이 문 앞에 서자 궁내원이 입실을 알렸고, 루시올은 열리는 문을 가만히 쳐다보았다.

들어가야만 했다.

"루시올."

헤지아나가 자리에서 일어나 어색하게 루시올을 맞았다. 루시올은 헤지아나가 서 있는 테이블의 반대편에 앉았다. 엊그제에도 앉았던 자리였다.

갑자기 만감이 교차했다. 그렇지만 교차한 후에는 아무것도 남지 않았다.

"아…. 아셔 경이 이야기했는지 모르겠지만, 아셔 경을…."

"들었습니다. 제 호위를 맡기셨다고요?"

그리 말한 루시올은 툭 내뱉었다.

"왜 그런 짓을…."

"그대를 보호해야 하기 때문입니다."

"저를…. 보호해서 얻을 것이 무엇이 있습니까. 당장 내보내시는 것이 좋을 텐데요."

"제가 그렇게 하고 싶기 때문입니다."

루시올의 손끝이 들렸다가 바로 떨어졌다. 그는 잠시 입술을 다물었다.

"왜요?"

녹색 눈동자가 빛을 머금고 파란 눈동자를 쳐다보았다. 그 녹색 빛깔은 마치 스스로 빛을 내는 것처럼 일그러져 있었다. 그 이채를 가만히 쳐다보며 헤지아나는 대답했다.

"당신의 편이 되기로 했으니까요."

"그것은 제가 당신의 혈육이기 때문인가요?"

했던 이야기의 반복이다. 헤지아나는 잠시 눈을 감았다.

"아뇨. 엄밀히 따져 당신과 저는 혈육 관계는 아닙니다. 그리고 그와 관계없이 저는 당신이 도움 받아야 한다고 생각합니다."

"전 저를 사랑해 달라고 했어요."

헤지아나는 고개를 들어 루시올을 보았다. 그리고 자신을 직시하는 녹색 시선을 마주하고는 고개를 돌렸다.

"저를 곁에 두겠다 하심은 저를 사랑해 주신다는 건가요?"

"제겐 당신을 보호하고자 하는 마음 외에 다른 뜻은 없습니다."

잠시 루시올은 아무 말도 하지 않았다. 조용한 방 안에 그가 옷자락을 끄는 소리가 들렸다.

"성하께서는 제 편이 되어 줄 생각이 없으시군요."

대체 이것 외에 무엇이 더 필요하단 말인가. 헤지아나는 일그러진 얼굴로 루시올을 돌아보았다. 루시올은 아주 차분하고 차가운 표정을 짓고 있었다.

"전 제 편이 필요해요. 어떤 경우에도 저를 배신하지 않을 제 편이요."

"루시올, 그만하세요! 전 이미 당신의 편입니다!"

헤지아나가 엄하게 외쳤다. 루시올은 바로 입술을 붙이더니 고개를 숙였고 그대로 한참 동안이나 침묵이 이어졌다.

"그래요."

작게 중얼거리며 루시올은 자리에서 일어났다.

"그렇군요."

그리고 루시올은 허리끈을 풀었다. 헤지아나가 눈을 동그랗게 뜨자, 루시올은 허리끈을 옆으로 휙 던져 버리더니 헤지아나를 향해 다가왔다. 그리고 겉옷을 붙잡았다.

"…루시올?"

툭, 겉옷이 바닥으로 떨어졌다. 한 걸음 다가오며 루시올은 상의의 매듭을 풀었다. 옷과 몸의 틈새가 벌어져 대리석 같은 몸이 드러났다.

"잠깐…."

"성하께서 제 편이라면."

신발을 가볍게 벗어던지고 맨발이 된 루시올의 하의가 또 바닥에 툭 떨어졌다. 상의는 걸음에 채여 옆으로 비껴 났고, 곧 아무것도 걸치지 않은 루시올이 헤지아나의 앞에 서서 그녀를 쳐다보며 말했다.

"안아 주세요."

헤지아나는 잠시 루시올을 쳐다보았다. 사실 움직일 수 없었다. 눈앞의 나신이 주는 충격이 너무 커서 아무 생각조차 할 수 없었다.

"…옷 입어요."

"받아들여 주시지 않으면 제 편이라는 걸 믿을 수 없어요."

루시올이 한 걸음 다가왔다. 소파에 무릎을 올린 루시올을 피하듯 헤지아나는 등받이에 몸을 붙였고, 루시올은 그녀의 귓가에 속삭였다.

"요정들은 깊은 약속을 할 때 신체적으로도 약속을 나누거든요. 손가락을 걸거나, 입맞춤하거나, 문신을 하기도 하지만 보통은…."

귓가에 닿는 목소리가 간지러웠다. 헤지아나는 기겁하며 루시올의 어깨를 붙잡았다가 닿는 부드러운 감촉에 놀라 손을 뗐다.

"아… 아, 아뇨. 루시올. 이런 건 옳지 않아요. 당신과 나는…."

"이미 한 번 했잖아요."

꽃잎 같은 입술이 귓바퀴를 가볍게 물었다. 동시에 눈이 감기고 가는 신음이 흘러나왔다.

"한 번 더 해서 변하는 것도 없고요."

"아…!"

머릿속이 녹아내릴 듯 달콤한 입술이 목 위를 스쳐 지나갔다.

손등 위에 얹어진 손가락은 부드러운 깃털 같았다. 깃털 다섯 개가 팔을 간지럽히며 옷 속으로 들어왔고 풀 내음 나는 숨결이 뺨 위로 다가왔다. 잠깐 머릿속이 하얗게 변했다.

"루시올. 잠깐."

"성하."

헤지아나가 루시올의 팔을 빼내자 루시올은 헤지아나의 어깨 위에 이마를 댔다.

"전 확실하지 않은 것에 걸지 않을 거예요."

조근거리는 입술이 목에 닿았다. 연분홍빛으로 빛나는 물기 어린 입술이 헤지아나의 목에 살짝 달라붙었다가 떨어졌다. 그 감각은 진하게 목에 달라붙어 쉽게 떨어지지 않았다.

"성하께서 저를 보호하고자 한다는 확신이 서지 않는다면 전 나갈 거예요."

"이렇게 하지 않아도…."

"아─주 나가 버릴 거니깐요."

키득거리며 루시올이 헤지아나의 목 위에 대고 속삭였다. 입술이 길게 이끌리며 귀까지 올라왔고, 헤지아나의 귀에 매달린 귀걸이를 입술로 물었다. 늘어진 열매 같은 홍옥이 입술 사이에서 빛났다.

"지금 밖은 위험해요. 루시올? 이런 거 하지 않아도…."

"맞아요. 죽을지도 몰라요. 그런데 그래도 상관없어요."

귓속에 말과 함께 불어오는 바람이 간지러웠다. 헤지아나는 입술을 깨물며 온몸에 파고드는 간지러움을 참았다. 그러자 풀잎 같은 손이 바짝 솟은 어깨를 내려앉혔다.

"배신은 한 번으로 족하거든요."

정면으로 다가온 루시올이 똑바로 헤지아나를 보며 말했다.

헤지아나는 할 말이 없었다. 그야, 그것은 그의 입장에서 배신일 것이다. 이 정도로 인생을 뒤바꾸는 거짓의 분쇄를 또 견딜 수 있을 리가 없다. 그 배신감을 달래 주어야 하는가, 잠시 그것을 생각하느라 다가오는 입술을 막을 생각을 하지 못했다. 아니, 그냥 가만히 있었어도 막지는 못했을 것이다. 입술이 눌리고, 부드러운 혀가 파고 들어오고 억눌러도 열기가 슬금슬금 기어 올라온다. 루시올의 손길이 그 열기를 더욱 부추기고 있었다.

어떻게 해야 할까. 헤지아나는 그 손이 자신을 끌어안고 등 뒤의 단추를 푼 순간에야 위기감을 느끼고 그 손을 붙잡았다.

"루시올."

루시올은 천천히 눈을 떴다. 그가 눈을 뜰 때까지 기다린 다음 헤지아나는 그의 얼굴을 감싸 쥐었다.

"이런 거 하지 않아도 저는 당신을 배신하지 않을 거예요."

루시올은 잠시 헤지아나를 쳐다보았다.

얼마나 그렇게 있었을까. 그는 자리에서 일어나더니 바로 헤지아나에게서 등을 돌렸다. 불행히도 그는 납득하고 있는 것 같지 않았다. 돌리는 고개는 냉정했고 발걸음에 감정이 실려 있었다. 헤지아나가 다급히 루시올을 불렀다.

"루시올?"

"단 한 번의 확신조차 허락하지 않으면서 신뢰하라고 하나요?"

"무슨 말이죠?"

루시올은 떨어진 옷을 집었다. 그리고 그것을 몸에 걸치며 말했다.

"아버지는…. 아니, 요정왕은 절 사랑하지 않았죠. 알고 있었어요. 그래도 필요할 때는 다정하니까 내가 필요를 충족해 주면 사랑해 줄 거라고 믿었죠. 그리고 결과를 봐요!"

헤지아나는 자리에서 일어나며 어깨에서 흘러내리는 옷깃을 추슬렀다. 몸에 옷을 걸친 루시올이 주먹을 움켜쥐고 소리치고 있었다.

"왜 고작 그걸 못 해주죠? 난 이제 당신에게 목숨을 걸어야 해요. 여기 나를 의탁한다는 건 당신을 신뢰해야 한다는 뜻이에요. 당신이 나를 배신해서 팔아넘기더라도 내겐 방법이 없어요. 그런데 나는 목숨을 거는데 당신은 고작 한 번의 확신을 허락하지 않나요?"

"루시올."

"날 사랑해 줘요! 사랑해 주는 척이라도 해요!!"

다가온 헤지아나를 향해 루시올이 돌아섰다. 고개를 숙인 채, 루시올은 걸친 옷깃이 흘러내리지 않게 쥐고 갈라진 목소리로 소리쳤다.

"어차피 당신도 월성인 내가 필요한 거잖아! 그렇다면 내가 필요로 하는 걸 내놔요!"

순간, 헤지아나의 얼굴이 굳었다. 고개를 숙인 루시올은 그것을 보지 못한 채 어깨를 들썩였고 헤지아나는 가만히 그걸 쳐다보았다.

흐트러진 금색 머리카락 아래 새빨갛게 달아오른 얼굴은 그가 온 감정을 쏟아 낸 것을 증명하고 있었고, 주먹은 흐트러지는 마음을 쥐듯이 움켜쥐어져 있었다. 헤지아나는 물었다.

"그러니까 내 사랑이 필요하다는 건가요?"

루시올은 대답하지 않았다. 대신 어렴풋하게 이를 악무는 모습이 보였다.

"그건 가족의 사랑인가요? 아니면 연인들의? 루시올. 육체관계만으론 어느 쪽이든 얻을 수 없다는 걸 알고 있나요?"

모욕감에 젖은 눈빛이 한 번 헤지아나를 향했다. 그러곤 다시 바닥으로 떨어졌다.

"어린애 다루듯이 말하지 말아요. 몰라서 이러는 것 같아요?"

"그래요? 제가 보기엔 당신은 자기가 원하는 게 뭔지도 모르는 것 같은데요?"

"내가 나를 제일 잘 알아요."

"당신은 사랑이 필요한 게 아니죠. 그저 뭐든지 매달리고 싶을 뿐이잖아요."

"뭐든지 간에 당신은 내가 원하는 것은…!!"

"루시올."

루시올이 소리치며 고개를 돌린 순간이었다. 헤지아나는 그의 손목을 움켜쥐고는 자신을 향해 잡아당겼고, 루시올은 헤지아나를 향해 끌려왔다. 놀라 돌아본 눈에 헤지아나의 파란 눈동자가 들어왔다.

"그게 그렇게 필요하다면 주도록 하죠."

헤지아나는 루시올의 발 사이에 자신의 몸을 밀어 넣었다. 갑자기 다가온 몸에 루시올이 균형을 잃었고, 헤지아나는 휘청거리는 그의 몸을 밀었다. 어중간하게 벗은 몸이 밀리고 밀려 소파 위에 앉혀졌다.

"호수의 물을 빼지 않으면 진주는 찾을 수 없죠. 필요하다면 주겠어요. 별일도 아니지요. 당신과 나의 관계엔 도덕적으로도, 교리로도 문제가 없어요."

루시올은 소파 위에서 윗몸을 눕히지도, 그렇다고 일어서지도 못한 자세로 다가오는 헤지아나를 보았다. 파란 눈동자는 아까 전과는 다른 빛깔로 날카롭게 빛나고 있어서, 루시올의 표정에 약간의 긴장이 물들었다.

"그토록 애타게 구하는 하룻밤의 꿈조차 주지 못할 정도로 인색하지 않아요."

그리고 헤지아나의 입술이 루시올의 입술을 물었다. 루시올은 조금 몸을 움츠렸지만 그 입술을 피하지는 못했다.

입술이 겹쳐지는 사이 헤지아나의 양손이 루시올의 뺨 위에 얹어졌다. 아까 전까지 타오르던 온갖 감정이 남아 있는 뺨은 너무나 뜨거웠고, 헤지아나는 그것을 털어 주려는 듯 뺨을 쓰다듬었지만 열기는 식지 않았다.

오히려 열기에 달궈진 손가락이 천천히 루시올의 뺨에서 내려왔다. 뜨거운 손가락은 루시올의 하얗고 가는 목을 더듬었고, 손끝이 조심스럽게 목을 쓸어내린 순간 루시올은 숨을 삼키며 떨었다. 헤지아나는 자신에게 매달린 루시올의 팔을 쓸어내리며 그의 몸을 품 안에 안았다.

작았다. 품 안에 쏙 들어올 정도로 가녀렸다.

약간의 어색함과 함께 헤지아나의 마음속에 망설임이 가볍게 일었다. 여태까지 안았던 남자들과는 확연하게 다른 느낌이 마음을 흔들리게 했다. 하지만 품에 안긴 루시올이 움직인 순간, 옷 위에서 느껴지는 피부의 부드러운 감촉은 그런 망설임을 잊게 만들었다.

"아…."

저절로 신음이 나왔다. 그건 무심코 손을 뻗게 만들 정도로 달콤한 감촉이었다. 전신을 감싸는 녹는 듯한 느낌. 부드러운 토끼 모피에 몸을 묻었을 때나 느낄 수 있을 것 같은 부드러움이 한없이 그 피부에 빠져들게 만들었다.

"아… 앗…."

헤지아나가 손으로 등허리를 어루만지자 루시올은 신음을 억누르며 몸을 움츠렸다. 익숙하지 않은 감각에 힘겨워하는 걸까. 하지만 헤지아나는 더욱 간지럽히듯이 손끝으로 피부를 훑으며 귓바퀴 위에 입술을 올렸다.

입술이 닿은 순간 루시올은 숨을 깊게 들이쉬었고, 혀가 피부 위로 미끄러지며 흔적을 남기자 가는 손가락으로 옷을 움켜쥐었다. 헤지아나는 그 손을 풀어 맞잡으며 목에, 가슴에, 그리고 배 위에까지 이어지는 긴 입맞춤을 끝냈다.

"웃…. 하아, 하아…."

입술이 떨어지자 긴장감으로 멈춰 있던 루시올이 빠르게 가쁜 숨을 내쉬었다. 헤지아나는 그런 루시올을 내려다보고 있었다.

"계속할까요?"

루시올은 헤지아나를 올려다보며 숨을 몰아쉬었다. 가쁘게 숨을 내쉬는 루시올과 달리 헤지아나는 표정의 변화가 없었다. 약간의 온기도 느껴지지 않는 시선에 루시올은 수치심에 젖어 고개를 돌렸다.

"계속하죠."

헤지아나는 손을 들어 머리 뒤로 뻗었다. 핀을 빼자 틀어 올린 머리카락이 어깨 아래로 폭포처럼 흘러내렸고, 손을 내려 등 뒤의 단추를 풀자 벗어 내린 옷 아래에서 풍만한 곡선으로 율동하는 몸이 드러났다. 루시올은 그것을 곁눈질로 발견하고는 흠칫거리더니 머뭇머뭇 더 고개를 돌려 버렸다.

"피하면 안 되죠. 똑바로 봐요."

헤지아나는 루시올의 뺨에 손을 대고 자신을 향해 돌렸다. 루시올의 눈이 잠시 헤지아나의 눈동자를 쳐다보더니 곧 위아래로 바쁘게 움직였다. 얼굴은 금세 물이라도 들인 듯이 붉어졌다.

"자, 잠시, 성하…. 불이라도 *끄*는 게…."

"밝지는 않잖아요. 그렇죠, 루시올?"

헤지아나가 뜨거워진 루시올의 몸 위에 자신의 몸을 겹쳤다. 닿은 맨살은 따뜻했고 맞닿은 피부가 *미끄*러진 순간 헤지아나는 잠시 정신을 놓을 뻔했다. 어째서 이렇게 투명하고 매*끄*러운, 대리석 같은 피부를 가지고 있는 걸까. 요정들은 전부 이런 몸을 지니고 있는 걸까?

하지만 요정이라고 해도 그 몸의 반응은 인간과 크게 다르지 않았다. 배 아래에는 열기 있는 것이 꿈틀거리며 단단해지고 있었고, 헤지아나는 그것을 몸으로 가볍게 누르며 위아래로 비볐다.

"으응…!"

"몸에 힘 빼요. 입술 깨물지 말고…."

헤지아나의 손가락이 루시올의 입술 사이를 비집고 들어왔다. 굳게 다물어진 입술이 벌어지자 헐떡거리는 숨소리와 날것의 신음이 여과 없이 퍼졌고, 루시올은 자신의 입에서 나오는 그 소리에 당황하며 헤지아나의 손가락을 살폈다.

"으음…. 웃, 응…!"

다리 사이에 손이 닿은 순간 루시올은 숨을 삼키며 눈을 감았다. 입술 사이로 들어온 손가락을 자신도 모르게 깨물었다는 걸 깨달았지만, 그보다는 부*끄*러운 부분을 쓰다듬는 손길에 자꾸 몸이 움츠러들었다. 일전에도 겪었던 간지럽고 견디기 힘든 어떤 기분이었다.

"아, 아…. 아, 서, 성하…!"

입을 벌린 채 신음하던 루시올은 헤지아나의 손가락을 뻗어 내고 자신의 중심을 매만지는 손목을 붙잡았다. 천천히 손바닥으로 어루만지며 루시올을 애무하던 헤지아나는 움직임을 멈추고 루시올을 쳐다보았다.

"루시올."

뺨에는 발그레한 열기를, 눈가에는 어렴풋한 물 기운을 남긴 루시올의 모습에 묘한 충동이 들끓어 올랐다. 루시올의 숨 몰아쉬는 모습이 자신을 유혹하는 것을 느끼며 헤지아나는 손을 들어 그의 눈가에 묻은 눈물을 닦아 주었다.

"좀 더 천천히 할까요?"

"아… 아니, 그게…."

헤지아나의 손길에 눈가의 축축함을 깨달은 루시올은 수치심에 고개를 숙였다. 고작 이 정도에 눈물을 보이다니. 고작 이 정도도 참지 못하고 멈추게 하다니.

"저, 저도…. 할 수 있어요."

루시올은 머뭇대며 헤지아나의 몸을 끌어안았다. 등 뒤에 닿는 루시올의 손길에 나른한 한숨을 내뱉으며 헤지아나는 눈을 감았다. 강한 애무 없이 달라붙은 피부의 마찰만으로도 온몸이 녹아내리는 것 같았다. 곧 루시올의 입술이 다가와 헤지아나의 입술에 키스했고, 루시올은 고개를 숙여 헤지아나의 쇄골에 키스했다. 그리고 좀 더 아래로 내려갔다.

"아…."

피부 위를 기는 혀끝의 감촉이 이렇게 감미로웠던 적이 없다. 헤지아나는 길게 숨을 토하며 루시올을 끌어안았고, 루시올은 헤지아나의 등을 쓸어내리며 입술을 뗐다. 그리고 헤지아나의 가슴 위쪽을 작은 입술로 물었다.

"아…. 루시올, 잠시만…."

루시올이 점점 몸을 일으키며 헤지아나의 자세가 어색해졌다. 헤지아나는 다시 자세를 잡으려고 했지만 루시올은 자신을 붙잡는 헤지아나의 손을 밀어내고 둥글게 솟은 가슴을 빨아들이고 간질였다. 부드러운 혀에 자극당한 몸이 쾌감과 함께 뒤로 젖혀졌고, 루시올은 그 몸 위에 자신의 무게를 실었다.

루시올의 손길과 입맞춤은 조금 성급했다. 그는 헤매듯이 목과 식은 어깨, 팔을 입술로 데웠고 이미 뜨거운 가슴과 배의 민감한 부분들을 입 맞추고 어루만지면서 서툴고 다급하게 움직였다. 애무의 방향은 일관되지 않았고 번잡했지만, 그 예측할 수 없는 성급함이 더욱 자극적이었다.

"루시올…. 앗…!"

헤지아나가 몸 위에 올라온 루시올의 등에 손을 올린 순간, 루시올이 헤지아나의 유두를 물고 혀끝으로 간지럽혔다. 여태까지 닿았던 어떤 혀보다도 부드러웠다. 부드러운 쾌감이 온몸으로 퍼져 하복부까지 저릿저릿하게 울렸다.

이 부드러운 혀로 올려 오는 아래쪽을 애무 받고 싶었다. 이 혀로, 이 피부로, 이 손길로 애무 받는다면 분명 기분 좋겠지. 그것을 생각한 순간 저절로 허벅지에 힘이 들어갔다. 견딜 수 없는 상상에 몸이 움츠러들었다.

"성하, 가만히 계세요…. 여기…."

루시올이 닫힌 허벅지 사이로 손을 넣으며 머뭇댔다. 헤지아나가 힘을 빼자 루시올의 손은 틈새로 들어왔지만, 정작 닿아야 할 곳

앞에서는 잠시 멈칫거렸다. 하지만 곧 루시올은 과감하게 손을 뻗어 깊은 안쪽까지 침범했다. 온실에 있는 것 같은 열기와 습기가 손끝에 느껴졌다.

'이미 해봤던 건데 왜….'

망설임을 억누르면서 루시올은 손가락을 움직였다. 이미 한 번 해본 것들인데 왜 이렇게 머뭇대게 되는 걸까. 미끈거리는 액이 묻은 손가락을 조심스럽게 움직이며 루시올은 심장이 터질 듯이 뛰는 소리를 들었다.

"앗…."

손가락이 가만히 움직이자 품 안의 여체가 한 번 꿈틀거리다가 내려앉았다. 내려앉은 몸 위에서 루시올은 다시 한 번 손가락을 움직였다.

"하아…. 루시올, 아뇨, 조금 더 위…."

"아, 아…. 넷."

헤지아나가 루시올의 손을 잡아끌더니 손가락까지 정확한 위치를 짚어 알려 주었다. 그 친절한 가르침에 루시올은 조금 당황했다.

"네, 조금 더 부드럽게…."

"웃…."

가르침대로 손가락을 천천히 놀리자 헤지아나의 양팔이 루시올의 몸을 끌어안고 열기 오른 입술이 귓바퀴를 살짝 눌렀다 놓아주었다. 흠칫 떨면서 루시올은 손을 계속 움직였다.

"앗, 아, 네, 그렇게…. 으응, 누르지 말고 조금 더…. 잘하고 있어요…."

헤지아나의 손이 머리카락 사이로 파고들더니 칭찬하듯이 머리를 쓰다듬었다.

이 오싹함은 어디서 오는 걸까. 헤지아나가 만져 주는 머리에서 부터, 목 뒤 등골을 따라 이 열기를 머금은 몸에서도 소름이 돋을 것 같은 이상한 기분이 들었다. 피부 속부터 간지러워지는 것 같은 그 오한에 온몸을 떨며 루시올은 헤지아나의 몸에 입 맞췄다. 길고 농염한 신음이 헤지아나의 입에서 터졌고, 짙은 신음에 루시올의 귀 끝이 쫑긋거렸다. 귀 끝도 간지러워졌다. 그리고 온몸이 간지러워졌다.

"성하, 저, 죄송한데…."

흠칫 떨며 루시올은 뜨거운 숨을 뱉어 냈다. 자신의 머리를 쓰다듬던 손이 얼굴을 감쌌고, 그 손에 키스하며 루시올은 떨리는 목소리로 말했다.

"참을… 수가…. 어떻게…."

견디기 힘든 기분이었다. 육체가 이 정도로 자기 존재를 웅변할 줄은 몰랐다. 간지러움으로 한껏 달아오른 중심은 계속 자신을 달래 줄 것을 필요로 하고 있었고, 이제는 참는 것이 괴로울 정도로 열기를 머금고 있었다. 애타는 표정으로 루시올이 헤지아나에게 매달렸다.

"성하, 못 참… 겠어요…."

"…못 참겠나요?"

입에서 내뿜는 숨이 조금 열기에 차있었다. 가만히 열기 섞인 숨을 내뱉으며 헤지아나는 루시올의 머리카락을 매만졌다.

"어디가?"

"읏…."

헤지아나는 루시올의 몸을 끌어올려 안았다. 배가 맞닿자 그 아래 비부가 자연히 맞닿았고, 그 둘이 만난 순간 루시올은 말하지 못하고 입술을 깨물었다.

"어떻게 해줬으면 좋겠어요?"

"하, 윽…."

놀리는 것 같은 말투로, 하지만 놀리지는 않는 표정으로 헤지아나가 맞닿은 부분을 문질렀다. 축축해진 음부가 부드럽게 루시올을 자극했다.

"그, 그렇게 장난치지 마세요. 저도…!"

헤지아나의 위에서 자세를 잡은 루시올이 발기한 것으로 헤지아나의 몸 아래를 헤집었다. 잠시 입구를 찾지 못하는 것 아닌가 당황했지만 다행히 들어가야 할 곳을 찾을 수 있었다. 그곳에 닿은 순간, 루시올은 예민한 부분에서 전해지는 감각에 떨었다. 미끄럽고 부드러웠다. 그런 것에 조금씩 조금씩 감싸이다가, 순식간에….

"아…. 읏!"

끝까지 들어갔다. 아랫배가 꽉 맞닿은 순간 루시올은 몸을 움츠렸고, 몇 초가 지난 후에야 묶인 숨을 풀어 놓았다.

"옳지…. 잘했어요."

헤지아나는 자신의 위에서 겨우 숨을 내쉰 루시올의 머리를 쓰다듬으며 이마에 입 맞추었다. 가쁜 숨을 내쉬는 소년의 녹색 눈동자는, 아까 전까지 독기로 넘실거리던 눈동자라고 믿을 수 없을 정도로 흐려져 헤지아나를 바라보고 있었다.

"이제 움직여 볼래요?"

"네…."

깊게 심호흡하며 루시올이 어색하게 허리를 움직였다. 그가 움직인 순간, 헤지아나는 몸 안에서 움직이는 따뜻하고 단단한 이물감에 가늘게 신음했다. 마른 소년의 몸이라 크게 기대하진 않았지만, 그래도 쾌감을 원하는 몸이 원하는 바를 충분히 줄 수 있는 크기였다. 그것이 몸 안을 부드럽게 간지럽히며 빠져나갔다.

"으응…! 앗!"

하지만 빠져나간 이후, 다시 들어오는 속도는 아까 전과 달랐다. 다급하게 움직이며 루시올은 헤지아나의 가슴에 얼굴을 묻었다.

"하아, 하아, 성하…."

"아, 루시올, 급하게 하지 않아도 돼요…. 그렇게, 아, 다 빼지 않아도…."

미숙하고 나긋한 움직임이 성급하게 헤지아나에게 몰아쳤다. 버드나무로 수없이 쓰다듬는 것 같은 기분에 헤지아나는 작은 탄성을 연달아 터트리면서도 허덕대는 루시올을 지탱하는 것을 잊지 않았다. 견딜 수 없는 기분에 떨고 있는 팔이 한 손에 잡혔다.

"성하, 기분이…. 으응, 이상…."

"하, 네, 너무 깊이 들어오려고 하지 않아도…. 네, 잘하고 있어요…."

성급하게 달리던 움직임이 잠시 늦어졌다. 잔뜩 일그러진 얼굴로 흠칫흠칫 떨면서 움직이는 루시올의 이마에 키스하며 헤지아나는 그의 움직임에 맞추어 허리를 움직였다. 겨우 숨을 내뱉고 있던 입이 '아'하고 벌어지며 눈이 꽉 감겼다.

"움, 직이지 마세, 요, 아…! 앗, 잠깐…!"

솜에 스며드는 물처럼 쾌감에 젖어 가던 헤지아나의 몸이 느긋하게 안에 들어온 것을 옥죄었다. 그 순간 몰려오는 날카로운 감각에 흠칫거리며 버티고 있던 루시올이 더 버티지 못하고 움직임을 멈췄다.

"안 돼요, 겨우 시작인데 이런 거에…."

"성하, 잠깐만…!"

헉, 하고 숨을 삼키며 루시올이 허리를 젖혔다. 이마에 송골송골하게 맺힌 땀이 급하게 젖힌 몸에서 떨어져 헤지아나의 배에 떨어졌다.

"아, 하아, 하아, 하아, 하아…."

"루시올."

숨을 몰아쉬는 루시올을 보며 헤지아나는 몸을 일으켰다. 그녀 역시 가슴이 오르내리고 있었지만 그것은 전력 질주한 것 같은 루시올에 비하면 매우 평안했다. 헤지아나는 걱정스러운 표정으로 루시올의 이마를 쓸어 올렸다. 맺힌 땀이 손바닥에 흠뻑 묻었고 머리카락도 축축했다.

"괜찮아요?"

"아…."

아직도 숨을 가쁘게 내쉬며 루시올은 헤지아나의 어깨를 붙잡았다. 그 손에서 아직도 미친 듯이 뛰는 심장의 박동이 느껴졌다.

"그만할까요? 무리할 필요 없어요."

"…왜…."

헤지아나가 이마에 키스하며 묻자 루시올은 숨을 몰아쉬며 말했다.

"왜 이렇게 다르죠?"

"뭐가요?"

"성하와 저요."

루시올의 손이 헤지아나의 어깨에서 미끄러졌다. 미끄러진 손으로 헤지아나의 팔을 붙잡으며 루시올은 헤지아나의 가슴에 이마를 댔다.

"성하는 여유로운데 저는 전혀 안 그래요…."

기어들어 가는 목소리였다. 자신에게 기대는 머리를 끌어안으며 헤지아나는 남은 숨을 완전히 갈무리하고 대답했다.

"익숙하지 않아서 그래요."

"얼마나 하면 익숙해지는데요?"

"…생각보단 오래 걸리지 않아요."

"원래 이렇게 어제와 오늘의 느낌이 달라요?"

"…그렇기도 할 거예요."

질문에 대답하는 사이 가쁘게 오르내리던 루시올의 어깨가 가라앉았다. 가냘픈 어깨를 어루만지며 헤지아나는 그의 이마에 키스했다.

"그럼 성하께서는."

루시올의 가는 팔이 헤지아나의 등 뒤에서 교차했다. 곧 교차한 팔이 헤지아나를 끌어당겼다.

"…다른 사람과 할 때 다른 기분이었나요?"

무심코 벌어졌던 헤지아나의 입이 닫혔다. 그 자체로도 언어화하기 어려운 이야기기도 했지만, 곧 그 질문이 사랑하는 소년이 애정하는 이에게 하는 것이라는 걸 깨달았기 때문이다.

"루시올."

"전 왜 성하를 일찍 만나지 못한 걸까요? 늦게 태어난 것도 아닌데. 몰랐던 것도 아닌데. 인연이 없는 것도 아닌데."

헤지아나는 말없이 동감했다. 몰랐던 것도 아니다. 인연이 없는 것도 아니다. 그런데 이제야 만나게 되고 이제야 알게 되었다. 하지만 그것을 아쉬워한다고 해서 과거가 바뀌는 것은 아니다. 때가 되지 않았다면, 이 세상 주인의 뜻에 따라 만났어도 몰랐으리라.

"이 세상의 주인 되시는 분의 뜻이 그러신 것을 어쩌겠습니까?"

"진작 알았다면 헤매고 경계할 일은 없었겠죠."

헤지아나는 작게 한숨을 쉬었다. 그 말은 둘이 일찍 만났다면, 요정왕에게 배신당하지 않고 배신감을 느낄 일은 없었을 거란 말일까. 하지만 어차피 자신이 행하는 일이 그에게 배신감을 주지 않을 리가 없었다. 쓰린 감각을 느끼며 헤지아나는 루시올을 떼어 놓았다.

"루시올."

자신의 가슴에서 떨어진 루시올의 눈은 조금 붉고 물기가 어려 있었다. 하지만 울지는 않았다. 다시 빛이 돌아온 녹색 눈동자가 그녀를 응시했다.

"당신이 생각하는 사랑과 내가 생각하는 사랑은 다를지 몰라요. 나는 당신이 만족할 만한 사랑을 아마 주지 않을 거예요."

"…알아요."

루시올이 입술을 가만히 씹었다.

"알아요. 인간 권력자들이 어떻게 사는지. 종교인들이 청렴을 표방하나 육욕을 좇는 이들도 많다는 것을. 성하께서도 드러내지 않을 뿐이지 그러시겠죠. 그렇지 않았다면 저를 받아들이시지도 않았겠죠. 인간들은 원래 그렇잖아요. 여기에도 성하의 애인들이 있을 테고."

"아, 아니…."

헤지아나는 반박하려다가 입을 다물었다. 원래 그렇지 않았다. 반박하고 싶었지만 최근 문란하게 살았던 것은 사실이다. 그렇기 때문에 루시올을 받아들인 것도 맞고, 넓은 의미에서 보자면 여기에 애인… 들이 있기도 하다. 반박할 점이 없다.

"보호한다고 하셨죠? 그럼 그 말을 지키세요. 그럼 됐어요. 그리고…."

루시올은 자신을 밀어 놓은 헤지아나의 손을 치웠다. 그리고 헤지아나의 무릎 위에 앉아 몸을 바싹 붙이고 눈을 똑바로 쳐다보며 속삭였다.

"계속해요."

"네?"

"제가 성하의 애인들보다 잘하게 될 때까지."

"아? 네? 루시올?"

헤지아나의 몸이 기울어졌다. 뒤로 기울어져 완전히 누운 몸 위로 루시올이 올라탔고, 루시올은 입맞춤하며 헤지아나의 다리 사이에 자리를 잡았다. 그리고 천천히 움직이기 시작했다.

방금 전보다 능숙해진 움직임이 온몸 안에 퍼졌지만 소리를 낼 수는 없었다. 소리를 낼 혀도 막혔고, 움직임은 꽉 붙잡힌 손에 막혔다.

"으음…!"

"잠깐…. 이번은 제가 한 번 해볼 테니까…."

몇 번 움직여 방향을 찾은 루시올이 혀를 떼고 작은 소리로 말했다.

"너무 이상하면 이야기해 주세요."

그리고, 다시 한 번 입 맞추면서 헤지아나의 몸에 가라앉았다.

라스할드 주재 멜라스 정상회담 10일째의 저녁.

카람찬트는 드물게도 손님을 맞고 있었다.

"남쪽의 손님께서 제게 무슨 일이신지 모르겠군요."

손님을 맞은 카람찬트는 자리에 앉으며 눈앞의 손님, 가일란 엘리아스를 쳐다보았다.

그는 조금 피곤해 보였다. 피부는 윤기가 없었고 조금 핼쑥한 느낌이 들었다. 거기다가 면도가 제대로 되지 않은 것인지 수염이 옅게 올라와 있었다. 그런 모습으로 가일란은 사람 좋게 웃었다.

"별일 있겠습니까? 생각해 보니 따로 인사를 드린 적 없어 온 것이지요."

"이런, 다른 분들은 지금 다들 정신이 없으신 것 같던데…."

기회가 닿는 대로 인사를 나눠 둔다는 거야 나쁜 일이 아니다. 하지만 지금은 그럴 상황이 아니다. 이비아네라에 벌어진 일들로 인해 생기는 각국의 긴장된 분위기, 거기다 등장한 7월성까지. 오늘 또 세계는 한 바퀴 회전했다.

"하하, 아시다시피 남쪽은 지금 정세와 판도가 다른 지역이지요.

물론 이것은 늘 안 좋은 쪽으로 다르다는 뜻이긴 합니다만…."

"네. 그 부분에 대해 지금 심려가 크시다고 들었습니다."

"아…. 네. 그렇습니다. 다른 분들의 도움 덕에 난민을 구제하고 있으니 말입니다. 동서북의 문제가 심화되면 제가 여러분께 도움을 요청하기가 어려워지겠지요. 또한 기존의 지원이 끊기기도 할 테니 리스아시로 유입되는 인구는 더 늘 것이고요."

"난민을 받지 않을 생각은 없으신 모양입니다."

"아무래도 현재 총리이신 이함 님께서 야하비아 부족 출신이시다 보니…."

남쪽에는 각기 고유의 풍습을 지닌 부족이 많다. 그리고 야하비아를 포함해 여러 부족에서는 '곤란한 사정이 있어 부족을 방문한 손님은 내치지 않는다'는 풍습을 가지고 있었다. 아마 각 부족이 서로 도움을 주고받던 풍습이 그렇게 남은 것이겠지만, 지금 상태에서는 곤란한 점이 많은 풍습이었다.

"국민들도 야하비아 부족 출신이 많아 여태까지 버틸 수 있었습니다만 아예 불만이 없는 건 아닙니다. 아마 앞으로 더 그렇게 되겠지요."

"그렇군요."

그래서 그런 부분의 도움을 요청하고자 자신을 찾아온 것인가. 카람찬트는 재미없는 표정으로 눈앞의 남자를 쳐다보았다. 별로 도와줄 이유도 마음도 없다.

"그건 그렇고 지금 상황이 점점 안 좋아지는 것 같군요. 이비아 네라는 분명 전쟁을 할 것이고요."

"네…. 그렇지요."

"서쪽이 배후인지 아닌지는 알 수 없으나 이렇게 된 이상 자신의 명예를 위해서라도 서쪽을 공격해야 할 것입니다."

"내부의 문제가 있어 그것도 쉽지 않을 듯합니다만."

카람찬트가 말하며 찻잔을 들자 가일란은 '호오'하며 낮게 탄성을 냈다.

"알고 계셨군요."

"풍문에 들려온 정도만 압니다."

"그렇다면 황제가 그 문제를 해결할 방법을 찾았다는 것도 아십니까?"

찻물을 입술에 대던 카람찬트가 움직임을 멈췄다. 눈만 들어 쳐다본 찻잔 너머에는, 가일란이 역시나 사람 좋은 웃음을 지으며 그를 쳐다보고 있었다.

"들어 본 적 없는 이야기군요. 황제께서 어떤 묘수를 내셨다고 합니까?"

"저 역시 자세한 바는 모릅니다. 하지만 곧 그는 움직일 거고…."

들고 있던 찻잔을 내려놓으며 가일란은 가져온 수첩을 쳐다보았다. 수첩의 겉표지에는 도식화된 세계 지도가 그려져 있었다. 그중 멜라스의 서쪽을 그의 손가락이 짚었다.

"그럼 어쨌든 서쪽은…. 싸우든지 항복하든지 하겠지요. 문제는 무엇인가 하니 말입니다, 폐하."

툭툭, 수첩 겉표지를 두들기며 가일란은 말했다.

"황제의 힘은 조금도 꺾이지 않을 거라는 말입니다."

"믿기 어려운 이야기군요."

찻물로 입술을 적신 카람찬트가 찻잔을 내려놓으며 편안하게 의자에 기댔다.

"황제가 지금의 오도 가도 못할 상황을 타파해 낼 계책을 손에 넣었으며, 또한 그 계책은 황제의 힘을 어떤 방식으로도 손실시키지 않을 것이다. 지금 가일란 님의 말씀은 그러한데, 그런 신묘한 계책이 세상 어디에 있단 말입니까?"

그런 방법이 있을 리가 없다. 카람찬트는 그 정보의 진실성에 대해서는 더 이상 생각하지 않았다. 중요한 것은 단 하나다.

이자는 왜 자신에게 와서 이런 말을 하고 있는가.

"무엇보다 지금 교황은 북쪽을 틀어막았죠. 그걸 모르지는 않으시겠지요?"

"알고 있습니다. 그 때문에 저희도 제법 곤란하니까요. 하지만 자세한 건 모릅니다만 그것이 무기에 의존하는 방법은 아닙니다."

"이비아네라야 가지고 있는 무기는 충분하겠지요. 문제는 교황청이 가만있지 않을 거라는 겁니다."

"제가 아는 것은 거기까지입니다. 그 이상의 일이야 저는 알 수 없는 일이지요. 그런데 폐하."

가일란은 무릎 위에 팔을 얹었다. 머리가 자연히 낮아지며 앞으로 나왔고, 그는 잡을 것 없는 손을 깍지 껴 맞잡으며 말했다. 흑갈색 눈동자가 촛불을 받아 멀끔하게 빛났다.

"황제가 아무런 타격 없이, 빠르게 이 성역의 벌판까지 나오는 건 원하지 않으실 테지요?"

카람찬트는 잠시 가일란을 쳐다보았다. 이 성역, 라스할드는 멜라스 대륙의 한가운데에 위치하고 있으며 각 양극의 나라들이 이 지역을 넘어간다는 것은 균형의 추가 이미 뒤집혔다는 걸 뜻한다. 그

거야 당연히 원하지 않는다.

그리고 그것을 언급하는 이자는 자신이 무엇을 했는지 알고 있다.

말이 어떻다기보다는 감이 그랬다. 묻는 태도가 단순히 현실이나 사실을 묻는 것이 아니다. 그 말과 어투는 좀 더 안에 있는 것을 떠보고 있었다.

"그건 누구나 마찬가지 아닐까요?"

아무렇지도 않게 대답하며 카람찬트는 가볍게 웃었다.

실제로도 딱히 놀라거나 위축되지는 않았다. 사실 추론이라면야 누구나 할 수 있는 일 아닌가. 실제 증거가 잡혀서 자신의 입지가 곤란해진다면 모를까.

그래서 이자는 대체 무엇이 목적이라 그런 것을 떠보는 걸까.

"하지만 폐하는 시간이 필요하실 텐데요."

확실히 알고 있다.

카람찬트는 다리를 꼬고 입꼬리에 웃음을 띠었다. 굉장히 흥미로운 상황이었다. 웃음이 나오지 않을 수가 없었다. 그런 카람찬트를 가일란이 여전히 편안한 얼굴로 쳐다보고 있었다.

"거기다가 7월성⋯. 생존한 유일한 별의 계승자가 등장한 이상 시간의 여유는 더욱 장담할 수 없는 것이지요. 그렇지 않습니까?"

"글쎄요, 7월성은 교황청의 소속이 되지 않을까요?"

"폐하의 경우는 교황청에 소속되면 더 문제이신 것 아닙니까?"

틀린 말은 아니다. 카람찬트는 가일란의 눈동자를 쳐다보았다. 흔들림도, 자신을 살피지도 않는다. 이자는 숙달된 자다.

"아까 시간에 대해 말씀하셨는데, 저는 언제나 시간은 있어야 하는 거라고 생각합니다. 그에 대해 좋은 것을 알고 계신 모양인데 가르쳐 주실 수 있습니까?"

이쯤 해서 적당히 카람찬트는 던진 것을 물기로 했다. 그러자 가일란은 고개를 끄덕이더니 가슴에 손을 얹었다.

"재미있는 것은 하나 알고 있지요."

가일란은 겉옷 안쪽 주머니에서 작은 함을 꺼냈다. 대충 만년필 하나가 들어갈 듯한, 벨벳으로 감싸인 작은 케이스를 테이블에 놓은 가일란은 눈을 들어 카람찬트를 쳐다보았다. 그리고 그대로 케이스를 카람찬트의 앞으로 밀었다.

"폐하라면 열지 않아도 확인 가능하실 것 같군요."

말하는 가일란의 눈동자에서 순간 이채가 흘렀다.

약간의 불쾌감을 느끼며 카람찬트는 케이스를 쳐다보았다. 이상한 것은 없었다. 가일란이 손을 벌려 살필 것을 권하자, 카람찬트는 손을 뻗어 케이스를 쥐었다.

그 순간 카람찬트의 표정이 변했다.

"어떠신가요?"

가일란이 묻자 케이스를 보고 있던 카람찬트의 눈이 위를 향했다. 휙 들려 올라간 눈동자는 아까 전과는 달리 웃음이 한 톨도 없었다. 겉치레 또한 없었다. 날것 그대로의 불쾌감이 호박색 눈동자 위에 드러나 떠다녔다.

"너."

불쾌감이 험악하게 변한 건 순간이었다. 손 안의 케이스를 움켜쥐며 카람찬트는 물었다.

"뭐하는 놈이냐?"

그러자 가일란은 웃으며 말했다.

"글쎄요?"

간지러웠다.

솜털 같은 무언가가 뺨에 닿았다 떨어졌다. 하지만 다시 뺨 위로 기어 올라와 열기를 잃은 뺨 위를 굴러 떨어졌다. 그게 몇 번이나 반복됐다.

"…루시올."

헤지아나는 눈을 떴다. 눈앞에 앉아 있는 루시올의 모습이 흐릿하게 보였다.

정사 이후 그대로 잠들었기 때문에 몸에는 아무것도 걸치지 않았다. 루시올의 몸이 달빛에 여리게 빛났고 그 빛나는 손끝으로 요정이 다시 한 번 헤지아나의 뺨을 쓰다듬었다.

"잠을 깨웠나요? 죄송해요."

"아니요…. 루시올, 잠들지 않았던 건가요?"

"금방 잠에서 깼어요."

헤지아나가 몸을 일으키며 묻자 루시올은 고개를 저으며 대답했다. 그러더니 가만히 창밖을 쳐다보았다.

"루시올?"

녹색 눈동자는 사람이 볼 수 없는 저 머나먼 것을 쳐다보고 있는 것 같았다. 헤지아나가 팔을 붙잡자, 루시올은 이번에는 똑같은 눈빛으로 헤지아나를 쳐다보았다. 마음속까지 읽히는 것 같은 시선이었다.

"성하께서는 제 편이라고 하셨죠?"

"예."

"어떤 경우에도?"

헤지아나는 잠시 아무 말도 하지 않았다. 짧은 침묵의 시간이 지나고 루시올은 다시 물었다.

"어떤 경우에도 제가 우선 되나요?"

"그건 약속하기 힘든 일입니다."

"있는 그대로 말씀해 주세요. 할 수 있는 최대한을."

루시올의 눈동자는 유리처럼 차가웠고 가라앉아 있었다. 식은 소년의 뺨을 어루만지며 헤지아나는 아직 정리되지 않은 마음을 정리했다.

"할 수 없는 약속은 하지 않겠습니다. 제 자리는 당신을 무조건 우선할 수 있는 자리가 아닙니다. 모든 것이 당신의 마음에 들게, 당신에게 편안하게 된다고 약속할 수는 없습니다. 하나 그것이 당신에게 위해가 되는 일이라면 하지 않을 겁니다. 그렇기 때문에 저는 당신의 편이고요."

"그래요."

루시올은 고개를 끄덕였다. 시선은 헤지아나가 붙잡은 손에 못 박혀 있었다.

"사랑해 주실 수는 있나요?"

"…사랑하지 않는 것처럼 보이나요?"

"제가 원하는 건 그건 아니에요."

루시올은 가볍게 웃더니 고개를 들었다. 가벼운 입맞춤이 입술 위에 얹혀졌다가 깃털처럼 가볍게 떨어졌다.

"…노력하도록 하지요."

"네."

루시올이 배시시 웃었다. 흩어지는 듯한 웃음에 헤지아나가 마음 한편이 무거워지는 걸 느낀 순간, 루시올은 헤지아나의 뺨에 입맞춤하더니 어깨에 이마를 비볐다.

"성하."

"네."

"페른시스와 연락을 취해 주세요."

헤지아나가 자신의 어깨에 머리를 기대고 있는 루시올을 쳐다보았다. 루시올은 그저 눈을 감고 그녀의 품에 안겨 있었다.

"지금은 새벽 두 시…. 요정여왕께서는 깨어나셨을 시간이지요. 결례가 되는 시간은 아니에요."

"연락해서 무엇을 하려고…."

"마무리요."

루시올은 헤지아나의 어깨 아래에서 조용히 속삭였다.

"성하께서 제게 답해 주신 것들의 결과요."

❖⊰⊱❖⊰⊱❖

새벽 세 시, 루시올과 헤지아나는 평소 정상 회담이 열리는 대회의실에 있었다.

교황의 방에서 연락할 수 없다는 이유로 루시올은 대회의실로 이동할 것을 요구했다. 그 뒤에는 대기하고 있던 아셔도 따랐다.

"새벽에 미안해요, 아셔."

"성하께서 내리신 일입니다. 심려치 마십시오."

고개를 숙인 아셔는 테이블 한가운데 앉아 있는 루시올의 왼쪽 뒤에 섰다. 헤지아나는 화면에 보이지 않도록 오른쪽 뒤에 섰고, 곧 통신이 시작되었다.

〈보고 싶지 않구나.〉

"그것은 저도 마찬가지입니다."

루시올이 냉랭하게 말했다. 녹색 눈동자가 그토록 차갑고 날카로운 빛을 낼 수 있다는 것을, 헤지아나는 처음 알았다.

"하지만 이토록 앞뒤 없이 흐트러진 채 끝나 버린다면, 시간이 지나도 언제든지 해결되지 않아 얽매여 버리겠지요. 리틀 메기스의 매듭은 끊어야 하지 않겠습니까?"

〈…그래. 칼은 잘 갈아 두었겠지.〉

어느 우화에 비유한 이야기일 것이다. 요정들 사이의 이야기일까. 헤지아나는 무표정하게 요정여왕을 쳐다보는 루시올을 걱정스럽게 쳐다보았다.

〈그래서 어떤 매듭을 끊고 싶으냐.〉

"요정왕은…. 아르노는 사망했습니까?"

〈첫 번째 매듭이다. 아니.〉

"옥좌는 계승되었습니까?"

〈아니.〉

"아르노는 복위합니까?"

〈그는 아직도 요정왕이다.〉

"언제까지?"

〈그의 목숨이 다할 때까지. 이제 하나 남았다.〉

"마지막 질문은 필요 없습니다. 요정왕이 살아 있으며, 그 직위가 다른 이에 의하여 교체되지 않았으며, 그가 아직 요정왕인 이상 저는 요정왕의 이름으로 제게 맹세된 것을 요구합니다."

루시올은 손을 들어 하나하나 손가락을 꼽으며 말했다.

"첫 번째. 요정왕의 이름으로 종료되기 전까지 제 사자로서의 지위는 불변합니다. 두 번째. 사자로서의 지위가 지속되는 동안 행한 행동으로 인한 불이익을 받지 않습니다. 세 번째. 사자로서의 지위로 제가 약속한 것들에 대해 요정왕은 따릅니다."

옆에서 듣고 있던 헤지아나는 가만히 미간에 주름을 잡았다. 보통의 사자들에게도 주어지는 특권과 유사하나 세 번째 부분이 지나치게 컸다. 그것이 두 번째 약속과 연동된다는 점이 더욱 그렇고. 이는 루시올이 요정에게 해가 되는 어떤 약속을 하더라도 그가 처벌되지 않는다는 의미였다.

루시올은 정치는커녕 국제 무대에 대한 경험이 전혀 없는 이였다. 그런 이에게 이런 것을 약속한 요정왕은 대체 무엇을 바랐던 걸까. 아마 교황청과의 우호를 원했던 것 같긴 하지만….

〈그 언약이 효과가 있을 것이라고 생각하느냐?〉

"요정왕의 이름으로 한 언약은 반려자인 당신이 지켜야 하는 언약이기도 합니다. 맹세를 깨시겠습니까?"

잠시 요정여왕이 입술을 붙였다. 붙여진 입술에 루시올이 말을 쏘아 넣었다.

"맹세를 깨고 권위를 잃으시겠습니까? 아니면 요정왕을 깨워 그 입으로 제 직무를 종료시키시겠습니까?"

〈…새 요정왕을 세울 수도 있겠지.〉

"닷새 만에 말입니까?"

다시 요정여왕은 아무 말도 하지 않았다.

그녀가 닷새 만에 적절한 자를 왕으로 옹립하는 것은 가능할지 모른다. 하나 이 역시 결국 그에 맞는 절차를 필요로 한다. 닷새 만에 끝날 수 있는 일은 아니다.

"요정왕을 설득할 생각은 없으신 것 같군요."

〈설득할 수 있으면 너를 애초에 보내지 않았겠지. 옛날에 너를 버렸겠지.〉

"이미 당신이 사실을 폭로한 현재, 제가 더 이상 페른시스의 편이 아닐지도 모른다…. 그런 설득도 할 수 없는 건가요?"

〈그의 염원은 깊어.〉

"아뇨."

루시올은 고개를 숙였다. 그리고 한숨과 함께 고개를 들었다.

"무서운 거겠죠. 당신은 요정왕을 마주할 자신이 없어요. 요정왕의 뜻을 완전히 거슬러 그가 염원하던 것을 망쳐 놓았으니, 무슨 책망을 들을지 두려운 거겠죠. 그래서 그를 깨워 나를 버리라고 말할 수 없는 거겠죠."

〈사자의 지위를 유지해서 어쩔 생각인거냐.〉

"그냥 지지는 않겠다는 것뿐입니다."

〈네가 할 수 있는 게 무엇이 있어?〉

요정여왕의 목소리가 순간 날카롭게 변했다. 송곳처럼 뾰족하게 치솟아 올랐다 가라앉은 목소리가 루시올을 향해 말했다.

〈네가 지위를 유지한다고 해도 힘을 실어 주던 아르노는 없어. 네가 뭘 한다고 해도 7월성과 손잡을 사람은 없어. 루시올, 죽고 싶지 않다면 조용히 사라져라. 모든 별의 아이들이 조용히 숨어 살았듯이!〉

"절 사라질 수 없게 한 건 당신이에요."

루시올은 자리에서 일어났다. 아직 통신이 끝나지도 않았는데 그가 자리에서 일어나자 지켜보고 있던 헤지아나와 아셔는 당황했다.

"당신은 원하는 바를 이루었어요. 기뻐하셔도 좋을 텐데요."

〈…나는 아르노를 잃었어!〉

수정구 너머에서 책상을 내리치는 소리가 들렸다. 요란한 소리에 흘끔 수정구를 돌아본 루시올이 나직하게 말했다.

"전 모든 걸 잃었어요."

〈애초에 너에게는 없던 것이야.〉

"당신들이 빼앗았던 것이죠."

루시올의 목울대가 울렸다. 천천히 일그러지는 표정을 다잡으며 루시올은 수정구를 응시했다.

"당신의 비극은 당신의 선택으로 비롯한 것이죠. 그리고 그 비극의 근원은 요정왕의 선택일 것이고요. 저는 그 과정에서 선택한 것이 없어요. 당신은 당신의 선택대로 요정왕을 막고 저와의 연계를 끊어 저를 잘라 내는 데에 성공했죠. 저는 당신이 지배하는 이상 페른시스로 돌아갈 수 없어요. 생명의 나무에 당연히 닿을 수 없겠죠. 인정하세요. 이건 당신의 승리예요. 당신은 원하는 바를 이루었습니다."

〈아니, 난 너의 죽음을 원해!〉

"제가 죽고 나서 요정왕을 깨우면 그가 이제 수단이 없다며 당신을 받아들이는 걸 꿈꾸나요?"

수정구 너머에서 숨을 삼키는 소리가 들렸다. 모습은 보이지 않았지만, 요정여왕이 움직이지 않는 것은 보였다. 루시올은 수정구 위로 손을 올렸다.

"당신의 마음도 연약하군요."

루시올의 손과 옷자락이 수정구를 덮었다. 유일한 광원인 수정구에서 새어 나오는 빛이 루시올에게 가려져 실내가 어두워졌다.

"요정여왕이시여. 잘 들어 두세요. 저는 언젠가 그곳에 돌아갈 겁니다."

〈그렇게 두진 않을 것이다.〉

"단 한 번 돌아갈 것입니다."

루시올의 뒤에 선 이들은 그 말뜻을 이해하지 못할 것이다. 하지만 요정여왕은 이해했으리라. 이 짧은 침묵이 그것을 뜻하고 있었다. 그래서 그것을 말로 듣지 않아도 상관없었다.

〈그것은 너의 권리다.〉

때문에 답이 들려왔을 때 수정구는 바로 꺼졌다.

가만히 멈춰 선 뒤에서 조용히 빛이 피어올랐다. 서로 시선을 교환하는 인기척이 느껴졌다. 그 조그맣고 소리 없는 것들이 전부 귀찮고 번거롭게 느껴지는 것을 견디고 또 견디며 루시올은 수정구를 움켜쥐었다.

"…루시올."

잠깐만, 몇 초만 더 시간을 준다면.

루시올은 천천히 고개를 들었다. 수면 위에서 첫 호흡을 터트리는 것처럼 깊은 숨을, 눈에 띄지 않게 조용히 뱉은 루시올은 왼쪽으로 고개를 돌렸다. 회의실 벽에 달린 등잔을 켠 헤지아나가 보였다.

"차후의 회의에는 참석하지 않겠습니다."

"예?"

루시올은 묻는 헤지아나에게서 시선을 피하며 대답했다.

"어차피 제가 있어 봤자 어떤 영향도 끼칠 수 없어요. 제가 힘을 가지지 못했다는 사실을 누구나 알고 있으니까요. 저에게 반감을 가지는 이들도 있겠지요. 차라리 성하께서 제게 일임 받았다고⋯. 아니, 이건 교황청의 중립적 위치에 문제를 가져올 수 있겠네요. 여하간 저는 성하의 뜻에 따르도록 하겠어요."

"그 결과가 동쪽 나라들에게 불리한 것이면 어쩌려고요?"

"그것이 그들의 운명이지요."

작게 한숨을 내쉰 루시올이 고개를 들어 헤지아나를 쳐다보며 말했다.

"또한 그것 역시 저의 선택입니다."

"루시올."

"그것이 제 운명이겠지요."

루시올은 완전히 몸에서 힘을 빼고 고개를 숙였다. 이제 모든 것을 놓아 버린 그에게 헤지아나가 다가가 어깨를 끌어안았다.

"지금은 다른 걸 생각하지 마세요."

"괜찮아요. 다 끝났으니까."

귀 옆에서 깊게 숨을 들이쉬는 소리가 났다. 툭 뱉어 낸 숨은 허공에 퍼졌고, 루시올은 다시 숨을 깊게 들이쉬며 입술을 깨물었다.

그리고 소리 나지 않게 울었다.

헤지아나가 말없이 루시올을 끌어안아 다독였고, 아셔가 가만히 고개를 숙였다. 방에는 빛이 없었다.

❖

루시올은 교황청의 정원을 걷고 있었다. 뒤에는 아셔가 따라 걷고 있었다.

루시올은 혼자 걷고 싶다고 했지만 헤지아나는 그가 홀로 있는 것을 반대했다. 그의 현재 입장을 생각하면 그 말이 맞았다. 결국 아셔가 그를 경호하는 것으로 타협을 보기로 한 덕분에, 아셔는 계속 말없이 그의 뒤를 따라오고 있었다. 지루하지 않을까.

"아셔 경."

"예, 루시올 님."

말을 걸자 아셔는 깍듯하게 대답했다. 새벽 네 시, 동도 트기 전.

새까맣게 물든 하늘에 모래처럼 흩뿌려진 별들을 올려다보며 루시올이 물었다.

"교황청에서 제일 높은 곳은 어디지요?"

"북쪽의 예배당 뒤로 첨탑이 있습니다만 본래 올라갈 수 있는 곳이 아니고…. 그 외에는 교황청 성벽의 망루가 높겠군요. 네 대문에 하나씩 있지만 말입니다."

"거기는 올라가 볼 수 있나요?"

"네."

아셔는 가까운 서문의 첨탑으로 루시올을 안내했다. 보초들은 아셔를 알아보고 자리를 마련해 주었고, 아셔는 루시올을 첨탑의 가장자리에 세웠다. 새벽이라 바람은 불지 않았다.

"아무것도 안 보이네요."

"실제로 이쪽으로는 아무것도 없습니다. 그냥 풀밭이 있을 뿐이지요… 아, 성문 뒤로 말입니다. 교황청과 성벽 사이에는 다른 행정 사무실들이 있고요."

"그렇군요…. 다른 사람들의 행렬은요?"

"그들은 남쪽에 있지요."

루시올은 저 멀리, 샛별조차 뜨지 않을 보이지 않는 지평선을 쳐다보았다. 뒤에서는 보초를 서고 있던 두 명의 신입 기사들이 바짝 긴장하며 서로 속삭이는 소리가 들렸다. 그와 함께 불기 시작한 바람이 머리카락을, 귀에 달린 귀고리를 흔들었다. 짤랑이는 소리가 들리자 루시올은 손을 들었다.

빛이 길을 달렸다.

루시올의 손 움직임을 따라 조그만 빛의 선이 작은 시내의 대로를 달렸다. 길을 따라 직선으로 뻗은 빛들은 라스할드의 성벽 앞에서 수십 가닥으로 갈라져 성벽을 타고 넘었고, 그 빛의 선들이 성벽 위에서 혼란스러워하는 기사들의 모습을 비췄다.

빛의 선들은 성벽 밖, 황야에서 마음대로 춤췄다. 흔들리고 회전하고 달리며 빛의 선들은 어떤 모양을 내며 조금씩 확장했고, 조금 더 강한 빛을 내뿜었다. 점점 커진 빛의 선들은 이윽고 그 경계가 희미해졌고 서쪽 들판은 거대한 빛으로 팽창하다가 터졌다.

압축되었던 공기가 터지며 강풍이 불었다. 들판의 갈대들이 일렬로 누웠고 그 바람의 기세가 루시올의 머리카락을 가볍게 흔들었다. 루시올은 낮게 한숨을 쉬며 손을 내렸다.

"루시올 님."

"어?"

손을 내리자마자 루시올은 자신의 허리를 받치고 어깨를 잡는 손길에 옆을 쳐다보았다. 아셔가 자신을 보며 걱정스러운 표정으로 묻고 있었다.

"괜찮으십니까?"

"네…. 괜찮은데요. 왜…."

루시올이 가볍게 아셔의 손을 밀어내며 말하자, 아셔는 고개를 갸웃하더니 다시 물었다.

"어지럽거나 기운 없다거나 하지 않으시고요?"

"네? 그럴 일이…. 없는데요."

대체 왜 이렇게 극성인가 하는 표정으로 루시올이 쳐다보고 있자, 아셔는 다시 한 번 루시올을 훑어보고 그가 정상인 것을 확인하더니 고개를 끄덕이며 뒤로 물러섰다.

"과연 월성이시군요. 아무리 파괴력이 없는 마법이라도 이 정도로 넓은 범위를 조종하는 건 힘든 일이라 걱정되어서 그랬습니다. 다행이군요."

"그런가요?"

루시올은 잠깐 아셔를 쳐다보더니 고개를 돌려 다시 불기운이 사라진 서쪽을 쳐다보았다. 서쪽 대문에 불이 밝혀지고 사람들이 어수선하게 돌아다니는 게 보였다.

"방금 일로 당황한 모양이군요. 여기, 서문에 지금 상황에 대해서 연락을 좀 넣어 주실 수 있습니까?"

"아, 예."

그들 뒤에 서 있던 기사들이 통신구를 통해 연락을 시작했다. 그들이 하는 이야기를 들으며 루시올은 가만히 중얼거렸다.

"많은 사람들 앞에서 마법을 쓰지 말라고 하셨죠."

"누가 말입니까?"

"아…."

무심코 말하던 루시올이 갑자기 말을 삼키더니 입술을 씹었다. 그것으로 아셔는 루시올이 누구를 말하려고 했는지 알 수 있었다. 아셔는 말없이 루시올의 뒤로 다가가 어깨에 손을 얹었다.

"그래서 많은 사람들이 볼 수 있는 곳에 온 건가요?"

"…네."

깊게 한숨을 쉬고 루시올은 고개를 들었다.

"보통 이런 마법을 쓰면 고위 마법사라도 지쳐 하나요?"

"많은 정신력과 섬세함이 필요한 작업이라고 하더군요."

"그렇군요."

아셔의 대답에 루시올은 고개를 끄덕였다. 그리고 자신의 어깨를 두들기는 손길을 느끼며 생각했다.

'그럼 협박이 통하겠군.'

고위 마법사들이 어느 정도의 한계를 가지고 있는지 정확히 모르나, 여태까지 들었던 바에 의하면 적어도 자신이 그보다 배의 능력을 가지고 있는 것은 확실했다. 전설을 어디까지 믿어야 할지 모르겠지만 당장 15년 전의 전투 이야기만 들어 봐도 산 하나 같아

엎는 것 정도는 어렵지 않은 일이었던 것 같다. 그렇다면 만약의 경우 수틀리면 죽여 버리겠다는 협박을 해도 상대방들은 알아들어 먹으리라. 이는 만약의 경우 아주 유효한 패였다. 이렇게 좋은 수단을 하나 얻었다. 그리고….

'그건 그렇고 교황은 지금 나에 대해서 어떤 감정을 가지려나.'

턱을 감싸 쥔 루시올은 잠시 생각에 빠졌다. 좀 가엾어 보이려나? 어쨌든 자신에게 애착을 가지고 있는 것 같긴 한데, 그게 어느 정도인지는 확신할 수 없었다. 자신의 편이라곤 하나 그건 '목숨을 건져 주겠다'는 의미로만 받아들이는 게 좋을 것 같았다. 하지만 그렇다고 지금 성급하게 굴 생각은 없었다. 교황도 바쁜 시기일 텐데 너무 들러붙어 봤자 역효과만 날 수도 있으니까.

'분명히 리암을 이름만 불렀단 말이지.'

대체 리암과 무슨 관계인지. 이전부터 친교가 있었다는 이야기는 듣도 보도 못했는데, 그사이에 애인이라도 되었나? 요 근래 계속 붙어 있는 상황을 보자면 그럴 수도 있을 것 같았다.

'그리고 이자도 수상한 관계일 수 있다고 하고….'

자신의 뒤에 가만히 서 있는 아셔의 기척을 곁눈질하며 루시올은 리암과 아셔를 재보기 시작했다. 아셔는 오랜 기간 헤지아나를 모셔 왔으니 만약 애인들 중 하나라면 상위 계층일 것이다. 하지만 근 2년 떨어져 있었고…. 아니, 역시 지금은 새 애인일 리암이 좀 더 위겠지? 매일 붙어 있고 말이야.

'어쨌든 장기적으로 타고 올라가야 해.'

상대는 교황이다. 자신의 입지가 불리하긴 하지만, 교황이 자신의 편이고 자신이 교황의 최측근으로서 존재한다면 함부로 위협할

이는 없을 것이다.

교황의 마음을 얻고 그리고 다시 세상으로 나선다.

그 계획의 첫 번째 발판을 순조롭게 밟았음을 확신하며 루시올은 밤하늘을 쳐다보았다.

검은 하늘은 서서히 군청과 보라색이 섞인 색으로 변하고 있었고, 서문의 소란은 가라앉아 가고 있었다.

이것이 밤의 가장 깊은 순간. 여명은 머리 뒤에서부터 밝아 오기 시작했다.

[외전] 별 조각이 흩어진 땅 위에

"안녕."

올리브 색 눈동자가 깜빡거리며 인사했다.

눈동자 앞에 서 있던 소년은 움직임을 멈추고 올리브 색 눈동자의 여자를 쳐다보았다. 표정은 조금도 변하지 않았지만 소년은 당황하고 있었다.

이 추운 계절, 나무 밑에 죽은 듯 앉아 있었던 여자는 소년이 지척에 다가올 때까지 아무런 기척이 없었다. 그런데 숨결을 확인하려고 손을 뻗자마자 갑자기 눈을 반짝 뜨더니 친근하게 인사한 것이다.

당황하지 않더라도 멈칫할 법한 일이긴 했다. 하지만 여자는 소년의 반응을 개의치 않고 이어 물었다.

"이름이 뭐야?"

"…."

소년은 입을 다물었다. 여자는 주위를 두리번거리더니 자신이 나무 밑에 있는 것을 확인하고는 족제비처럼 날래게 몸을 뒤집어 앉았다. 여자의 긴 갈색 머리가 재주넘기를 따라 허공에 휘날렸다.

나풀거리는 여자의 머리 안쪽이 붉은 색이었다. 소년은 가만히 눈살을 찌푸렸다.

가라앉은 머리카락 겉은 평범한 갈색이었지만 안쪽은 짙은 적색이 흘끔 보였다. 거기다 인간의 모양과 다른 귀. 다른 식으로 빛나는 홍채. 입은 것에서부터 미심쩍긴 했지만 외견을 살펴보니 여자는 인간이 아니었다. 소년은 그런 존재를 어떻게 부르는지 알았다.

"왜 요정이 여기 있지?"

이곳은 멜라스의 동쪽, 그중에서도 북부로 파헨타운으로 가는 가도에 가까운 산이었다. 요정들의 나라, 페른시스는 훨씬 남쪽. 그리고 요정들은 이런 척박한 땅을 좋아하지 않는다.

"여행하고 있어. 걱정했구나? 하지만 자는 거였어. 신경 써줘서 고마워."

요정은 손을 흔들며 옷에 붙은 풀을 털었다. 그야 한겨울 숲 속, 나무 밑에서 얼어 죽었나 해서 살펴본 것이긴 하지만… 요정인 줄 알았으면 걱정도 하지 않았을 것이다. 그래서 소년은 전혀 신경 쓰지 않고 궁금한 것을 물었다.

"요정이 여행한다고?"

"요정은 페른시스에서만 살 수 있다고 생각해?"

유리알 같은 올리브 색 눈동자가 똑바로 소년을 쳐다보았다. 너무나 직접적인 시선에 소년은 또 놀랐다. 깜빡, 한 번 눈꺼풀이 움직이는 그 짧은 시간도 견디기 힘든 시선이었다. 소년은 시선을 피했다. 아니, 아예 자리에서 일어나 버렸다.

"인가는 여기서 남쪽으로 반나절 걸어가면 있어. 나침반은 갖고 있겠지?"

"너 숲에 살아? 사냥꾼이니?"

"…아버지가."

"그럼 너도 사냥하는 거네. 근데 활이 없구나. 필요는 없겠지만."

소년은 앞서가던 발걸음을 멈추며 요정을 돌아보았다. 요정은 싱긋 웃었다.

"마법은 역시 편리하지. 특히 인간에게는."

소년은 표정을 굳힌 채 요정을 쳐다보았다.

소년은 숲 깊은 곳에 아버지와 함께 살고 있었다. 어머니는 없다. 불행한 일로 잃었고 형제도 없다. 하지만 그런 생활이 외롭다고 생각한 적은 없었다. 아버지는 좋은 사람이었고 생활에 불편을 느낀 적은 없었으니까.

소년은 낮은 언덕 밑, 나무뿌리와 넝쿨식물들이 엉킨 곳을 제쳤다. 그 앞에는 바위와 거기 들러붙은 나무뿌리밖에 없었지만 소년은 그것을 통과했다.

갑자기 빛이 쏟아졌다. 소년은 눈부심에 잠시 눈을 감았다가 떴다. 넓은 공간이 보였다.

가구들조차 희박한 넓은 공터는 나무뿌리들로 얽힌 벽과 천장에 감싸여 있었고, 틈새 사이에서 새어 들어오는 한낮의 햇살은 그 공간의 어떤 물건이든 밝게 빛나게 했다. 다만 그 방 가장자리에 있던 어느 남자는 그 빛을 피하고 있었다.

가장자리의 의자에 앉아 바쁘게 손을 움직이던 중년의 남자는 손길을 멈추고 돌아온 소년을 쳐다보았다. 마른 가죽들을 정리하던 남자는 소년의 아버지였다. 이름은 오소로라고 했다. 옅은 재채기를 하며 오소로는 소년을 불렀다.

"다닐라."

그것은 소년의 이름이었다. 다닐라는 머리에 쓴 후드를 벗었고, 맑은 꿀물 같은 금발이 방 안으로 쏟아지는 햇살과 어우러져 빛났다. 오소로는 자신의 이삭 색 머리카락을 쓸어 올리며 물었다.

"마을에 간다며?"

"가는 도중에 요정을 만났어요."

"요정? 특이하군. 좀 더 서쪽이면 모를까 이런 데까지."

"마법을 쓰는 걸 알아봤어요."

아들의 말에 오소로의 표정이 잠시 굳었다. 그는 곧 생각하며 '으음'하고 작게 신음하더니 고개를 끄덕였다.

"급한 건 없으니까, 편한 때 가거라."

그러더니 오소로는 문 앞에 놓인 큰 물지게를 가리켰다. 일정이 비었으니 물을 떠오라는 것이겠지. 다닐라는 낮게 한숨을 쉬고 그 물지게를 지고 들어온 길을 다시 나갔다.

바위는 환상이다. 나무의 모습도 진실한 것이 아니다. 그렇지만 그것은 아무도 모른다. 어느 영역에 들어온 이상 오감이 일그러져 가짜를 그대로 받아들이고 지나가게 되는 것이다.

가벼운 환상으로 사람을 잠시 속이는 마법이야 얼마든지 행할 수 있지만, 오감을 착각시키고 기억을 조작할 수 있는 마법은 쉽게 할 수 있는 것이 아니다. 거기다 이것을 상시적으로 발동시키고 있다고 하면, 아마 다들 믿지 못할 것이다.

그렇지만 아버지, 오소로는 불가능을 가능케 할 힘이 있는 자였다.

그는 이 세상에 존재하는 신비이자 신화를 계승한 자였다. 날카로운 이도, 발톱도 없는 인간을 위한 힘을 가진 일곱 가문의 후손. 인간을 위해 싸우고 그들을 번성시킨 자들. 그중 7월성의 힘을 계승한 자.

또한 소년은 부친의 사후 그 힘을 계승할 자였다.

"이봐!"

다닐라는 마을 입구를 막 들어선 차였다. 어깨에 메고 있는 가죽이 한쪽으로 쏠리는 것을 고쳐 메고 마을 안으로 들어섰다. 낯익은 얼굴이 보였다.

"어머, 다닐라. 오랜만이네."

가끔 빵을 구워 주는 미아네 아줌마였다. 다닐라는 고개를 숙여 인사했다.

"이봐!!"

"윽!"

가볍게 숙였을 뿐인 고개가 갑자기 크게 앞으로 숙여졌다. 숙여진 것은 뒤에서 무게가 방향을 가지고 갑자기 달려들었기 때문이고, 넘어지지 않은 것은 사냥을 하느라 뛰어다닌 다리의 힘이 충분한 덕분일 것이다. 자세를 잡은 다닐라는 고개를 돌려 자신의 등을 덮친 상대를 확인했다.

"요. 안녕?"

일전의 요정이었다. 이 여자를 피해 온 것인데 아직도 마을에 있었다니.

다닐라는 인상을 찌푸리며 요정을 내치고 걸었다. 요정은 고개를 갸웃거리더니 다시 다닐라에게 달라붙었다.

"너 과묵하구나."

다닐라는 대답하지 않았다. 요정은 사뿐한 발걸음으로 소년의 옆에 섰다. 여자는 다닐라보다 머리 하나는 더 컸다. 이건 다닐라가 어리니까 어쩔 수 없었다.

"너 이름이 다닐라라며? 나는 플라비라고 해."

요정의 머리카락이 허공에 흩날렸다. 팔랑거리는 적갈색의 속머리는 적송 같다. 좀 더 남쪽에 살 때 보았던 소나무의 껍질을 생각하면서 다닐라는 옆에 선 여자를 손으로 쳐냈다.

"몇 살? 흠. 열 살?"

"열 넷이야."

"그거 차이가 크니?"

어리게 보이는 것이 울컥해 다닐라가 쏘아붙이자, 플라비는 고개를 갸웃거렸다. 하긴, 아무리 적게 살아도 오백 년은 사는 요정에게 네 살 차이는 별것 아닐지도 모르지.

"인간에 대해서는 잘 몰라. 열 살과 열넷은 차이가 큰 거야? 뭔가 실례를 저질렀나? 화내지 말아 줘."

너무 민감하게 굴었나. 다닐라는 조금 머쓱해하며 표정을 숨겼다. 가죽을 고쳐 메는 것만으로도 표정은 쉽게 숨겨졌다.

"참. 들었는데, 너희들 원래 여기 사람 아니라며?"

순간 경계심이 한계까지 끓어올랐다. 다닐라는 자리에 멈춰 서서 플라비를 쏘아보았다. 엉킨 금발에 가린 눈동자지만 분위기는 흉내 내지 못할 흉흉함이 있었다.

"당신 왜 남의 뒷조사를 하고 다니는 거지?"

하지만 플라비는 소년의 시선을 받고도 그냥 커다란 올리브 색 눈을 깜빡일 뿐이었다.

"뒷조사 하지 않았어. 사람들이 알려 주는 것뿐이야."

플라비가 손을 들었다. 창백하고 가는 손가락은 겁 없이 다닐라를 향해 다가왔다. 그리고 다닐라의 눈을 가린 머리카락을 걷어냈다.

"그런데 너 마법 쓰는 건 사람들이 모르는 것 같더라?"

머리카락 아래 드러난 다닐라의 이마에 기어이 주름이 잡혔다. 경계를 넘어선 적의가 흘러넘쳤다. 날카로운 눈초리가 찢어 버릴 듯이 플라비를 흘겨보았지만 플라비는 그냥 웃어 넘겼다.

"걱정돼? 말 안 했으니까 걱정 안 해도 돼. 남의 일은 함부로 떠드는 법이 아니거든."

마법사라는 사실이 알려지더라도 사실 크게 곤란하지는 않다. 그저 그런 마법사로 꾸미며 살아갈 수도 있고, 더 문제가 생기면 그냥 떠나 버리면 된다. 그렇게 이 대륙을 떠돌며 살았다.

"여행자면 떠나 버려. 여기엔 아무것도 없어."

"난 내 마음대로 돌아다니고 있어."

"여자 요정 혼자?"

"백 년을 페른시스에서 살았으면 이젠 다른 곳도 돌아다녀도 된다고 생각하지 않아?"

백 년이라는 말에 다닐라는 옆을 곁눈질했다. 여자의 겉모습은 20대 초반 정도로밖에 보이지 않았다. 역시 요정이라 그런 걸까.

　"여기 사람들은 좋은 것 같아. 친절하고. 그리고 나도 많은 도움을 줄 수 있고 말이지. 숲이 가까워서 그런지 숲의 지식을 많이 필요로 해."

　그건 이 여자가 이곳에 오래 있을 거란 소린가. 조금 골치 아플지도 모르겠다고 생각하며 다닐라는 촌장의 집 앞에 섰다. 촌장은 마침 집 앞에서 닭들에게 모이를 주고 있었다.

　"오, 다닐라냐. 어, 플라비 아가씨. 무슨 일이신가요?"

　"아―. 전 그냥 이 애를 따라왔어요."

　작은 마을이니까 촌장이 여행자를 파악하는 것도 당연하다. 다닐라는 속으로 한숨을 쉬었다.

　"아는 사이인가요?"

　"조금?"

　"안녕하세요."

　다닐라는 더 말이 이어지기 전에 인사하며 지고 있던 사슴 가죽 두 장을 어깨에서 내렸다. 촌장은 그것을 받아 살펴 질을 살피고는 고개를 끄덕였다.

　"상처가 적어서 좋단 말이야. 오늘은 뭐로 가져갈래?"

　"밀가루하고… 저번에 받았던 약이랑 같은 거 있나요?"

　"아…. 그 약은 우연하게 한 개 얻은 거라. 네가 부탁해서 알아보긴 했지만 더 없더라고."

　"그래요…. 잘 맞는다고 좋아하시던데."

　"아픈 사람이 있어?"

뒤에서 플라비가 끼어들었다. 뒷짐을 진 플라비가 몸을 숙여 다닐라와 눈높이를 맞추고 있었다.

"약이 필요하다면 내가 도움을 줄 수 있을 것 같은데, 배려 깊은 꼬마 신사. 어느 분이 아프시지?"

다닐라는 이 개입이 달갑지 않았다. 약은 필요하지만 약이 필요한 사람은 아버지. 제일 만나게 하고 싶지 않은 상대였다. 그래서 아무 말도 하지 않고 있는데, 다닐라의 대응이 무색하게 촌장이 말해 버렸다.

"아, 이 애 아버지가 건초열이 있어서."

"아하. 그럼 제가 도울 수 있겠네요. 기뻐해, 다닐라."

기쁘지 않았다. 다닐라는 자신의 머리를 쓰다듬는 손길에 대놓고 인상을 찌푸렸다.

❖❖❖

더욱 마음에 들지 않는 것은 플라비가 만든 약이 아버지에게 잘 들었다는 것이다.

그녀는 마을에서도 제법 능력 있는 약사였다고 한다. 한 번, 두 번, 세 번. 여섯 달에 한 개씩, 벌써 네 번째의 약통을 비웠을 때 아버지, 오소로는 말했다.

"그분께 감사하기는 하지만…. 음, 솔직히 나는 좀 걱정이구나."

다닐라는 상을 차리면서 고개를 들어 요리하는 아버지를 쳐다보았다. 뭐냐고 묻는 듯한 시선에 오소로는 힘겹게 말했다.

"…아름다운 분이라고 들었다."

"걱정하실 일은 없을 겁니다."

아버지의 말을 알아차리고 다닐라는 잔에 머루로 만든 도수 낮은 술을 따랐다.

그들은 전설의 후예다. 일곱 별의 아이들, 7월성과 그의 계승자.

이 힘은 인간을 보호하며 번성하게 만드는 힘. 이로 인해 인간은 다른 월등한 조건을 가진 종족과 괴물들 사이에서도 살아남아 기어이 대륙의 패권을 쥐었다.

하나 이에는 다른 해석이 존재한다. 월성의 힘은 '종족을 번성하게 하는 힘'. 그러므로 월성의 힘을 가진 종족이면 누구나 번성할 수 있다. 따라 월성의 힘이 타 종족에게 계승될 시 인간은 쇠퇴하거나 멸망할 수 있다.

해석일 뿐이다. 사실인지 아닌지 증명되기 어려운 일이다.

하지만 일곱 별의 아이들은 이것이 사실인지 시험할 생각이 없었다.

계승은 직계비속에 한해서만 가능하기 때문에 그 힘을 다른 종족이 얻는 것은 결국 혼혈을 통해서만 가능하다. 인간의 수호자인 일곱 별의 가문들은 이미 후사가 혼혈일 경우 만일의 경우를 방지하기 위해 필살할 것을 이미 먼 옛날부터 합의한 상태였다.

"…사람의 일은 어떻게 될지 모른다."

오소로가 낮게 말하는 것을, 다닐라는 한 귀로 흘려버렸다.

아버지가 말한 것은 모두 잘 알고 있는 일이었다. 플라비가 마을에 들어앉은 지도 어느새 2년이 지났지만 변한 것은 없었다. 요정 여행자는 이미 훌륭한 마을의 일원이었고 그에게는 별 상관없는 사람이었다. 인간의 마법이 신기하다며 볼 때마다 조르는 것은 귀찮긴 했지만 그뿐이다.

그래서 그녀가 떠난다고 했을 때도 조금 놀라긴 했지만 별생각하지 않았다.

그녀는 여행자고 떠나는 것이 당연한 사람이었다.

"꼬마 소년. 내가 없다고 울면 안 돼."

"왜 울 거라고 생각해?"

"비어 버린 곳엔 차가운 바람이 불거든."

농담처럼 웃은 플라비는 다닐라의 이마에 키스했다. 그리고 떠났다. 긴 갈색 머리카락을 늘어뜨린 그녀는 금세 나무들과 섞여 분간할 수 없게 되었다. 아버지의 약 네 개를 마지막으로 손에 남긴 그녀는 돌아보지 않고 사라졌다.

조금 이상하다고 생각했다. 마음 한구석에 아린 바람이 스치는 것 같았으므로.

하지만 곧 잊어버렸다.

한 달이 지났다.

숲에서 버섯을 따고 나물을 캐던 소년은 저 멀리 선 나무를 보고 순간 멈춰 섰다. 하지만 햇살에 비친 나무는 옅게 붉은색을 띠고 있었을 뿐, 움직이지도 않고 말하지도 않았다.

소년의 가슴에 찬바람이 불었다.

그것이 어떤 감정이라고는 생각하지 않았다. 익숙했던 것이 사라진 것에서 오는, 더 이상 마을에 가면 귀찮게 구는 사람이 없음에서 오는 어떤 허탈함이라고 생각했다. 그 허탈함은 쓸데없이 오래갔다. 그 마음에 어쩌면 호감이 조금 섞여 있었을지 모른다고 생각했다. 그렇다면 그것을 늦게 깨달은 것은 참으로 다행이었다.

그러며 천천히 그 감정에 익숙해져 갔다.

그건 좀 아리면서도 안도가 되는 감정이었다.

그런 생각을 하며 겨울날 소년은 마을로 향했다. 눈이 내리고 있었다. 눈 내리는 마을 앞에 한 그루의 작은 나무가 있었다. 갈색 나무였다. 언뜻 붉은색이 보였다. 그 붉은 빛깔에서 다닐라는 요즈음 잊어버리고 있었던 것을 어렴풋이 생각해 냈다. 무엇이더라.

그런데 그 나무가 움직였다. 뒤돌아보았다. 웃었다. 말했다.

"오랜만이네, 꼬마─음, 다닐라였나?"

바람이 갑자기 멈췄다. 동시에 그는 깨달았다.

큰일이다.

위기감을 느끼면서 동시에 그는 포기했다. 그는 원래부터 받아들이는 것이 빨랐다. 지식도, 포기도.

"플라비."

"너무 오랜만이지? 너무 반가워? 혹시 잊어버렸어? 아, 이름을 기억하니까 그건 아닌가?"

"아니, 당신을 계속 생각했어."

"와, 너무 다정한 말이다. 꼬마. 그동안 많이 컸네? 키스해 줄까?"

"응. 나 당신을 좋아하는 것 같아."

플라비의 움직임이 멈췄다. 다닐라의 뺨을 향해 고개를 숙이던 그녀가 의아한 표정으로 소년을 쳐다보았다.

"어, 뭐라고?"

"당신이 떠나고 당신을 좋아했던 걸지도 모른다고 생각했어. 그리고 지금 당신을 보고 좋아하는 것 같다는 걸 확신했어."

다닐라가 플라비를 똑바로 쳐다보며 말했다. 플라비의 눈동자에는 약간의 당혹감이 있었다. 당연하겠지. 의아함도 그 눈동자에 깃들어 있었다. 그 의아함은 바로 말로 튀어나왔다.

"'같은 게' 확신이야?"

질문에 다닐라의 눈동자가 잠깐 흔들렸다. 그는 잠시 플라비를 쳐다보더니 고개를 치켜들었다. 조금이지만 키는 자랐고, 플라비는 고개를 숙이고 있었다. 약간의 간격 정도는 메울 수 있었다. 다닐라의 입술이 플라비의 입술에 닿았다.

조금 긴 멈춤 후, 다닐라는 플라비에게서 떨어졌다.

그리고 말했다.

"맞는 것 같아."

플라비의 올리브 색 눈동자가 말없이 다닐라를 쳐다보았다. 곧 그녀는 몸을 돌려 마을을 향해 느린 발걸음을 옮겼고, 30초 후 갑자기 뒤돌아서 달리더니 다닐라의 머리를 후려쳤다.

17세, 소년의 첫 입맞춤의 추억은 별과 함께 끝났다.

어차피 플라비는 여행자다. 그녀는 자유롭게 떠날 것이다. 열일곱에 가졌던 연모의 마음이 영원할 리도 없다. 경계하는 일은 일어나지 않을 거라고 생각했다.

플라비가 말하기 전까지는.

"내가 왜 이 땅에 도착했는지 깨달았어."

그것은 그녀가 돌아오고도 1년 후, 마을의 추수 축제날. 따뜻한 술로 몸을 데우며 밤하늘을 보던 플라비가 말했다. 다닐라는 말을 보채지 않았고 플라비는 굳이 대답이 필요하지 않다는 걸 알고 있었다. 플라비는 다닐라를 향해 말했다.

"분명 널 만나기 위해서일 거야."

감정은 마주보는 순간 폭발하는 것이었다.

상대의 눈동자 안에 내가 있다. 그것을 확인했다. 우리는 지금 마주보고 있다. 깨달은 순간 세상은 거부할 수 없이 회전했다. 어떤 것도 통제되지 않는 강렬한 촉박함 속에서 소년은 사랑하는 이를 향해 고개를 숙였다. 세상이 그에게 그래도 된다고 허락했다. 맞닿은 입술 끝에서 세상은 좀 더 많은 것을 그들에게 허락했다.

조금 더 시간이 지났을 때, 다닐라는 여행을 준비했다. 오소로는 여행을 허락했다. 아직 자신이 있는 동안 안심하고 여행을 하는 게 좋을 것이라고 오소로는 말했다. 그 말에, 다닐라는 자신이 요정 여인을 동반자로 삼을 것이라고 말할 수 없는 것이 못내 죄스러워졌다. 그렇지만 금기는 어기지 않을 것이다. 그는 플라비와 함께 많은 곳을 돌아다니고 고향을 향해 여행했다.

하지만 다닐라는 그 기간 동안 자신이 월성의 후손이라고 밝히지 않았다.

고민하지 않은 것은 아니다. 하지만 이 관계가 영원할 것이라고는 여전히 생각하지 않았다.

만약의 경우라도 아이를 가지지 않으면 상관없는 것 아닌가 생각했다. 어차피 이종족의 결합은 환영받는 것이 아니다. 이질적인 것으로 경원시되던 이종족의 결합은 이제 그 결합한 아이들이 재앙을 불러온다는 미신이 붙어 있었다. 아마도 그것은 월성들이 최초로 만들었던 방어적인 속설에서 시작되었을 것이다. 하지만 그 미신은 이제 많은 사람들이 신뢰하는 것이었고 그로 인한 차별도 존재했다. 그런데 아이를 낳고 싶을 리가 없다. 그런 핑계들을 그러모아 섣불리 단정했다.

"음. 있잖아."

"응?"

"세상을 돌아 원점에 도착했잖아? 그렇다면 나는 여기가 순환의 끝, 그리고 새로운 삶을 시작하기 좋은 지점이라고 생각해."

"음."

다닐라는 그럴 수도 있겠다고 생각했다. 죽고 태어나고, 시체를 양분 삼아 새로운 것들이 자란다. 그 끝은 반드시 맞닿아 있는 것.

"나 너와 함께하는 삶을 살고 싶어. 너랑 아이를 가지고."

하지만 도착한 고향에서 그녀는 아이를 원했다. 결혼을 원했다.

그녀가 여태까지 자신의 의사를 밝히지 않은 건 단순히 요정의 땅이 아니면 아이를 기를 수 없기 때문이었다. 다닐라는 망설였다.

하지만 더 이상 미룰 수는 없었다. 이건 중요한 문제이고 말해야만 했다. 그 끝에 이 관계가 깨지더라도.

그래, 나는 이 관계가 깨지는 걸 두려워하고 있었구나. 어렴풋이 깨달은 다닐라는 플라비와의 자리를 마련했다. 말을 꺼내는 건 굉장히 어려웠다.

"너와 나 사이의 아이가 죽을 수 있다면 어떻게 할래?"

"집안 내력이 있니?"

"아니. 너와 나 사이의 아이를 죽이려는 사람들이 존재한다는 이야기야."

"무서운 이야기네."

"농담이 아니야, 플라비. 당신 눈앞의 사람은 사실 전설로 칭해지는 존재야."

"와. 그렇게 골동품이었어?"

눈을 반짝이며 묻는 플라비의 모습을 보며 다닐라는 그만 웃어버렸다. 그녀는 언제나 그랬다.

"플라비. 나는… 굳이 숨기려던 건 아니지만, 오랜 기간 말하지 못했네. 난 일곱 별의 아이들의 후예야. 아버지는 7월성이고, 그러니까 난 언젠가 7월성이 되겠지."

그때의 동그랗게 변한 플라비의 눈을 기억한다. 다닐라는 여러 가지를 설명했다. 특히 월성들의 혈통에 얽힌 문제와 혼혈 후계에 대한 문제를 설명했다. 이렇게 원하는 걸 이룰 수 없는 관계인데 더 지속을 원하느냐…. 사실 그런 말이었다.

"한 가지만 묻자."

다 들은 후, 잠시 침묵을 지키던 플라비가 말했다.

"넌 후계를 남겨야 하는 사람이잖아. 그리고 나랑 있으면, 네 말대로라면 후계를 못 남기고. 어떻게 할 생각이었던 거야?"

"…아, 그건…."

"다른 여자를 만들 생각이었어?"

"아니."

"그럼?"

플라비의 눈빛이 집요했다. 다닐라는 깊은 한숨을 내쉬고 대답했다.

"생각하지 않았어…. 넌 오래 살고 나는 금방 늙을 테니 어느 순간 끊어질 거라고…. 안이하게 생각했던 것도 있고."

"끊어지고 싶니?"

"아니, 하지만 젊고 아름다운 모습일 네가 나이든 나와 같이 있고 싶을까?"

"너는 같이 있고 싶니?"

다닐라는 잠시 망설였다. 그리고 고개를 끄덕였다. 힘겹고 부끄러운 수긍이었다.

"그럼 너의 영원을 맹세할 수 있어?"

"우리의 시간은 달라. 지금 잠깐만 일치할 뿐이야."

"다닐라. 너만 아는 것처럼 말하지 마. 난 너의 영원을 맹세할 수 있냐고 물었어."

"나랑 있으면 넌 원하는 걸 못 얻어."

"다닐라."

플라비는 다닐라의 얼굴을 감싸 쥐고 자신을 쳐다보게 했다. 플라비의 눈동자가 똑바로 다닐라를 쳐다보았다.

"지금 난 너에게 묻고 있어."

핑계 대지 말렴. 두려워하지 말렴. 플라비의 눈이 그렇게 말하고 있었다.

어떻게 하고 싶느냐고 묻는다면, 그야 곁에 있고 싶다. 하지만 그 것은 해도 되는 일일까. 그렇지만 네가 받아들여 준다면 조금 욕심을 내도 되는 걸까. 네가 감당할 수 있는 걸까.

"너만 대답하면 돼."

플라비는 이미 마음을 정했다. 그것은 곧 다닐라의 말이 이 저울에 올라갈 마지막 추라는 뜻이었다. 합의가 필요한 이 일에 그녀는 마지막 승인을 요구했다. 다닐라는 잠시 플라비의 얼굴을 들여다보다가 양팔로 그녀를 끌어안았다.

"너무 불합리해. 나는 너에게 모든 시간을 주는데, 너는…."

"그만큼의 시간을 아이에게 준다고 약속할게."

"넌 이런 말을 듣고도 아이를 낳고 싶어?"

"숨긴다면 괜찮지 않을까? 괜찮잖아. 나에게 줘도 인간에겐 아직 여섯 개나 있는데."

가벼운, 너무나 가벼운.

"나는 세계에 단 일곱 개밖에 없는 보물을 받는 거네. 그걸 나에게 주겠어? 난 그걸 받을 자격이 있다고 생각해. 물론 네가 주겠다면 말이지만."

그래서 불면 훅 날아가 버릴 민들레 씨앗 같은 나의 행복.

"플라비."

다닐라가 플라비를 끌어안은 팔에 힘을 주었다.

"나의 영원을 맹세할게."

목숨의 끝을 약속하며, 다닐라는 작은 목소리로 속삭였다.

"나의 나제쥬다."

그것은 그의 아버지가 어머니를 불렀던 이름. 조부가 조모를 불렀던 이름.

그 울림에는 사랑이 있었고 희망이 있었다. 먼 옛날. 7월성이 자신의 반려에게 사랑과 경의를 담아 바쳤던 이름.

그 이름의 뜻은 희망. 그 단어를 몇 번이고 입안에서 굴리며 그는 자신에게 찾아온 희망을 소중히 끌어안았다.

희망과 함께라면 어떤 것도 해낼 수 있을 것 같았다.

작은 나무 아래에서 둘은 영원을 맹세했다.

그들의 맹세는 보통 사람들보다 많은 각오를 필요로 했다. 그들은 먼저 살 곳을 국경 지대로 옮겼다. 플라비를 잘 아는 요정들이 많은 곳에선 인간인 그가 너무 눈에 띄었기 때문이다.

페른시스의 국경 지대에는 인간도, 혼혈도 많았다. 그들은 그중에서도 사람이 많지 않은 마을에 섞여 들어 살았다.

시간이 지나 다닐라가 스물둘이 된 어느 날, 그는 한 아이의 아버지가 되었다.

우무질의 알 형태로 태어난, 아직 활동성이 없는 아이는 자신이 아버지가 되었다는 실감을 주지는 않았다.

"뭔가…. 생명체라는 느낌은 들지 않네."

"그렇게 말하지 마. 소중히 다뤄 줘."

"소중히 다루지 않는다는 게 아냐."

다닐라는 그렇게 말하며 알을 손끝으로 가만히 쓰다듬었다. 잘못 건드려 떨어뜨리거나 깨지면 어쩌나 걱정스러워서 눌러 볼 수도 없었다.

플라비는 이것을 벌써 아이로 여기며 이름을 붙였다. '루시올'. 그 이름은 찬성이었다. 밤에는 은은하게 불빛이 나는 것이 반딧불 같았으니까. 그렇지만 이름을 붙여 불러도 도저히 아이라는 실감이 들진 않았다.

하지만 그것이 부화하는 데에 10년이 걸린다는 것은 자신의 수명의 한계를 실감하게 했다.

그때부터 다닐라는 수명을 연장시킬 수 있는 방법을 찾았다. 마법으로 수명을 연장시키는 연구는 오래전부터 계속되어 왔다. 다닐라는 월성의 후계자로서 최신 연구를 지속하는 마법사들과 접촉해 그들의 의견을 수렴해 가며 단서를 찾아 각지를 돌아다녔다.

그때부터 그는 몇 달씩 자리를 비우기 시작했다. 간혹 마을에 돌아와 플라비를 찾아 마을로 갈 때, 사람들은 그를 잘 알아보지 못했다. 그로서는 마음 놓이는 일이었다.

"사람들이 내 이름이 나제쥬다인 줄 알아."

"처음에 분명 플라비라고 소개하지 않았어?"

"나제쥬다 플라비라고 생각하는 것 같거든. 어딜 봐도 요정 이름은 아니지 않아?"

플라비는 자신의 귀를 잡아당기며 침울하게 말했다.

"내가 요정으로 안 보이나?"

"하지만 그 이름을 쓰는 요정이 없을 거 같진 않은 걸? 특히 반 요정들은 더."

"당신이 나제쥬라고 사람들 앞에서 부르니까 그런 거 아냐."

플라비가 다닐라의 코를 잡아당겼다. 아아, 신음하면서도 다닐라는 웃었다. 아프지 않았다. 그냥 엄살일 뿐이었다.

"하지만 당신 이름이 숨겨진다는 건 좋은 일 아냐?"

"아— 하긴. 어쩔 수 없나?"

"나도 올 때마다 늙고 추레해져서인지 잘 알아보질 못하더라고. 적어도 두세 명이 번갈아서 당신을 보러 온다고 생각하는 거 같아."

"당신은 추레하지 않지만, 그렇게 본다는 건 정말 다행이네."

"세 명의 남편을 둔 게 좋아?"

"세 배로 빠르게 남편을 즐기는 거지. 괜찮네."

"결국 세 배로 빠르게 나를 소모하겠다는 거군. 빨리 죽는다 이 거지."

시답잖은 소리가 둘의 시간을 채웠다. 그런 가볍고 달콤한 시간을 지나 다닐라의 나이 서른둘, 아버지가 병사했다. 다행히 임종은 지켜볼 수 있었다. 정해진 명운대로 7월성이 되었다. 아이가 알에서 깨어났다. 돌아오니 이미 깨어나 있었다.

루시올은 나비처럼 팔랑거리는 요정의 형태로 플라비의 주위를 하늘하늘 맴돌았지만 다닐라 가까이엔 다가가려 하지 않았다. 아직 집 밖으로 나가지도 못한 아이가 처음 보는 이방인을 받아들이는 데에는 꽤 많은 노력이 필요했다. 겨우 루시올이 다닐라의 무릎 위에 앉은 순간, 다닐라는 무릎에서 전달되는 미약한 체온에 놀랐다.

작고 가녀린 것이었다. 파르르 떨리는 날개의 진동이 애처롭게 느껴지는 가냘프고 작은 존재. 손으로 덮어 버리면 사라질 것 같은 존재가 확실하게 느껴졌다.

반딧불이 같은 나의 희망과 사랑.

죽지 않고 이렇게나 자란 아이가 자신의 품 안에 있었다. 죽음을 맞이하고 돌아온 곳에 탄생이 있었다. 죽음은 담담하게 받아들였으나 아프지 않은 것은 아니었다. 그 빈자리를 다정하게 어루만져 주는 체온에 그만, 다닐라가 울음을 터트리자 루시올은 놀라 포르륵 날아 엄마에게 가버렸다. 플라비는 우는 다닐라의 이마에 입 맞추며 달래 주었다.

여기 가족이 있었다. 아이가 있었다. 여태까지 희끄무레했던 것들이 너무나 단단하게 이 자리를 메웠다. 이것을 잃지 않을 것이다. 누군가에게 죽게 하지 않을 것이다. 자신이 가족을 이뤘으며 그 결실까지도 얻었다는 실감과 기쁨이 마음과 몸을 전부 뒤흔들어 정신을 차릴 수가 없었다. 아이처럼 플라비에게 매달려 울었다. 역시 그녀가 희망이었다. 그것을 믿어 잘되었다. 앞으로도 이렇게 될 것이다.

하지만 그 아이가 사람과 같은 몸을 얻는 데에는 20년 정도가 더 필요했다.

그때 다닐라는 50대. 시간의 무게에 짓눌리면서도 다닐라는 혼자 있어야 하는 플라비에게 많은 이해를 구해야만 했다.

플라비 역시 혼혈 아이를 키우는 부담감에 시달리고 있었다. 단순한 혼혈이 아니라 발각당하면 살해당할지 모르는 아이라는 점은 결국 그녀를 예민하게 만들었다. 다닐라는 알 수 없었지만 플라비는 루시올이 다른 아이들과 다르다고 말했다. 루시올이 너무 눈에 띈다는 것이다. 이대로라면 사람들이 알아차릴지 모른다고 플라비는 말했다. 하지만 아이가 어린 이상 요정의 나무를 벗어나서 살 수는 없었다.

많은 사랑과 신뢰가 필요했다. 그것을 애써 쌓아 올리며, 더 나은 미래를 위해 떠난 어느 날.

돌아온 집 안에는 아무도 없었다.

잘 정리된 집에는 수북하게 먼지가 쌓여 있었다. 저장해 둔 채소들은 썩고 뿌리 내렸다. 마을 사람들에게 어찌된 일인지 물어보자 사람들은 놀라며 그들이 말없이 떠난 줄만 알았다고 했다. 그러다 누군가가 요정들을 노예로 삼기 위해 납치하는 자들의 이야기를 꺼냈다. 그 집이 마을에서 떨어져 있어 표적이 된 것이 아니냐는 이야기였다. 그러며 그는 당시 마을을 들락거리던 어떤 고동색 머리카락의 요정에 대해 이야기해 주었다. 그가 협력자일지도 모른다는 이야기였다.

말이 안 된다. 그 집은 다닐라가 쳐놓은 다섯 겹의 마법으로 보호되고 있었다. 하지만 집 밖에서의 습격이라면 가능할지도 모른다. 플라비와 루시올에게는 강한 보호 마법만 걸려 있었으니까. 후회했지만 늦은 후회였다.

다음 7월성으로서의 절차를 거친 루시올과 다닐라는 아주 가느다란 줄로 연결되어 있었고, 다닐라는 그 줄의 반대편에 아직 상대가 묶여 있음을 확인할 수 있었다.

노예상에게 잡혀 갔을 확률이 높다. 하지만 살아 있다면 됐다. 구할 만한 힘은 얼마든지 있었다. 다닐라는 그저 부인과 자식이 살아 있기만을 바랐다.

기척은 예상하지도 못한 곳에서 선명해졌다.

이제 다닐라는 장년의 나이에 들어섰지만 여전히 플라비와 루시올을 찾고 있었다. 희망은 희끄무레했지만 그것 외에는 삶의 이유가 없었다. 생의 연장에는 이제 관심을 두지 않았다. 다만 그때 가졌던 인맥은 과거의 시간들을 헤집는 데에 도움이 되었다.

이제 세월에 모든 일들이 풍화되기 시작하는 때였다. 더 이상 근처에서는 새로운 이야기도, 정보도 얻을 수 없었다. 그러다 루 비에르라면 요정들을 매매하는 집단에 대한 정보를 가지고 있지 않을까 하는 데에 생각이 미쳤다. 다행히 마법사 협회는 루 비에르의 고위 요정들과 친밀한 관계였고 도움을 줄 수 있었다.

그런데 루 비에르로 향하며 당혹스러운 것이 있었다. 이상하게도 루 비에르를 향하면 향할수록 기척이 선명해졌던 것이다. 요정들의 수도에서 요정 노예를 취급할 리가 없는데.

하지만 성벽을 본 순간 다닐라는 이 안에 아이가 있다는 사실을 확신했다. 그러나 기척은 거리와 방향을 선명하게 감지할 수 있는 것이 아니었다. 요청되는 만남들을 미루고 거절하며 다닐라는 하염없이 수도를 헤맸다.

눈에 띄는 인간의 모습을 숨기며 어린 시절 숨어 살았던 숲과 비슷한 도시 속을 하염없이 걸었다. 주로 아이의 기척이 느껴지는 것은, 평범한 신분의 요정과 인간들이 섞여 사는 구획이었다. 이곳이라면 혼혈 아이가 있어도 눈에 띄지 않을 것이다. 있을지도 모른다.

묘한 희망에 가슴이 부풀었다. 하지만 그 이상의 기적은 느껴지지 않았다.

심장을 썰어 내는 초조함 때문에 잠들기가 힘들었다. 그때마다 자신에게 '여태까지 기다렸는데 더 못 기다릴 것 없다'고 말하며 다닐라는 그곳을 하염없이 걸었다. 일주일 정도 지났을까. 이제 길거리에서 노는 요정과 인간 아이들이 경계를 풀고 다가왔다. 아이가 컸다면 이 정도 되었을까. 플라비는 무사할까.

제발 살아만 있었으면.

다닐라는 아이들에게 나누어 주고 남은 꿀 과자를 입에 넣고 흐릿한 기적을 따라 하염없이 걸었다. 발끝에 초조함이 묻을 때마다 뒷굽으로 그것을 짓밟았다. 그러며 구획 외곽에 있는, 늘 지나던 집 앞을 지나갔다. 나무덩굴로 만들어진 벽이 높은 집이었다.

이 도시에서는 특별한 경우가 아니면 벽이 있는 집을 찾아보기가 힘들었다. 다닐라가 말없이 그 집을 지나치자, 따라오던 아이들이 그 집에 대해서 이야기해 주었다. 반요정 아이 하나와 어른 요정, 갈색 머리 인간 여자가 사는 집인데, 아이가 아파서 나오는 일이 거의 없으며, 가끔 키 큰 어른 요정 한 명이 방문한다는 이야기였다.

반요정이라는 말에 괜히 귀가 뜨였다. 혹시 아이의 모습을 볼 수 있을까 싶어 그 주위를 서성거렸다. 그러던 어느 날, 그 남자의 모습을 보았다. 아마 아이가 말한 '가끔 방문하는 키 큰 어른 요정'이 그였을 것이다. 다닐라는 바로 그 남자를 알아보지는 못했다. 하지만 어디서 본 듯한 얼굴에 다닐라는 한참 그 남자를 숨어 지켜보았다.

그리고 조금 지난 후에 알았다. 그 키 큰 남자는 요정왕, 아르노였다. 이 도시에 온 첫날 만나 본 그는 자신을 극진히 대접했었다.

그가 왜 이곳에 왔을까. 호기심에 그 집을 살폈던 것이 다행이었을까 불행이었을까.

다닐라에게는 다행이었을 것이다. 요정왕에게는 그렇지 않았을 것이고.

집 밖에서 숨어 살펴보고 있자 하인들이 바쁘게 움직이며 꾸린 짐을 꺼내는 것이 보였다. 양은 많지 않았다. 좀 더 기다리자 마차로 보이는 것도 소리 죽여 집 근처로 다가왔다. 뭐 하는 걸까. 의아함에 다닐라가 좀 더 살펴보고 있을 때, 그 아이가 나타났다.

아직 잘 걷지 못해 휘청대는 다리. 밝은 금발. 붉은 빰.

그 아이가 요정왕을 보더니 밝게 웃으며 다가갔다. 입이 움직이는 것이, 아마 '아빠'라고 말한 것 같았다.

어떻게 그 얼굴을 잊을 수 있을까. 어떻게 그 웃음을 잊을 수 있을까.

생각할 틈도 없이 달려들었다. 나뭇가지를 밟고 넝쿨 벽을 박차고 작은 정원 한가운데로 쳐들어갔다. 보이지 않는 힘이 다닐라를 밀어내고 대여섯 개의 검 끝이 목을 찔렀다.

"이게 누구신지. 별의 주인들 중 한 분 아니시오."

요정왕이 작은 아이를 고쳐 안으며 말했다. 물러서는 요정왕의 품에 안긴 아이는 이쪽을 보지 않고 있었다. 하지만 기적으로 알았다. 저 아이다. 분명히 저 아이였다. 아닐 수가 없다. 그런데 왜, 어째서?

"어쩐 일로 이런 곳에 계신지. 아니, 계실 수도 있지만 이런 방문이라니. 문은 저쪽이오."

"…아이를."

아이가 정말로 자신의 아이인지 확인해야 했다. 물론 분명히 자신의 아이일 것이다. 그렇지만 그래도 확인을 해야 했다. 만에 하나라는 것이 있으니까. 다급함에 손을 뻗은 순간, 다닐라는 자신의 목을 파고드는 검 끝의 날카로움을 깨달았다.

평범한 여염집 아낙이라고 생각했던 여자마저도 검사의 표정으로 자신의 목을 겨누고 있다. 그녀는 지시를 기다리듯 요정왕을 곁눈질했다. 하지만 요정왕은 검 끝을 물리게 할 생각이 없어 보였다. 많은 의혹이 솟아올랐다. 왜 그 아이가 여기 있는지, 왜 요정왕이 이 집에 있는지, 그런 의문들이 말이다.

하지만 일단 이 상황을 조금 정리할 필요가 있어 보였다.

"나무 위에 앉아 바람을 쐬는데 익숙한 얼굴이 보이기에 내려앉았소. 그런데 인사가 거칠군."

"암행 중이기 때문에 편하게는 대할 수 없는 점을 양해해 주시오. 무슨 일로 이런 곳에 계시는지?"

"이 근처를 돌아다니고 있었을 뿐이오."

품 안에 안겨 있던 아이가 바동대더니 고개를 돌려 마닐라를 쳐다보았다.

아, 세상에. 잘못 본 것이 아니다.

어쩌면 저렇게 플라비를 닮았을까. 아니, 정말 닮은 걸까. 닮았다고 믿고 싶은 것 아닐까. 순식간에 치밀어 오르는 감정에 머릿속이 혼잡해졌다. 하지만 그 모든 것은 한 가지만 확인하면 될 일이다.

다닐라는 지팡이를 움켜쥐었다. 빛 없는 역장이 주변을 후려쳤다. 목을 노리던 검 끝들이 일제히 흐트러졌고 아이를 안고 있던 요정왕의 자세도 무너졌다. 동시에 다닐라의 시선이 아이의 뒷목을 향했다.

요정왕의 손이 아이의 뒷목을 가리고 있었다.

"무슨 짓이오, 일곱 번째 별의 주인. 지금 나를 공격한 것이오?"

"경우에 따라 그렇지. 당장 그 손을 치우시오."

손가락 사이로 새어 나온 어렴풋한 빛을 보았다. 하지만 그 빛을 보지 않더라도 이제 알 수 있었다. 요정왕은 다닐라가 무엇을 확인하려고 했는지 안다. 그것은 많은 것을 시사했다. 요정왕은 아이가 무엇인지 안다. 동시에 다닐라도 그것을 알고 있다는 사실을, 안다.

"—아이를 내놔."

"아이에게 무슨 짓을 하려는 거요?"

아이는 어느새 육화했다. 남자아이인지 여자아이인지도 몰랐는데 어느새 이만큼이나 시간이 지나, 육체를 갖추고 남자아이가 되어 플라비의 얼굴과 자신의 머리카락과 눈을 하고 자신을 쳐다보고 있었다. 저것이 우리들의 아이였다. 다닐라는 목에서 올라오는 것을 삼키며 말했다.

"아이에게 무슨 짓을 하는 건 내가 아니라 너겠지."

요정왕의 표정이 드디어 경계로 변했다. 다닐라가 소리쳤다.

"플라비는 어디에 있어!"

역장이 펼쳐졌다. 그냥 역장이 아니라, 다닐라의 명줄을 짓누르려는 살의를 가진 역장이었다. 신음하며 다닐라가 반역장을 펼친 사이 검을 든 요정들이 달려들었다. 첫 번째 요정의 검을 지팡이로 쳐내고, 두 번째 요정의 검을 마법으로 튕겨 냈다. 하지만 요정들은 인간들처럼 철로 된 검을 선호하지 않는다. 마력을 흡수한 은검이 다닐라의 팔을 스치고 지나갔다.

작열감이 팔을 휩쓸었다. 동시에 다닐라는 두 번째 요정을 향해 지팡이를 휘둘렀다.

약속된 단어도 행동도 없이 폭압적인 힘이 쏟아져 나왔다. 대지가 흔들리고 나무가 짓찢겼다. 생나무 찢어지는 소리 속에서 다닐라가 외쳤다.

"어째서 그 아이가 여기에 있는 거지? 플라비는 어디에 있어!?"

따라붙는 검격들을 밀어내는 다닐라의 손끝이 아이를 향했다. 아이는 겁에 질려 요정왕의 옷깃을 꽉 움켜쥐고 있었다. 아이야, 네가 매달려야 할 사람은 그 남자가 아니라.

"—루시올을 내놔!"

힘이 충돌했다.

전승되어 온 힘은 강력했으나, 요정왕 역시 전승된 힘을 가지고 있었고 이 땅에게 축복받는 자였다. 이 영역에서라면 요정왕은 전설의 힘을 막아 낼 정도의 힘을 발휘할 수 있었다.

둘의 힘이 충돌하며 빛을 부르고 대지에 균열을 일으켰다. 접할일 없는 대지의 비명에 사람들이 집 밖으로 부산하게 뛰쳐나오며 술렁거렸다.

소란에 요정왕이 곤란한 표정으로 물러서며 루시올을 가렸고, 다닐라는 그게 기회라고 생각했다. 끈질기게 달라붙는 다섯 검사들을 살의로 밀쳐내며 다닐라는 땅을 뒤집어엎었다.

"그 애를…!"

아니, 엎으려고 했다. 하지만 할 수 없게 됐다.

이렇게 요란하게 아이를 데리고 가면, 소문이 난다.

다시 검사들이 달려드는 사이 도망쳐 모습을 숨기는 요정왕의 뒷모습을 보며, 다닐라는 움직임을 멈췄다. 어떻게 해야 하는지 알 수가 없어 움직일 수 없었다.

요정왕은 만만치 않은 존재지만 사력을 다한다면 원하는 바 정도는 이룰 수 있다. 그렇다. 사력을 다해야 한다. 그렇지만 다닐라. 그다음은 어떻게 할 거냐?

이렇게 요란하면 사람 눈에 띈다. 아니, 이미 띄었다. 자신이건 그건 지나치게 유명한 자들이다. 소문이 퍼질 것이다. 그러면 월성들은 이 돌출 행동의 진위를 파악하려고 할 것이다. 그러면 그들은 결국 눈치챌 것이다.

월성들이 이 아이를 죽이러 온다.

'소란을 피우면 안 돼.'

피가 식었고 몸이 굳었다. 그리고 그 순간이 커다란 틈이 되었다.

무언가 등 뒤에 박혔다. 아마 화살일 것이다. 갑자기 현기증이 느껴지는 것을 보면 아마도 약을 바른 거겠지. 갑자기 눈앞이 어두워지더니, 그대로 의식이 끊기는 것을 느끼며 다닐라는 쓰러졌다.

◈━◈━◈

정신을 차렸을 때 주변엔 아무도 없었다. 당연히 요정왕과 루시올도 없었다.

아마 요정왕은 루 비에르로 찾아온 다닐라를 경계하여 루시올을 숨기려고 했던 것 같았다. 그 상황에 우연찮게 다닐라가 끼어든 것이고.

도시 밖으로 내보낸 것인지 아닌지도 알 수 없었다. 대체 무슨 수작을 부린 걸까. 다닐라는 요정왕에게 알현을 신청했으나 승인되는 일은 없었다. 대신 적당한 트집을 잡아 다닐라를 루 비에르에서 추방했다. 그래도 드러내 놓고 나설 수 없었던 것은 루시올에게 위해가 있을까 걱정되어서였다.

루 비에르 외곽에서 다닐라는 정보를 수집했다. 어떻게 된 일인지 알아야만 했다. 그러면서 요정왕에게 편지를 보내 아이를 돌려줄 것을 요구했다. 조용하게 처리해야만 했다. 소문에 의하면, 요정왕은 다른 여자와의 사이에서 아이를 보았으나, 그 여자는 아이를 가진 지 오래되지 않아 죽었다고 하니 말이다.

죽었다.

아이마저 잃을 수는 없었다.

루시올을 왜 데려갔는지 알 수는 없으나 짐작은 간다. 어차피 월성의 힘을 원한 인간 권력자들은 많았고 요정왕 역시 한 종족의 지도자였다. 루시올은 도구로 쓰일 것이다. 이것은 월성들에게 흔한 비극이었다. 그래서 그들은 사회와 떨어져 사는 것이다.

플라비. 너는 대체 어떻게 죽은 걸까. 아이를 빼앗기지 않으려고 발버둥 치다가? 혹시 고문을 당하다가 죽은 건 아니겠지. 루시올은 지금 어떤 이름으로 불리는 걸까. 유체였을 적은 기억은 못 하더라도 이름 정도에는 반응한다고 그녀가 말했었다. 아이는 오랜 시간 자신을 불러 온 이름에 반응했을까. 그 이름을 불러 준 어머니를 기억할까.

나의 플라비. 너는 나보다 많은 시간을 아이에게 주어 버렸구나.

네가 살아야 할 시간을 다 주어 버렸구나. 나는 그 반의 반도 너에게, 아이에게 주지 못했고 못할 것인데.

갈색 머리의 인간 여자. 아니요, 그 여자는 붉은 속머리를 가진 요정이었습니다. 병사한 여자. 아니요, 그 여자는 살해당했습니다.

대답할 수도 없고 말할 수도 없는 이야기였다.

후회했다. 옆에 있어야 했다. 짧은 생을 그냥 그 옆에서 바쳐야 했다. 더 오래 살 것을 원해서는 안 되었다. 다닐라는 후회하며 마을 밖으로 고개를 돌렸다. 돌린 눈의 옆으로 끊어지지 않은 가느다란 기척이 흩날렸고, 그것이 점점 옅어짐을 느끼면서 다닐라는 북쪽으로 계속 걸었다. 길고 긴 여정의 시작이 눈앞에 있다는 걸 깨달았다.

북쪽의 얼어붙은 땅. 철을 목구멍으로 넘길 수 없었던 자들의 생존지. 자신의 조상이 태어나 유랑하며 살았던 곳.

도착한 북쪽에서 왕들은 그를 반갑게 맞았다. 그들은 언제나 힘을 원했다. 굴욕에서 벗어나기 위해, 비옥한 푸른 땅을 얻기 위해.

그것을 위해 그들은 어머니를 인질로 잡았었다. 아버지는 어머니를 구하려고 했으나 어머니는 낙석에 휩쓸려 죽었다. 불행한 사고였다. 하지만 아버지는 자신을 탓했다. 대체 그가 잘못한 게 무엇인가. 원수는 눈앞에 있는 자들이었다. 그 기억을 잊을 수 없었지만, 다닐라는 그들에게 말해야 했다.

잃을 수는 없었다.

"당신들에게 힘을 주겠소"

그들이 반기기 전에, 한 종족을 번성하게 할 힘을 가진 자가 말했다.

"당신들이 동토에서 받았던 굴욕을 되갚아 주겠소. 굶주림에 볼모 잡혔던 자긍심을 되찾아 주겠소. 당신들을 모욕하는 저 동제국의 비옥한 토지를 주겠소. 영원불멸, 영구동토의 저주에서 벗어날 길을 주겠소. 나에게 군사를 준다면!"

"군사로 무엇을 하실 것인지요?"

북쪽의 왕 중 한 명이 물었다. 젊은 자였다. 그에게 다닐라는 대답했다.

"생명의 나무를 꺾을 것이오."

피비린내 나고,

별들이 지고,

어른은 도리를 잃고,

아이는 짐승처럼 풀뿌리를 씹어야 하는 전쟁의 시작이었다.

후기

이상, 시올이의 인생극장이었습니다. ~인생극장 세평유~

책을 사자마자 후기부터 읽는 분들이 많은 건 알고 있습니다. 네, 거기 당신.

하지만 저는 자비 없는 사람이니까 본문의 중요 내용을 자유롭게 이야기하겠습니다.

귀엽고 천진난만한 루시올 이야기였습니다. 어딜 봐도 주변부 같던 애가 갑자기 중심부로 쳐들어오는 느낌이라 놀라신 분도 많을 것 같습니다. 갑자기 트로이 전쟁의 헬레나가 되어 주시는 우리의 루시올 님….

애 인생이 왜 이런가 생각하실 분들도 많을 것 같군요. 하지만 보리는 싹이 났을 때 밟아 줘야 잘 자라는 법이죠. 뭐, 시올이 인생이 굴곡지면 어떻습니까. 이렇게 된 거 본부인 자리 노리면 되지. 힘내라 시올이. 그렇지만 위로 이미 쟁쟁한 인간들이 많은데 시올이가 이 난관을 헤쳐 갈 수 있을까요. 이게 모두 다 사랑입니다. 사실 밟기의 강도가 좀 약하긴 합니다만, 어쩔 수 없어요. 이 이야기는 밝고 맑고 평화롭고 가벼운 이야기인 걸요.

시올이는 처음부터 인척(?) 관계인 걸 염두에 두고 만들었습니다. 남동생 속성에 가까웠죠. 좀 소악마적인 면모를 부각하고 싶긴 했